MERIDIANE

Aus aller Welt

Band 106

Dace Rukšāne

# *Warum hast du geweint*

Roman

Aus dem Lettischen von Matthias Knoll

Ammann Verlag

Die Originalausgabe erschien 2003 unter dem Titel
*Kāpēc tu raudāji?* im Verlag Atēna, Riga.
Die Übersetzung berücksichtigt nachträgliche Änderungen
durch die Autorin.

Die Übersetzung wurde gefördert
vom Literarischen Colloquium Berlin mit Mitteln
der Stiftung Pro Helvetia.
Der Verlag bedankt sich hierfür.

Erste Auflage 2007

www.ammann.ch

Satz: Gaby Michel, Hamburg
Druck und Bindung: Freiburger Graphische Betriebe
ISBN 978-3-250-60106-7

*Für meine Töchter Agnese, Adele und Annemarija*

*Du fingst an zu weinen, weil dir bewußt wurde, daß du nicht zu erzählen vermagst, was du gesehen hast – und zwar so zu erzählen, daß ich es glauben würde. Dir fehlten die Worte. Bei jedem Versuch, das soeben empfundene Entsetzen zu schildern, geriet das Erlebnis zur Parodie, zum Hirngespinst einer hysterischen Frau, das sie geschickt in einen visuellen Eindruck umsetzte. Zugegeben: auch ich zog in jenem Augenblick recht skeptisch den Schluß, daß bei dir ganz einfach Kindheitsängste wieder hochgekommen waren. Mich irritierten deine Worte »silbrig grau«.*

Guntis Berelis, *Spogulis* (Der Spiegel)

Der Flug von Moskau nach Mineralnyje Wody hat schon drei Stunden Verspätung. Dichter, übelriechender Nebel liegt über dem gesamten Flughafen Scheremetjewo, der niederdrückende Gestank dringt bis in die Wartehallen und wirbelt mir beißende Dämpfe in die Nase, die ich die ganze Zeit rümpfen muß. Ich bin vorerst noch ein verwöhntes Mädchen – in meinem Elternhaus duftet es seit jeher nach Blumen. Der Frühling tupft hübsche Hyazinthentopfreihen auf sämtliche Fensterbänke, dann sind abgebrühte Elfenbuschzweige an der Reihe, und im Sommer gibt es keine einzige Vase, in der nicht gelber Krapp oder weiße Lilien stecken. Ein einziger Strauß reicht, damit das ganze Haus duftet, aber Mama kauft und kauft und kauft. Die Tantchen, die an der Straßenecke ihre selbstgezogenen Lilien feilbieten, heben immer die üppigsten Stiele für sie auf und legen manchmal noch einen umsonst dazu. Mama nimmt auch den, bezahlt jedoch für alles – sie ist der Ansicht, daß weder die Blumenverkäuferinnen noch die Blau- und Moosbeerenweiber mit dem Preis heruntergehen dürfen. Wenn wir Gäste haben, bekommen sie nicht selten Kopfweh von dem durchdringend schwermütigen Duft, aber wir sind daran gewöhnt – ich kann mir kein Haus vorstellen, das im Sommer nicht nach Lilien duftet. Mama schneidet ihnen nie die Staubgefäße ab, deshalb färben sich unsere Nasenspitzen knallorange, und die Fensterbretter sind rostfarben überpudert. Zum Herbst gehören Wucherblumen und Chrysanthemen. Dann und wann tauchen auch Winterastern auf, aber deren zart grasiges Aroma verschwindet in dem herben Duftgewaber, das sogar bis in die Kleiderschränke dringt – im Herbst duften alle Frauen unseres Hauses nach unterdrückter Leidenschaft und kaum wahrnehmbarer Sehnsucht. Die Wucherblumen halten sich wochenlang. Im Winter steht in jedem Zimmer ein Topf mit Alpenveilchen. Wenn man von ganz nahe schnuppert, schlägt einem strenger Moschusduft mit langem und süßem Nachgeschmack in die Nase. Ich stelle mir vor, daß genau so Moschus riecht, obwohl ich, ehrlich gesagt, keine Ahnung habe, was das ist. Vielleicht ein kleines, flinkes Tierchen, vielleicht ein verschwitzter Cowboy auf dem Rücken eines Pferdes, vielleicht aber auch irgend etwas, das es nur im Ausland gibt. Ausland ist für mich alles, wo ich nicht hinkommen kann. Der Winter ist mir ein zyklamenfarbenes Geheimnis.

Ich stehe schon zum fünftenmal in einer endlos langen Schlange nach einem Glas Fanta an. Der Flughafen Scheremetjewo ist scheinbar der einzige Ort in der gesamten Sowjetunion, wo ein gewöhnlicher Sterblicher quasi echte Apfelsinen genießen kann, zudem mit Sprudel. Schmeckt so Apfelsinensaft? Als bei uns daheim einmal unverhofft drei Apfelsinen auftauchten, kam niemandem auch nur der

Gedanke an eine derartige Verschwendung, sie auszupressen. Nachdem wir die saftigen Scheiben langsam und genüßlich verdrückt und sorgfältig die Finger abgeleckt hatten, machten meine Schwester Sofija und ich uns über die Schalen her – mit winzigen Mäusezähnchen knabberten wir das ganze Weiche heraus, bis zum letzten Fitzelchen. Erst wurde der Mund ganz trocken, dann vermischte sich das faserige Weiße mit Speichel und rutschte in glitschigen Klumpen über die Zunge hinunter. Plötzlich kam Mama ins Zimmer gestürmt, sagte »das hier laßt ihr mir übrig, das trockne ich für einen Kuchen!« und schnappte uns den letzten Rest der Leckerei aus den Händen. Und so habe ich nie erfahren, wie der orangefarbene Teil der Schale schmeckt.

Ist Fanta fast das gleiche wie Apfelsinensaft? Ist die Welt fast das gleiche wie Moschus? Und weshalb darf ich nach einer halben Stunde Schlangestehen nur ein einziges Glas Fanta kaufen?

Nachdem ich das heißersehnte Glas glücklich in beide Hände geschlossen habe, schlurfe ich vorsichtig zu meinem Platz in der Wartehalle zurück – nur kein Tröpfchen des wundersamen Trunks verplempern! Diāna bemerkt mich schon von weitem, springt rasch auf die Beine und fuchtelt mit den Armen. Ich könnte wetten, daß ihr vom langen Warten mindestens ein paar Liter Spucke im Mund zusammengelaufen sind. Jetzt ist Diāna mit Schlangestehen an der Reihe und ich mit dem Bewachen der beiden bis zum Bersten vollgestopften Rucksäcke der Marke »Jermak«. Sie sind nagelneu, ohne die kleinste Schramme im Titangestänge, das hellgrüne Zelttuch protzt herausfordernd angesichts der ringsumher herrschenden Armut. In ihrer Ungeduld macht Diāna ein paar Schritte in meine Richtung. Ein paar schicksalhafte Schritte. Jetzt können wir unserem angestammten Plätzchen adieu sagen. Rumms! Ein gewaltiger Fettklops wälzt sich auf unseren Sitzplatz, zerrt einen braunen Kunstlederkoffer auf seinen Schoß und rülpst.

»Daß Sie sich nicht schämen!« röchelt Diāna entrüstet auf, so daß der Speichel in alle Richtungen spritzt, aber sogleich prallt sie zurück und kann nur um Haaresbreite einer feisten, mit schwarzen Borsten überwucherten Hand ausweichen.

*»Sginj!«*[1]

Diāna verkrallt sich in die Rahmen der Rucksäcke und kommt, gekrümmt wie ein deformiertes Fragezeichen, rückwärts in meine Richtung gekeucht. Sie weint nicht, nur ein durchsichtiger Tropfen zittert an ihrer Nasenspitze. Ich trinke rasch meine Fanta aus, kein Schluck Genuß, die beißend sprudelnde Flüssigkeit brennt in der Kehle, und helfe ihr, das Gepäck bis zum einzigen freien Fleck auf dem Boden gleich neben der Tür zu schleppen. Nachdem sie laut geschnieft und sich die Nase mit dem Hemdsärmel abgewischt hat, tritt sie ihren Pilgergang an. Noch vor einigen Stunden haben wir beide mit just derselben Beharrlichkeit in einer keineswegs kürzeren Schlange gestanden, um Lenins Leiche zu bewundern. Diāna gab als erste auf – wir gingen weg, ohne die berühmt-berüchtigte Mumie begutachtet zu haben. Aber nach Fanta Schlange stehen? Fünfmal, wenn es sein muß! Von wegen fünfmal, wir stehen auch ganze zehnmal an, wenn es sein muß. Fanta ist schließlich nicht irgendein Lenin! Fanta ist FANTA. Der Apfelsinengott höchstpersönlich!

1 Sginj: Verschwinde! (russ.)

Die Zigeuner haben ihr eigenes Reich auf dem Flughafen. Sie haben ihre Plünnen an einer Wand im Halbkreis aufgestapelt und verhalten sich wie eine gut organisierte Bisonherde – rundherum die Männer, dann die Weiber, und in der Mitte wuselt ein Häuflein glanzäugiger Kinderlein herum. Von Zeit zu Zeit geht eine der Frauen los, um von den leichtgläubigen, vom langen Warten zermürbten Reisenden Tribut einzusammeln, und nach dem Lächeln auf ihren grellroten, vollen Lippen zu urteilen, laufen die Geschäfte ganz hervorragend. Ich würde ihre geheimnisvolle Welt sehr gern näher in Augenschein nehmen, durch einen Spalt in jenen Raum hineinlugen, von dem ich nur aus vereinzelten Überlieferungen gehört habe, aber ich halte Abstand und verstecke den Blick im leeren Fantaglas. Ich will nicht, daß eine von ihnen zu mir kommt und anbietet, die Zukunft vorherzusagen, einen Fluch abzuwenden oder den begehrten Jungen anzuhexen. Ich weiß, daß ich nicht widerstehen könnte.

*

Vor noch gar nicht langer Zeit trat auf dem Rigaer Busbahnhof eine Zigeunerin an mich heran, und während sie ihren Körper in sieben Windungen verbog, um mir besser in die Augen sehen zu können, fing sie an, mir alles zu versprechen, wonach ich mich von Herzen sehnte. Ich versank in ihren Worten wie eine Wespe in einem Glas Malzextrakt, ich spürte, wie meine Wangen zu glühen begannen und mein Mund sich mit der puffigen Süße von Biskuitteig füllte. Ich leckte mir sogar die Lippen, damit mir die goldgelbe Nascherei nicht übers Kinn lief.

»Einen Jungen wirst du haben mit kohlschwarzem Haar und heißem Herzen, er wird dich ganz doll liebhaben und du ihn auch. Ihr werdet ein Söhnchen bekommen – dem Aussehen nach dem Vater ähnlich, aber die Güte wird er von dir haben. Und wohnen werdet ihr in einem schönen weißen Haus am Meer, und dort wirst du…«, wiederholte sie haargenau, was ich unlängst geträumt hatte.

»Schon gut, ich weiß, ich weiß«, besann ich mich plötzlich und hastete schnellen Schrittes zum Bus.

Ein kräftiger Ruck am Ellenbogen, und schon stand ich gegen die Wand gedrückt da.

»Nein, gar nicht gut, Schätzchen, eine alte Frau so zu beleidigen! Gegenüber älteren Frauen muß man sich respektvoll verhalten. Das ist eine große Sünde. Ich habe mir solche Mühe gegeben, eine so große Arbeit habe ich verrichtet, und du willst mich betrügen? Gar nicht gut, Schätzchen, deine ganze Zukunft hast du jetzt zerstört, schlimm steht es jetzt um dein Leben. Halt mal, halt, was ist denn das, was für einen Kummer sehe ich da über deinem Haus, was für einen Kummer?! In deiner Verwandtschaft gibt es einen Kārlis? Ja, ja, ich sehe es, das ist Kārlis! Dann mußt du wissen, Schätzchen, lange hat dein Kārlis nicht mehr zu leben, eine fürchterliche Krankheit wird über ihn herfallen, ein schwarzer Schatten wird dein ganzes Haus bedecken, schlechte Menschen werden kommen, der Tod wird kommen, und Kārlis ist der erste, den er ereilt. Der böse Blick hat dich getroffen, ein entsetzlicher Fluch lastet auf dir. Ei, ei, ich hab's ja gesagt, gar nicht gut ist es, eine alte Frau zu betrügen, gar nicht gut. Um fünf Rubel war es dir zu schade! Fünf Rubel, und dein Kārlis wäre gerettet gewesen. Ei, ei, ei…«

In diesem Augenblick kam mir überhaupt nicht in den Sinn, daß es kaum eine lettische Familie gibt, in der es nicht mindestens einen Kārlis gäbe, ich war bis in die tiefsten Tiefen davon überzeugt, daß sie von meinem Vater sprach. Fieberhaft kramte ich in meiner Tasche nach dem Portemonnaie, zog einen Fünfer heraus und reichte ihn mit zitternden Fingern meiner Wohltäterin.

»Ei, ei, ei ... wieder willst du mich betrügen, Schätzchen, wieder und wieder, das ist nicht hübsch, gar nicht hübsch. Weißt du überhaupt, wieviel es kostet, einen Fluch abzuwenden? Weißt du, wieviel Kraft das von mir erfordert? Zwei Tage lang werde ich kraftlos darniederliegen. Nein, nein ...« Verächtlich schob sie meine ausgestreckte Hand weg und wandte sich ab.

»Wieviel?« quälte ich mit tränenverhüstelter Stimme hervor.

»Gib alles her, was du hast, alles!«

Ich zog alles aus dem Portemonnaie, was ich hatte – einen ungeheuren Reichtum, vierzig Rubel. Eine volle Woche auf dem Zuckerrübenacker, rissige Hände, schwarze Fingernägel, staubverklebte Augen. Bestarbeiterin. Die schnellste Unkrautjäterin und Hackerin der ganzen Brigade.

»Na schön, ich werde etwas versuchen, aber versprechen kann ich nichts. Du warst ein sehr ungezogenes Mädchen, Schätzchen, sehr ungezogen. Aber jetzt geh. Und sorge gut für deinen Kārlis. Vielleicht siehst du ihn heute zum letzten Mal.«

Ich habe nicht geweint. Ich stand nur da und zitterte. Ich fühlte, wie ich Fieber bekam. Und dann rannte ich los.

»Und haben wirst du ihn, den Jungen, das wirst du, aber du wirst ihn wieder verlieren und siebenmal durch die Hölle gehen, bevor du das Licht erblickst«, erreichten mich ihre letzten Worte auf halbem Weg.

Zum Autobus, nichts wie zum Autobus, zum Teufel mit diesem Jungen, ich muß es schaffen! Ich muß Vater warnen, muß ihm sagen, daß er sich vorsehen, daß er sich verstecken soll, daß er niemandem unter die Augen kommt, der ihm Böses will! Daß er die Tür abschließt und die Fenster zumauert, daß er die Ofenklappe zuschiebt, daß er Flaschen mit Benzin füllt, Lumpen in die Hälse stopft und jeden in die Luft zu jagen droht, der es wagt, sich ihm zu nähern.

»Ach, diese Jugend von heute, sind die Eltern denn blind – in völlig abgetragenen Hosen! Da hat die Mutti wohl nicht gelernt, mit Nadel und Faden umzugehen! Ach Gott, ach Gott, die Knie sind ja ganz löchrig«, erreichte mich eine ältliche Stimme, als ich gerade in den Autobus stieg.

Ich drehte mich auf dem Absatz um und wollte wie üblich mit irgendeinem Spruch kontern, aber zu meiner eigenen Überraschung beherrschte ich mich – ich mußte jetzt meinen Vater retten und tapfer sein, ich mußte über allem stehen. Erst als der Bus die Stadtgrenze von Riga schaukelnd hinter sich ließ, begann ich leise vor mich hin zu weinen. Mit der rechten Hand hielt ich das noch immer geöffnete Portemonnaie umklammert und mit der linken einen fettigen Belaschi – die nach Zwiebeln und altem Fleisch stinkende Füllung rann mir langsam zwischen den Fingern hindurch und am Unterarm entlang geradewegs in den Ärmel.

Vater lachte so sehr über meine Geschichte, daß ich ihm nur den Fünfer zu beichten vermochte, die vierzig Rubel blieben mein Geheimnis.

Ah, und dann erinnere ich mich noch genau an den

wundervollen Lidschatten, den ich unverhofft in einem Torbogen in der Nähe des Bahnhofs erstand. »Polnische Produktion, genau das richtige für deine hübschen Augen, Fräuleinchen, du wirst die Schönste von allen sein!« Ich opferte exakt fünfzehn Rubel für meine Schönheit von fünfzehn Jahren und kam zu einem großartigen Lidschatten: mit Tusche vermischtes Waschpulver – blau, grün und zartrosa. Das Verrückteste ist, daß ich anfangs tatsächlich versuchte, das Zeug auf meine Lider zu bekommen. Damals habe ich selber so sehr gelacht, daß Vater mir die fünfzehn Rubel erstattete und mir obendrein noch echten polnischen Lidschatten schenkte – blau, grün und zartrosa. Für insgesamt nur sechs Rubel. Am nächsten Tag ließ ich ihn ungeschickterweise auf den Boden fallen. Nun besaß ich nichts als eine Handvoll Staub – blau, grün und zartrosa.

*

Tiefsinnig betrachte ich das am Boden des Glases funkelnde Tröpfchen des Getränks und versuche angestrengt, nicht zu den Zigeunern zu gaffen. Mit den Armeniern ist es einfacher – kühl und würdevoll, das Kinn ein wenig emporgeworfen, benehmen sie sich, als würde sie nichts von dem, was um sie herum geschieht, etwas angehen. Man kann sie anstieren, soviel man will, sie bemerken es nicht einmal. Tja, stolz sind sie. Ist es interessant, jemanden anzugucken, von dem man weiß, daß er einen niemals auch nur eines Blickes würdigen wird? Klar, für einen kurzen Moment, bis man sich an die eminent prachtvollen, höckerigen Nasen gewöhnt hat, an die herben Gesichtszüge, die die wehmütige Erinnerung an den verlorenen Ararat von Generation zu

Generation weitervererben, an die kräftigen, etwas trotzig hochgezogenen Schultern. Ich habe noch keinen einzigen lächelnden Armenier in Moskau gesehen. Die Letten lächeln sehr wohl.

Zick! Zack! Die dunklen, listig flitzenden Gesellen sind behende Aserbaidschaner. Wir sind gewarnt worden, daß man just ihretwegen die Rucksäcke keinen Augenblick unbeaufsichtigt lassen darf und die Portemonnaies besser in die Innentaschen der Jacken stecken sollte. (Ha! Wer war der Schurke, der auf die Idee kam, daß Frauen keine Taschen auf der Innenseite ihrer Jacken brauchen? Hat man jemals einen verzweifelten Mann gesehen, der durch die Straßen hechelt und brüllt, seine Handtasche mit dem soeben erhaltenen Lohn sei ihm geraubt worden? Ich nicht. Frauen hingegen klafterweise. Auf dem Milizrevier meines Rajons ist ein ganzer Schrank für aufgeschlitzte Damenhandtaschen reserviert. Zwei davon gehören mir. Na schön, um die alte braune tat es mir nicht leid, aber an der hellgelben Mappe polnischer Produktion hing ich doch sehr – Mama hatte sie mir zum zwölften Geburtstag geschenkt.) Zick! Zack! Ich krampfe mich noch fester in das Rucksackgestänge und verfolge aufmerksam die Flugbahnen der dunkelhäutigen Blitze.

Ich muß ganz dringend pinkeln. Diāna ist schon eine ganze Weile weg, aber wenn man das Tempo in der Fantaschlange bedenkt, wird sie nicht so bald zurückkommen. Ich setze mich rittlings auf meinen Rucksack und versuche, meinen Schritt gegen die eine Außentasche zu pressen, in der die warmen Socken stecken. An die Toilette ist gar nicht zu denken – beide Rucksäcke zusammen wiegen um die siebzig Kilo, anderthalbmal soviel wie ich selber, da brauche ich Hänfling mir keine Hoffnungen zu machen, daß ich auch nur die halbe Strecke schaffe. Und selbst, wenn ich es könnte – es wäre Selbstmord, den ergatterten Fleck Fußboden anderen Eroberern zu überlassen. Diānchen, Diānchen, steh bitte, bitte schneller an, so schnell du kannst, ich brauche die warmen Socken noch und auch den Jermak-Rucksack – fünf Glas Apfelsinengott sind nicht irgendein Lenin, den man in einen Glassarg stecken kann, damit er nicht stinkt … Diānchen, komm, bitte komm … Blöde Kuh! Nun mach schon!

»Sie müssen dringend auf die Toilette?« spricht mich einer der Zigeuner in makellosem Russisch an. »Gehen Sie ruhig, ich passe auf Ihr Gepäck auf.«

Ich habe keine Sekunde mehr Zeit, um zu zweifeln. Nachdem ich ein schiefes Dankeslächeln hervorgequält habe, springe ich auf und renne los, stolpernd und strauchelnd, zwänge mich mit Rösselsprüngen durch die Massen der Bedauernswerten, die keinen Sitzplatz erwischt haben, vorbei an dem widerlichen Kretin, der sich auf unserem Plätzchen breitgemacht hat, ich renne und renne, meinen Vater samt seinem Fluch habe ich vollkommen vergessen, ich renne und renne, gleich bin ich … nein! Eine Schlange! Eine irrsinnig lange Schlange!

»Bitte, bitte, lassen Sie mich vor«, brabbele ich und versuche mich mit letzter Kraft an dem Grüppchen ungeduldig wartender Frauen vorbei und durch die ersehnte Tür zu quetschen.

*»Uuuubju!«*[2] grollt eine tiefe Stimme, und einige Zentimeter vor meiner Nasenspitze gewahre ich eine riesige be-

2 Ubju: Ich bringe dich um (russ.)

ringte Faust. *»Uuuubju!«* ertönt es noch lauter, und ein zustimmendes Grummeln braust durch die Frauenmenge.

Ich trete ein paar Schritte zurück und schluchze auf. Moskau glaubt den Tränen nicht. Die Faust dräut weiterhin mit hypnotischer Kraft. Gleich nebenan klappt im Durchzug eine einsame Tür, die ein schwarzes, auf der Spitze stehendes Dreieck ziert. Kein Mensch weit und breit. Es ist mir unbegreiflich – pinkeln Männer etwa nicht? Vielleicht trinken sie keine Fanta? Es kann doch nicht sein, daß ... ach, was denke ich noch lange nach – die Tür ist offen, und ich habe keinen anderen Ausweg, als hineinzustürzen.

Halleluja! Ich bin selig. Der Witz, wie ein Franzose, ein Amerikaner und ein Russe zur höchsten Ekstase kommen, ist die pure Wahrheit! Was sind schon Sex und Geld im Vergleich zu dem orgiastischen Gefühl, nach fünf Glas – Bier, Apfelsinengott oder was auch immer – zu pinkeln! Ich bin in Moskau und koste die russische Ekstase aus!

Aus dem Vorraum ist ein lautes Lachduett zu hören. Das kühlt meine Glut ein wenig. Worüber zwei Männer während des Pinkelns wohl lachen? Keine Frau wird das jemals begreifen. Mucksmäuschenstill warte ich ab, bis sie fertiggewiehert haben, und mache mich geschwind aus dem Staub.

Strahlend vor Stolz schlendere ich an dem aufgebrachten Weiberhäuflein vorbei – sollen sie auf der Stelle treten, die Beinchen kreuzen, die Händchen in den Schritt pressen! Diesmal bin ich die Siegerin. Ha!

Ich treffe gleichzeitig mit Diāna bei unserem Gepäck ein. Die orangefarbene Flüssigkeit schwappt fröhlich in ihrem Glas, die kleinen Bläschen platzen und bedecken Diānas Brille mit winzigen Tröpfchen süßen Taus – gleich wird der Apfelsinengott ihre Lippen segnen ... Ich mache einen raschen Satz nach vorne und reiße Diāna das Glas aus den Händen, ein klebriger Schluck kleckert auf mein Hemd, aber es bleibt trotzdem mehr als die Hälfte übrig. Ich umfasse die Beute mit festem Griff, gehe zu meinem Zigeuner und reiche sie ihm. Er lacht auf, und das Glas wandert in die Mitte des gemütlichen Grüppchens. Unser Gepäck ist unversehrt, und auf meinen Vater hat sich kein Fluch gelegt. Jetzt muß ich das ganze Diāna begreiflich machen, und dann fehlt nur noch unser Flugzeug.

Die Strecke von Mineralnyje Wody bis zur Endstation der Reise ist recht schnell zurückgelegt – umsteigen in Naltschik, und nach läppischen neun Stunden marschieren wir in das von einem sonnigen Kiefernwäldchen umgebene Alpinistendörfchen ein. Gebeugt unter dem Gewicht der schweren Rucksäcke, lächeln wir dennoch – dies ist unser gemeinsames Geheimnis, das auszusprechen wir noch nicht gewagt haben, unser weibliches Rätsel, das mit warmen Zikaden in Brust und Bauch zirpt, unser tief im Ausschnitt verstecktes Pik-As, bei dessen Ausspielen nicht einmal die Karten auf den Tisch gelegt werden müssen: von diesem Augenblick an werden wir für einen ganzen Monat die einzigen Prinzessinnen im ganzen Tal sein – Feen, Elfen, Nymphen, Wesen, deren goldenes Haar nach Thymian duftet, deren seidige Haut zarter ist als Kiefernblütenstaub, deren Augen tiefer sind als Bergseen, die aller-, allerwundervollsten zerbrechlichen Porzellanvasen, Zauberinnen, Hexen, Schwarzkünstlerinnen oder, um es ganz direkt zu sagen, *djewuschki is Pribaltiki* – Mädels aus dem Baltikum ... Wahrscheinlich vermag diese Wortkombination an keinem anderen Ort auf der Welt derartige Ovationen und Anbetungsfluten zu entfesseln wie in den Alpinistenlagern von Kabardino-Balkarien und Nordossetien. Einen Monat im Jahr werde ich allein deswegen vergöttert, verhätschelt und verwöhnt, weil ich aus jenem geheimnisvollen Land am Baltischen Meer gekommen bin – *»a eto sagranitza, da?* – das ist im Ausland, ja?«

Dieses großartige Gefühl, wenn jeder, dem man das Wort »Lettland« sagt, zu einem breiten Lächeln aufblüht: »Ah, da, wo es Meer und Dünen gibt, oder? Da, wo Riga ist?« Sie alle wissen, wo es liegt, alle träumen davon, dort hinzukommen – auf Besuch, zum Urlaub in Jūrmala oder um sich für immer dort niederzulassen, was spielt das schon für eine Rolle, Hauptsache, man muß nicht stundenlang erklären, muß nicht die Umrisse Europas aufmalen, um dann lange auf einem kleinen Pünktchen herumzustochern und unablässig zu wiederholen: »Da, na da, da wohne ich!« Was heißt Europa, manchmal muß sogar der gesamte eurasische Kontinent skizziert werden – später, wenn ich tagein, tagaus unzählige Male unermüdlich ein und dasselbe wiederholen werde: »Und wo kommst du her?« – »Aus Lettland.« – »Wo ist das denn?«... ›Oh my God‹, werde ich vor mich hinmurmeln, Stift und Notizblock zücken und wieder einmal von vorne anfangen. Ich werde mir angewöhnen, eine kleine, zusammenfaltbare Landkarte dabeizuhaben, aber auch damit ist nur wenig geholfen – auf einer Landkarte kann man schließlich nicht sehen, daß auch wir in Häusern wohnen, daß auch wir unsere eigene Sprache haben, daß die Leute sich auch bei uns in Autos fortzubewegen pflegen und daß ich keine Auserwählte bin, die von der ganzen Nation für die große Reise in dein großartiges Land herausgeputzt wurde, indem man ihr die einzigen vorzeigbaren Kleidungsstücke überzog, die im ganzen Staat aufzutreiben waren. Warum weiß ich denn nur, wo irgendein gottverlassenes Nevada, Sansibar oder Puerto Rico liegt? Muß tatsächlich eine gewaltige Katastrophe passieren, mit möglichst vielen Opfern und mindestens einer herzzerreißenden Geschichte (»unter den 283 Opfern, die bei dem Flugzeugabsturz ums Leben kamen, befand sich auch unsere gesamte Nationalelf«), damit wenigstens im einen oder anderen das Interesse erwacht herauszufinden, wo denn dieser unglückliche Kleinstaat liegt? Obwohl auch das nicht immer funktioniert. Ich könnte wetten, daß der größte Teil der Bewohner unseres Planeten keine Ahnung hat, auf welchem Erdteil Armenien zu suchen ist. Na gut, ich bin keine derart wilde Patriotin, daß ich vor der Nase eines verschreckten äthiopischen oder chinesischen Bauern mit den Fäusten fuchteln würde, aber wenn ich nach Stockholm komme, nur ein paar Hundert Kilometer von Riga entfernt, und fast jedem zweiten erklären muß – und zwar Leuten mit mindestens einem, wenn nicht zwei Hochschulabschlüssen in der Tasche (mag der Himmel kapieren, wo und wie sie an ihre Diplome gekommen sind!) –, daß Lettland keineswegs jenseits des Polarkreises liegt, dann kommt mir doch die Galle hoch, und ich verspüre allmählich den Wunsch, in ein Iglu umzuziehen. Die einzigen, bei denen ich meine unendliche Geschichte von den heimatlichen Gefilden nicht mit dem Einpauken des Alphabets beginnen muß, werden die Jungs und Mädchen aus Reykjavík sein – o isländische Schlagsahne für meine Ohren! Isn't it sweet, hm?

Hier jedoch, im Großen Kaukasus, muß ich weder besonders nett, einfühlsam oder hilfsbereit sein noch übermäßig hübsch, geheimnisvoll oder kokett. Mir wird a priori Wohlwollen entgegengebracht, und ich kann es ausnutzen, wie es mir gerade gefällt. Und das tue ich auch – ich bin nett, einfühlsam und hilfsbereit, ich werde hübsch, geheimnisvoll und kokett, weil ich es mir hier endlich erlauben kann. Ich will genießen, genießen und nochmals genießen, denn ich weiß, daß es in einem Monat wieder zurück nach Hause geht – dort ist es gut, da sind die Freunde älter, die Straßen sauberer und das Bett weicher, da sind Mamas Nestwärme und Papas in gespieltem Ärger gerunzelte Stirn, der Hund im Hof der Nachbarin und der kleine Laden, wo man warmes, knuspriges Brot bekommt, dort kann man in der vom Duft der Silberweiden eingehüllten Gauja baden und warmen Honig aus der Wabe löffeln, dort gibt es im Sommer Pfifferlingsauce und im Winter marinierte Steinpilze, da ist Sofija, mit der ich (wenn wir uns nicht gerade um den einzigen Lippenstift zoffen) sogar über dasjenige reden kann, was ich nicht einmal dem Priester anvertraue (dem ich übrigens nur deshalb meine Sünden beichte, weil das als dissidentisch gilt und meine Eltern es wollen), dort gibt es Schnee, der tausendmal besser schmeckt und weicher ist als der Schnee im Kaukasus, dort gibt es... Ja, dort gibt es fast alles, von Fanta und Moschus einmal abgesehen, aber dort bin ich nur ein gewöhnliches Vorstadtmädel, das in einem kleinen Haus in Teika wohnt und abends vor dem Einschlafen am linken Zeigefinger nuckelt, die Mūra-*dura*[3], die Trödelige aus der 10b, die auf Schulfeten kein einziger Junge zum Tanzen auffordert, eine Scheinheilige, die den Geschmack des ersten Kusses noch nicht kennt, und eine

3 dura: Närrin (russ.)

Heulsuse, die mitten in der Turnhalle anfängt zu flennen, weil sie Angst vor der Hochsprunglatte hat. Na, wenn die wüßten...

*

Ich habe eine Freundin. Santa. Wir gehen beide in die 10b, und seit drei Jahren sitzt sie sogar neben mir. Vorher mußte ich immer alleine sitzen, denn neben der *dura* zu sitzen sei gefährlich, hieß es. »Sie stinkt«, haben die Klassenkameraden gesagt. Ich verstehe wirklich nicht, warum sie so etwas sagten, denn ich habe nicht gestunken, das weiß ich ganz sicher. Ich dusche zweimal täglich und wasche jeden Abend die Schuluniformbluse aus und früher auch das Halstuch. Mama hilft nur beim Flicken der Löcher am Ellenbogen – solche Feinarbeiten bringe ich noch nicht fertig. Mir fehlt die Geduld. Ich kann lediglich Fäustlinge und Schals stricken. Ein Pullover kommt nicht weiter als bis zum ersten Ärmel. Zu Beginn der achten Klasse kam Santa zu mir und fragte, ob sie sich neben mich setzen dürfe. Ich war sehr erstaunt. Dann setzte sie sich hin, beugte sich ganz nah zu mir und schnupperte. »Hör mal, du stinkst doch gar nicht«, sagte sie.

Jetzt sind wir schon seit fast drei Jahren befreundet, und ich schätze Santa sehr wegen ihres Muts. Wir gehen zusammen ins Kino, schaukeln in Mežaparks in den großen Schiffsschaukeln, mit denen man bei ausreichend Schwung einen Überschlag machen kann, und sind Basketballfans.

Am liebsten mögen wir die VEF-Mannschaft und vor allem Gundars Vētra. Wir nennen ihn Vetrik – das klingt süßer und blonder. Er hat so helle Haare. Als Vētra sich das

Knie verletzt hatte und im Krankenhaus lag, gingen wir ihn besuchen. Ich mußte die ganze Zeit kichern. Danach haben wir Geschenke für ihn gestrickt – ich Fäustlinge im Auseklis-Muster und Santa Socken mit einem Bündchen in den Nationalfarben der Republik Lettland: rot-weiß-rot. Santa ist wirklich ein sehr mutiges Mädchen, ich würde es niemals wagen, solche Socken zu stricken. Ich besitze nur ein einziges rot-weiß-rotes Strumpfband, und das habe ich in der Schreibtischschublade unter dem Russisch-Lettisch-Wörterbuch begraben.

Früher hat sie für Igors Miglinieks geschwärmt, aber seit er zum ACSK Moskau gewechselt ist, haßt Santa ihn. Dann mögen wir noch den BC Žalgiris, wir sind sogar einmal nach Kaunas gefahren, um uns ein paar Spiele anzusehen. Santa ist in Arvydas Sabonas verknallt, aber ich finde ihn etwas zu groß. Gintaras Krapikas gefällt mir besser. Er ist zwar nicht mehr der Jüngste, aber dafür hat er einen sehr klangvollen Namen: Kra-pi-kas. Es erinnert ein wenig an das Geräusch, mit dem die Meisen im Winter Speck verlangen: »kra-pi-kas« mit dem Schnäbelchen gegen die Fensterscheibe, »kra-pi-kas«...

Ich rufe Santa an und bitte sie zu kommen. Nach einer Weile ist sie zur Stelle. Santa sorgt stets für die Kranken – das hat sie von ihrer Mutter –, und eine Pneumonie ist ein ausreichend wichtiger Grund, daß sie quer durch ganz Riga angehetzt kommt, außer Atem, mit gerötetem Gesicht und schwer mit Stachelbeeren und blauen Pflaumen bepackt.

»Deine geliebten Roten hast du verpaßt, während du auf den Bergen da herumgekraxelt bist«, sagt sie und knutscht mich ab, »dieses Jahr warst du wirklich schrecklich lange weg. Ich hab' mir schon Sorgen gemacht, daß dir etwas passiert ist.«

Dann zieht sie einen großen braunen Umschlag aus der Tasche und legt ihn vor mir auf die Bettdecke.

»Das ist ein Geschenk für dich, damit du schneller gesund wirst. Ohne dich wird es in der Klasse traurig sein für mich. Schau es dir an und steck es schnell weg, sonst bereue ich es noch.«

Ich öffne den Umschlag und verschlucke mich fast an einem Pflaumenkern – ein riesiges Vetrik-Foto mit Autogramm!

»Du bist verrückt!« lispele ich.

Ich weiß sehr wohl, was dieses Geschenk für sie bedeutet. Im vergangenen Frühjahr hat Santa einen halben Tag in der *Sportiņš*-Redaktion herumgehangen, bis sie es fertiggebracht hatte, sich ein Foto von Vētra aus dem Zeitungsarchiv zu erbetteln. Danach hat es neben Santas Bett gehangen, und jeden Abend vor dem Schlafengehen hat sie ihm eine gute Nacht gewünscht. Jetzt wird es wahrscheinlich ziemlich schwierig werden, ihr zu sagen, weshalb ich wollte, daß sie herkommt. Ich weiß nicht, ob es fair ist, von jemandem ein Geschenk anzunehmen, das ihm beinahe alles, mir hingegen absolut gar nichts bedeutet.

Kurz vor Ende des neunten Schuljahres wurde ich zum erstenmal zum Geburtstag eines Klassenkameraden eingeladen. Ich war sehr aufgeregt, denn ich war noch nie auf einem Geburtstag gewesen, wo sowohl Jungen als auch Mädchen waren. Ich hatte nur gehört, daß dort auch getanzt und geknutscht wird. Die ganze Nacht vor der Party konnte ich nicht einschlafen. Sorgfältig überlegte ich mir ein Geschenk für Tom. Ich habe eine sehr schöne Schmetterlingssammlung – zehn wundervolle Schmetterlinge in einem Kästchen aus Kiefernholz mit Schiebeglasdeckel. Das Kästchen hat Großvater für mich angefertigt, und Papa hat mir beigebracht, wie man Insekten trocknet. Es gibt auch einige Käfer in der Sammlung, aber einen Käfer zu verschenken wäre nicht besonders klug, denn schön sind nur die größten, aber mit den großen gibt es auch ein großes Problem – sie dürfen nicht feucht werden, sonst fangen sie an zu stinken. Deshalb nahm ich den allerschönsten Schmetterling: seine vanillesoßefarbenen Flügel waren von pechschwarzen Äderchen durchzogen, und ganz unten in der Ecke hatte er zwei rostrote Punkte. Mit dem hatte ich mich am längsten abgemüht, fast zwei Tage lang. Kein Fitzelchen seiner Bestäubung war beschädigt, alle Beinchen waren da, wo sie hingehörten, und die Flügel leicht angehoben, so daß man sie von oben und unten betrachten konnte. Die Fühler zeigten jeder in seine Richtung und waren auf gleicher Höhe wie die Flügel. In Mamas Schrank entdeckte ich ein Schächtelchen, in dem sie das Silberarmband aufbewahrte, das Papa ihr geschenkt hatte. Ich kleidete es mit einem Stück Samt aus, das ich aus dem Saum meines Weihnachtskleides herausschnitt. Es sah sehr hübsch aus. Sofija warf einen Blick auf mein Geschenk und fragte, ob ich mit Tom gehe. Ich sagte, daß sie bescheuert sei und kleine Mädchen wie sie keine Ahnung haben von Geburtstagsgeschenken. Aber wie sich zeigte, verstand Sofija sehr viel mehr von solchen Dingen. Am nächsten Morgen wurde ich von der ganzen Klasse ausgelacht. Tom hat bis heute kein einziges Wort mit mir gewechselt. Als ob ich scharf darauf wäre! Dieser Geburtstag war auch ziemlich bescheuert – weder wurde da geknutscht noch sonst irgendwas.

Obwohl, wenn man es recht bedenkt, bin ich nicht der einzige Sonderling. Unsere Nachbarin Irēna geht jeden Sonntagmorgen in ihren Garten, um Schnecken zu sammeln. Sie sammelt sie in einen großen Blecheimer und übergießt sie dann mit kochendem Wasser oder zerstampft sie einfach mit dem Fuß. Jeden Sonntagmorgen. Und sie ist der Ansicht, das sei völlig normal.

*

Jedes Jahr kommen in den Alpinistenlagern Hunderte fanatischer Bergsteiger aus der ganzen Sowjetunion zusammen: Russen, Ukrainer, Weißrussen, Esten, Litauer, Letten und auch Georgier. Aus den anderen Bergrepubliken verirrt sich nur selten ein Gast hierher – ob sie nun genug an ihren eigenen Bergen haben oder ihnen die Lust oder das Geld fehlt, keine Ahnung. Ich weiß nur, daß es pro Lager wundersamerweise niemals mehr als zwei, drei Reiseorder aus Lettland gibt. Reiseorder werden zentralisiert von Moskau aus erteilt, und es ist mir irgendwie nicht in den Sinn gekommen nachzuhaken, weshalb man uns nie zusammenläßt. Meinen sie etwa, daß wir hier eine Revolution anzetteln? Was für ein Unsinn! Prinzessinnen auf der Erbse sind vielleicht ein bißchen kapriziös, aber keinesfalls doch diejenigen, die die Welt auf den Kopf stellen.

Alle im Lager Eingetroffenen teilen sich entsprechend ihrer Erfahrung und sportlichen Reife in Gruppen auf. In den Alpinistenlagern herrscht eine strenge Hierarchie, aus der auszubrechen nahezu unmöglich ist. Wenn man Neuling ist, nimmt man nur an Touren mit einem bestimmten Schwierigkeitsgrad teil, und am Ende des Monats wird einem ein Abzeichen verliehen: »Jungalpinist der UdSSR«. Wegen dieses Abzeichens werden die Neulinge gutmütig und doch auch ein wenig herablassend als *»snatschkist«,* »Ansteckerling«, bezeichnet. Nach ein oder zwei Jahren darf man sich dann schon stolz *»rasrjadņik«,* »Sportrangler«, nennen und versuchen, einen Sportrang nach dem anderen zu erringen, wenn man es schafft, innerhalb eines Monats sämtliche erforderlichen Gipfel zu erklimmen. Es ist zwar selten, kommt jedoch vor, daß man Pech hat – die Instruktoren sind sehr vorsichtig und führen einen niemals in die Berge, wenn nicht die entsprechenden Wetterbedingungen herrschen. Der kleinste Schneesturm oder Regen, der einen zu Hause lediglich den Kragen hochschlagen und die Mütze über die Ohren ziehen läßt, kann hier zur Katastrophe geraten, zur Lawine, zum Tod. In den Bergen der UdSSR zu sterben ist nur Sportlern der Spitzenklasse gestattet, die sich allein auf Eroberungstour begeben – oder aber »diesen bescheuerten Idioten«, die auf eigene Faust reisen und »nicht nur ihr eigenes Leben riskieren, sondern mit ihrem unkontrollierbaren Handeln auch andere Alpinisten gefährden«. Die Schwere der Verantwortung für den Tod aller übrigen lastet auf den Schultern der Gruppeninstruktoren, Lagerchefs und Leiter der Rettungsstationen – sie riskieren ihre Karriere und ihre Freiheit. Unter ihnen ist immer einer zu finden, der sich dafür verantworten muß, wenn zufällig einmal jemand ausrutscht und in eine kilometertiefe Felsspalte purzelt. Das verschafft allerdings keine allzu große Beruhigung – dieses Jahr bin ich ein Sportrangler, und ich habe Angst.

Zum großen Verdruß für ein Häuflein anderer Jungs des Lagers zieht Schenja, der Instruktor unserer Gruppe, mich und Diāna bereits am ersten Abend in sein Zimmerchen und bewirtet uns mit Tee aus frischem Thymian. Er schaut uns abwechselnd in die Augen, seufzt alle Augenblicke »mein Gott, mein Gott« und bittet uns, ihn in Anwesenheit der anderen Gruppenmitglieder nicht Schenja zu nennen – DORT Jewgenij Michajlowitsch, HIER jedoch ausschließlich Schenja. Sein Zimmerchen gleicht einer echten Schneeleopardenhöhle: verhedderte Seile, die verschiedensten Eispickel, Steigeisen, Karabiner, an der Wand gerahmte Fotografien von Gipfeln. Ein Bild ist zur Wand gedreht, und ich könnte wetten, daß auf der anderen Seite der braunen, abgeschabten Pappe seine Frau und ein paar Kinder zu sehen sind, die sich an Mamas Rock festklammern. Das jagt mir trotzige Schauer über den Rücken, ich beiße mir ein bißchen auf die Unterlippe, bin aber recht schnell wieder besänftigt, denn eigentlich passiert ja noch gar nichts – in der Luft wabern lediglich Bewunderung, Schwaden heißen Tees und der in den Bergen so vertraute Duft nach verschwitzten Lederstiefeln.

Ehrlich gesagt, ich bin nicht ganz sicher, ob in Leopardenhöhlen Familienfotos an der Wand hängen, zudem brauchen sie ganz bestimmt weder Steigeisen noch Seile, aber sie sind sehr schöne Raubkatzen, und genau wie eine Raubkatze sieht Schenja aus, auch wenn er sich tarnt. Es wäre schließlich ziemlich merkwürdig, wenn vor der Schwelle seines Zimmerchens ein abgenagtes Bergziegenskelett herumliegen würde oder die sterblichen Überreste einer naiven Alpinistin.

Der Tee ist bald alle, und Schenja fallen keine anderen ausreichend triftigen Vorwände ein, um uns aufzuhalten – wir siedeln zum Lagerfeuer über, um das sich die übrigen versammelt haben. An Lagerfeuern sind von jeher Jungs mit Gitarre die Nummer eins, und sie werden es auch immer sein. Diesmal sind es ungewöhnlich viele, ganze drei. Sergej ist ein langer, hoch aufgeschossener Komponist aus Leningrad mit leicht eingefallenen Wangen und von trockenen Lachfältchen umrahmten, stechend schwarzen Augen; er hat dunkelbraunes, glänzendes, lockiges Haar, das in widerspenstigen Wellen auf das Griffbrett der Gitarre fällt und ihn hin und wieder zwingt, sein Spiel zu unterbrechen, um es hinter das Ohr zu streichen. Seine Ohren sind übrigens witzig – wie die eines Luchses, mit leicht zugespitzten Enden, man möchte am liebsten noch kleine Büschelchen ankleben. Sergej singt und lächelt die ganze Zeit. Er schreibt sowohl die Musik als auch die Texte seiner Lieder selber, und anfangs ist man vielleicht ein wenig enttäuscht, weil man nicht mitsummen kann, aber dann ziehen einen seine einzigartigen, nicht selten aus dem Stegreif erdachten Texte fast schon mit Gewalt in den Bann und füllen die Augen mit einem seltsamen Glanz. Wenn Sergej spielt, dann spiegeln sich im Blick eines jeden Zuhörers der Mond und die in der Ferne schimmernden schneebedeckten Gipfel wider. Sergej lauscht gerne meinen Geschichten, und häufig bittet er mich, lettisch zu sprechen.

»Dann verstehst du doch gar nichts«, lache ich, aber er bleibt beharrlich.

»Ich mag den Klang deiner Sprache«, sagt er, »rezitier ein paar Gedichte.«

Und ich sage alles auf, woran ich mich nur erinnern kann: Shakespeare, Puschkin, Austra Skujiņa und Rainis – letzteren allerdings etwas schlüpfrig paraphrasiert. Als ich mit allen mir bekannten Versen durch bin, ersinne ich selber welche. Dann mache ich mich an das Verlettischen seiner Lieder.

»Schreib es mir auf, aber in Blockbuchstaben«, bittet er mich, und ich kritzele ein ganzes Karoheft voll. Statt zu unterschreiben, zeichne ich unter jedes Lied einen winzig kleinen Elbrus mit einer Sternschnuppe in der Mitte.

»Ich würde es gerne vorsingen«, erwähne ich, »aber ich kriege nun mal keinen sauberen Ton heraus.«

»Bei einer Sprache wie der deinen muß man gar nicht singen können, sie ist selber schon wie Musik.«

»Du bist wirklich ein echter Dichter...«

»Nur deshalb, weil ich blaß wie der Tod bin?« lacht er, nachdem er sich geräuspert hat, und erst jetzt bemerke ich, wie dünn und durchsichtig seine Haut ist, wie lang und schmal seine Finger sind, wie weit in die Ferne irrend seine Augen.

Wenn Sergej ein Mädchen wäre, würde man ihn den »Traum eines Dichters« nennen, aber für mich ist er der allerbeste Freund. Wir können nebeneinander dasitzen, ohne zu reden. Er ist doppelt so alt wie ich und erzählt manchmal wundersame Dinge. Über mich. Keine Spur von Geküsse. Keinerlei Winke in Richtung Verliebtsein. Und dann fängt er unverhofft an zu weinen. Wie ein Kind. Ohne etwas zu erklären, nur leise aufwinselnd: »Mein Gott, Katjuscha, wenn du wüßtest, wie schön es hier ist.« Ich drücke seinen Kopf an meine Brust und streichle ihn. Ich weiß nicht, wie ich ihn trösten soll, aber er versteht es. Ich spüre, daß er jemanden braucht, der seinen Kopf streichelt und nichts sagt.

In den Bergen ist nichts einfacher, als sich an die Schulter eines Fremden zu schmiegen, dem man kürzlich begegnet ist, und ihm sofort sein ganzes Leben anzuvertrauen.

Ein Kilometer auf einem steilen Bergpfad entspricht mindestens zwanzig Kilometern auf den staubigen Wegen Lettlands. An einem Tag geschieht hier mehr als zu Hause in zehn Jahren.

Wlad ist ein Rabauke aus dem sibirischen Kemerowo – er lacht ununterbrochen und macht Faxen, vor jedem Lied erzählt er einen Witz und legt dann los, daß die Saiten des armen Instruments klirrend reißen. Bei ihm singen fast alle mit und rufen nach den temperamentvolleren Stücken *»bis!«,* »da capo!«. Beim allerstürmischsten Applaus reckt sich Wlad wie ein junger Gockel und läßt sich ewig lange bitten, und natürlich bitten auch alle – stapeln Weintrauben und Honigtöpfchen vor ihm auf, ein Mädchen ist sogar bereit, sich eine Haarlocke abzuschneiden. Wlad ist verrückt – er kann Kopfstand machen und Salto fast ohne Anlauf, und er wäre bereit, bedenkenlos den gefährlichsten Hang hinaufzujagen, wenn baltische Mädchen ihn bitten würden, eine dort wachsende rote Margerite zu pflücken. Bloß bitten sie ihn nicht darum: Beide schauen mit verschleiertem Blick zu Sergej und schmachten still vor sich hin, aber Serjoscha wird mitnichten irgendwo hinrennen, von wegen, nicht einmal richtig in die Augen schaut er uns – er lächelt das Lagerfeuer an, läßt einen traurigen Blick über die Kiefernwipfel schweifen und versteckt sich dann wieder im Schutz der dunklen Locken. Wlad ist Krankenpfleger und arbeitet beim Rettungsdienst. Er hat eine Menge gesehen im Leben – ihn jedoch hat keine von uns beiden bislang zur Kenntnis genommen, wie es scheint.

Genna aus Kiew, ein Rotschopf, ist Wladimir-Wyssotzkij-Spezialist: Er macht die im Bruchteil einer Sekunde erkennbare Stimme derart gekonnt nach, daß es sogar den größten Spöttern und Zynikern die Sprache verschlägt. Genna hat eine treue Fangemeinde, überwiegend diejenigen, die schon auf die dreißig zugehen. Sie sondern sich von den übrigen ab und ziehen sich zum Musizieren in eines der Zimmerchen zurück. Erst spät in der Nacht, wenn die letzte Glut erloschen ist und die Dunkelheit nach Morgentau zu duften beginnt, schließen sich ihnen die standhaftesten Nachtvögel unter verlegenen Entschuldigungen an. Serjoscha hat sich dann schon schlafen gelegt; er wird immer ungewöhnlich schnell müde und verläßt die Runde früher als alle anderen. Trotzig und so, daß Diāna und ich es garantiert sehen, macht Wlad an der Wand der nächsten Hütte mit irgendeinem Mädchen herum. Wir lächeln einander an und schweben mit erhobenen Nasen vornehm an dem unverhohlenen Gestöhne vorbei – die Nacht wird bei Genna fortgesetzt.

Genna mag baltische Mädchen. Genna ist der Meinung, daß wir über das gewisse Etwas verfügen, und er erlaubt sich niemals, uns als »Babas« zu bezeichnen.

»Eigentlich ist das ja kein schlechtes Wort«, pflegt er anzumerken, »Babas, das sind solche guten, bodenständigen Frauen, die wissen, was sie wollen. Bei denen hast du Grund unter den Füßen, die stehen hinter dir, da weiß man, in welche Richtung man das Feld räumen kann, wenn es mal beschissen läuft im Leben. Aber du und Diāna, ihr seid anders. Pusteblümchen. Zart, aber mit tiefen Wurzeln.«

Außerdem versucht er ewig zu erläutern, was der Unterschied zwischen den Worten *»djewotschka«* und *»djewuschka«* ist[4], nur werde ich aus seinen Weisheiten nicht schlau. Insbesondere nachdem er verkündet hat, daß ich mich irgendwo in der Mitte zwischen einem kleinen Mädchen und einer jungen Frau befände.

»Ich erkläre es zum letzten Mal«, seufzt er, »das ist so: Ich kann für dich weder Vater noch Liebhaber sein. Du bist kein Mädchen mehr, aber noch keine Frau. Klar?«

Ich nicke. Wenn man überhaupt nichts begreift, ist es manchmal besser, einfach beizupflichten.

Es ist erst die erste Woche im Kaukasus, und ich habe nicht die geringste Ahnung, wie sehr dieser Monat mein ganzes künftiges Leben umkrempeln wird. Zärtlich ist die Nacht; am Morgen wird vor meinem Bett ein ganzer Armvoll roter Margeriten welken, und aus irgendeinem Grund werde ich mir einbilden, daß Wlad sie gepflückt hat – schließlich ist jedem klar, daß einzig und allein dieser Verrückte dorthin zu klettern fähig ist, wo rote Margeriten wachsen. Nachdem unser Instruktor die Blumen entdeckt hat, wird er fast rasend vor Wut sein, das gesamte Lager in Reih und Glied antreten lassen und jeden ausquetschen, um den romantischen Missetäter ausfindig zu machen. Dorthin, wo Margeriten wachsen, darf ohne ihn keiner.

»Das ist viel zu gefährlich!« wird Schenja mit puterrotem Kopf vor der versammelten Mannschaft brüllen, mir später jedoch leise ins Ohr gurren: »Das sind die Blumen der Liebe, die man nur zu zweit pflücken gehen kann.«

Zunächst meldet sich niemand, doch dann werden

4 djewotschka: junges Mädchen; djewuschka: Fräulein (russ.)

plötzlich sämtliche Männer des Lagers einen Schritt vortreten, als ob sie sich verabredet hätten. Instruktor Schenja wird leise fluchen und sie alle gehen lassen. Doch auch dann werde ich noch nicht begreifen, daß die roten Margeriten nichts mit Wlad zu tun haben, obwohl er garantiert keine so großartige Gelegenheit verpaßt hätte, sich vor seiner Hühnerschar aufzuplustern.

Ich weiß noch nicht, daß dieser Monat Tausende ungesagter Worte in mir hinterlassen wird, die mich sogar nach zehn und fünfzehn Jahren schmerzlich zusammenzucken lassen. Ich weiß noch nicht, was Schuldgefühle bedeuten, die im Gehirn die grausamsten Bartholomäusnächte veranstalten und nichts hinterlassen als rußgeschwärzte Ruinen. Ja, natürlich, schon seit der frühen Kindheit wurde mir beigebracht, daß alles genau so kommt, wie es kommen muß, und trotzdem scheint es manchmal, daß nur eine Kleinigkeit, eine winzige Anstrengung, eine Prise Vernunft gereicht hätte, und das Leben hätte sich auf anderen Wegen weitergeschlängelt. Denn danach bleibt einem nur noch eines, nämlich unablässig an seinen Erinnerungen zu nagen: Ja, ja, ich habe es schon damals gespürt, daß ich ein wenig anders, ein wenig mehr ich selbst hätte sein können, aber verstehst du, ich habe mich dir gegenüber doch genauso verhalten wie du mir gegenüber – wie du mir, so ich dir, unter Männern ist das nicht so, aber bei Frauen nur so und nicht anders! Und man braucht mir nicht die Unabhängigkeit der Frau unter die Nase zu reiben, kein Bedarf, denk dir etwas Glaubwürdigeres aus, und verdammt noch mal, wenn du wüßtest, wie sehr ich mir manchmal wünsche, ein Mann zu sein!

Ich weiß noch nicht, daß ich anfangs nur verständnislos

mit den Schultern zucken werde, wenn ich im nächsten Frühling keine Briefe mehr von Genna erhalte, nachdem er mir den ganzen Winter über jede Woche haufenweise lustige Fotos von unserem gemeinsamen Sommer geschickt hat: »Genna und Katrīna auf einem Felsvorsprung«, »Genna auf einem Fünftausender«, »Genna und der Eispickel«, »Genna und die Bergziege«, gegen Frühjahr verirren sich ein paar in den Umschlag, auf denen er zusammen mit seiner Freundin zu sehen ist: »Genna und Galina«, »Genna, Galina und das Baby – dort unter Galinas Kleid«. Genna wird schreiben, daß sie im Mai heiraten und im Juli ein Baby bekommen, daß er nach der nächsten Bergsaison auf dem Heimweg garantiert in Riga vorbeischauen wird, daß, daß, daß ... Dann, irgendwann Mitte April, lädt er mich ein, ihn zu besuchen, ich nehme die Einladung freudig an, und plötzlich wird kein einziger Brief mehr kommen, ich schreibe einfach weiter und stelle einen Haufen blöder Fragen: wie geht es euch dort, was macht deine Freundin, vielleicht kommt ihr beide zusammen, DANACH solltet ihr unbedingt Ferien am Meer machen... ich Vollidiotin... ich werde idiotisch bockig sein und schreien, wenn Vater mich nicht nach Kiew fahren läßt, und er wird noch fürchterlicher brüllen... und dann werde ich alle meine Briefe zurückgeschickt bekommen – unberührt, ungeöffnet, ungelesen... da wird es auch eine ganz kurze Notiz von Gennas Mutter geben, mit schwarzer Tinte in zittriger Handschrift geschrieben... ich werde sie lange nicht lesen können und stumpfsinnig vor mich hin lächeln, während ich versuche, das verschwommene Gekrakel zu entziffern... und dann werde ich schreien, ich werde so schreien, daß mein Vater mich, ein sechzehnjähriges Mädchen, wie einen Säugling auf den Armen tragen wird, ich werde so schreien, daß selbst er nicht die Kraft haben wird, die Tränen zurückzuhalten... ich werde schreien, daß ich Atompilze hasse, daß ich die ganze Welt hasse, daß ich sofort nach Tschernobyl fahren und diese ganzen Schweinebacken erschießen werde ... Wo willst du denn hinfahren, mein Liebling, wohin denn, dort ist niemand mehr, kein einziger, den du erschießen kannst, beruhige dich, mein Liebling, ich mach' dir eine heiße Milch, wird Papa mir leise ins Ohr flüstern... ich werde die Milch in großen Schlucken trinken, mir den Mund verbrühen, gierig die Milchhaut verschlucken ... »Genna ist nicht mehr. Er war mit seiner Frau im Wald, um eine Wiegenstange auszusuchen, als es passiert ist. Anastasia (Gennas Mutter).«

Nach den Bergen schreiben viele einander Briefe. Einige sogar über Jahre. Manche auch das ganze Leben lang. Wiegen, die an einer federnden Stange hängen, habe ich nur im Museum und in alten Filmen gesehen.

Aber heute abend gibt Genna, ein hinreißender Erzähler und einer der besten Unfallärzte der Ukraine, den Wladimir Wyssotzkij. Er hat kräftige, muskulöse Arme, die dicht mit roten Härchen bewachsen sind, grüne Katzenaugen und ungewöhnlich gleichmäßige Zähne. Keiner im ganzen Lager kann besser als er ausgerenkte Gliedmaßen wieder einrenken, Beine und Schultern von Krämpfen befreien, und die Mädchen stehen tagelang bei ihm Schlange, um in den Genuß einer »Massage auf ukrainische Art« zu kommen. Genna ist es, der mir das Massieren beigebracht hat – das wird dir neue Wege eröffnen, du wirst ohne Sprache sprechen können.

»Es ist beinahe egal, was du machst«, erläutert er mir, »wenn du es nur im Rhythmus seines Herzschlages machst. Hier, leg mal dein Ohr an meine Brust. Hörst du? Die Hauptsache ist das Hinhören – anfangs hörst du nur mit den Ohren, aber dann lernst du, mit den Fingern zu lauschen, und nach einer Weile brauchst du nicht einmal die. Und denk dran: Die Pulsfrequenz ändert sich, manchmal vollführt das Blut Sprünge wie ein junges Fohlen – nimm es am Zügel, sanft, ganz sanft, kraule ein wenig seinen Nacken, sachte, sachte, laß langsam locker, du mußt ruhig sein, ganz ruhig, so ist gut, sehr gut... na, siehst du, das geht dir doch schon ganz gut von der Hand, prima, Katrīna, ausgezeichnet...«

Diāna prustet unter meinen Fingern, und eine Gänsehaut läuft über ihren Rücken. Ich taste mich ganz langsam nach oben, verweile einen Augenblick in den Grübchen neben dem Kreuz und gleite dann weiter. Diānas Hand kommt unter ihrem Bauch hervorgekrochen und nähert sich vorsichtig Genna, eine lange, geschmeidige Efeuranke windet sich in seine Röte, wobei die Fingerkuppen leise das immer lauter durch den Raum wirbelnde »tuck-tuck, tuck-tuck« mittrommeln, ich schließe die Augen und fahre fort zu schwirren, das strubbelige Haar in der Vertiefung unter Diānas Hinterkopf knirscht kaum hörbar und kitzelt meine Finger, ich lächle und presse die Augen noch fester zu, dann wieder nach unten, an den Seiten des Halses entlang, ein leichter Druck auf die Kieferwölbung, weiter nach unten, die Halsschlagader versengt die Hand regelrecht, über die Rundungen der Schultern hinweg, sie ist ein warmer und duftender Sonntagskuchenteig, wenn die Hefe zugesetzt ist, und sie ist aufgegangen, wie es sich gehört, die in die Rundung des Teigs gedrückten Mulden gleichen sich sofort wieder aus, wobei uns das bittere Aroma von Aprikosenkernen umgibt. Diāna nimmt Genna das Ölfläschchen aus der Hand und kippt ihm dessen ganzen Inhalt auf die Brust, glitschig wie eine Schleie schlängelt sie sich von mir weg, meine Hände fahren fort, die glühende Luft zu streicheln, Diāna ist weg, doch das Pochen ihres Blutes verweilt noch hier, ich presse die Lider so fest ich kann zusammen, die Wimpern verhaken sich ineinander und versperren dem letzten Lichtstrahl den Weg, ich fahre fort, die dräuenden Gewitterwolken zu streicheln, nur nicht die Augen öffnen, für einen kurzen Augenblick duftet es nach Ozon und Wind, der sich gelegt hat, nur nicht die Augen öffnen, in der Ferne beginnt es schon zu grollen, eine unfaßbare, wortlose Kraft, die jedes lebendige Wesen mit Elektrizität durchbohrt, schleudert mich in eine vibrierende, von Flammen umgebene Schwärze, sie hat keinen Anfang, sie hat kein Ende, noch niemand hat sie beim Namen genannt, nur nicht die Augen öffnen, nur nicht benennen, ich hocke zusammengekauert da, stütze die Wand mit dem Rücken und wage nicht, die Augen zu öffnen.

»Hast du ... habt ihr ... ich meine ... habt ihr euch geküßt?« stoße ich ein kleines, erschrockenes Vogeljunges aus dem Nest und verstecke es sogleich wieder in der Hand.

Diāna und ich drücken uns bei den Gymnastikstangen auf dem Sportplatz herum, gleich, jetzt gleich wird die Sonne aufgehen und ein Funkeln in dem Öltröpfchen auf ihrem Hals entfachen. Sie sieht mich ganz seltsam an, lacht kurz durch die Nase und wendet sich ab. Diāna ist schon achtzehn, und ich finde, daß sie sehr schön ist. Nachdem sie ein paarmal mit einem verdorrten Kiefernknüppel gegen die abblätternde Farbe der Metallrohre geschlagen hat, geht sie langsamen, leicht schlingernden Schrittes fort. Der erste Sonnenstrahl beißt in die Augen und zwingt, die Lider zu schließen. Ich stehe da, gegen einen Kiefernstamm gelehnt, und gebe mich den Liebkosungen des Lichts hin – bis zu dem Augenblick, da ein lautes, ins Megaphon gebrülltes *»Poooooodjom!«*[5] über das ganze Lager erschallt.

*

»Ja, ja, diesen Sommer sind sehr viele an Pneumonie erkrankt. Wir haben uns wohl zu viel im Wasser getummelt, was?« stellt die Bezirksärztin fest und stopft das Stethoskop in die Arzttasche. Meine Mama hat Santa für die Zeit der Visite auf den Markt geschickt, um Honig zu kaufen.

»Nein, sie ist gerade aus den Bergen zurückgekommen und hier in Riga im Regen klatschnaß geworden.«

»Alles halb so schlimm, nur der Organismus sieht etwas geschwächt aus, haben Sie da nicht schon an etwas anderes gedacht? Spulwürmer oder ...« Die Ärztin zieht die Augenbrauen hoch und sieht meiner Mama vieldeutig in die Augen.

Mama begreift nicht und zuckt mit den Schultern, dann beißt sie sich plötzlich auf die Unterlippe und versucht zu lächeln.

Die Ärztin und Mutter gehen auf den Korridor hinaus, schließen die Tür hinter sich und erörtern lange und ausführlich etwas mit gedämpften Stimmen. Meine Güte, kön-

5 Podjom: Aufstehen! (russ.)

nen sie das wirklich nicht in meiner Anwesenheit besprechen? Bin ich ein Kleinkind, oder was? Wenn ich einmal Kinder habe, dann werde ich nie mit Ärzten herumflüstern, niemals! Als ich noch ganz klein war, habe ich zweimal vor Angst ins Bett gemacht – Mami sagt nichts, Frau Doktor sagt nichts, also werd' ich in den Po gepiekst, ja? Ins Krankenhaus gebracht, ja? Muß sterben, ja?

Weder wird in den Po gepiekst noch irgendwo hingebracht, Mama kommt lediglich wieder herein und guckt so merkwürdig – ihre Augen überfliegen das Zimmer, als wolle sie überprüfen, ob jede Kleinigkeit an ihrem Platz ist, kommen bei einem unsichtbaren Stäubchen auf dem Fensterbrett zum Stillstand, und dann bemerkt sie beiläufig, als würde sie etwas ganz Unwichtiges sagen:

»Wann hattest du das letzte Mal deine Tage?«

»Aber, Mama ...«, panisch klaube ich sämtliche in mir auffindbare Entrüstung zusammen, »ich bin doch nicht SO EINE!«

»Ach, ich frag' ja nur so.« Sie fährt mit der Handfläche über das Fensterbrett, dann macht sie sich am Regal zu schaffen und ordnet mit noch nicht dagewesener Sorgfalt die Buchrücken, zieht das eine etwas hervor, das andere schiebt sie weiter nach hinten und gleicht mit der Handkante aus. »Aber weißt du – DORT kann ja alles mögliche passieren. Ich mach' dir einen Frauenschuhtee, du mußt jetzt sehr viel trinken.«

Ich kann Mama einfach nicht beibringen, daß man Frauenmantel nicht Frauenschuh nennen sollte. Frauenschuh ist giftig, und ein Tee daraus könnte etwas ziemlich Scheußliches sein. Aber sie ist stur – Frauenschuh, Frauenschuh ... schön, von mir aus Frauenschuh, ich habe keine

Kraft, mich zu streiten, die Medikamente werden wirken, und dann...

»Mama, mach mir bitte einen Goggelmoggel«, rufe ich ihr hinterher.

Ich will nicht, daß Mama zurückkommt, sobald das Wasser gekocht hat. Ich will nicht, daß sie sich mit der Teetasse in den Händen auf den Rand meines Bettes setzt und versucht, mir in die Augen zu schauen. Schon im Frühling ist unser Mixer kaputtgegangen, und es braucht jetzt eine halbe Ewigkeit, das Ei schaumig zu schlagen. Vielleicht vergißt Mama beim Geräusch der gegen die Schüsselwand klappernden Gabel, was sie fragen wollte. Wenn ich unpäßlich bin, schlägt Mama mir nie etwas ab. Und jetzt bin ich sehr, sehr krank.

O Katrīna, Katrīna, so wirst du diese Temperatur nicht los – fiebriger kann Fieber nicht sein! Also – wann? In den Bergen, in den Bergen ... Nein, in den Bergen bestimmt nicht, ein bissel vorher, fünf, dreißig, sechs, zwei ... also, wieviel sind das zusammen ... dreiundvierzig Tage ... Au weia! Dann DAS, das erste Mal, das zweite... nein, nein, jetzt ist alles durcheinander, noch mal von vorne ... also fünf, dann zehn, nein, vielleicht acht... trotzdem blöd – wie man es dreht oder wendet, es war genau in der Mitte... das kann doch nicht sein, ich versuch' es noch mal ... o Gott, o Gott, wie konnte ich das bloß vergessen ... wie mir diese Mathematik doch zuwider ist ... dreizehn? fünfzehn? ... o je, so oder so – genau in der Mitte... Sofija!!! Oleg!!!

Aber Sofija ist in Latgale – sie versorgt an meiner Stelle die verlausten Schweine im Stall von Winkelend und geht freitags nach Rubene in die Disco. Meiner Ansicht nach ist Sofija noch zu jung, um sich auf Tanzböden herumzutreiben, aber ich kann ihr keinen Vorwurf machen, denn Läusevergiften ist auch nicht wirklich die richtige Arbeit für ein vierzehnjähriges Mädchen.

Im Sommer vor zwei Jahren habe ich die Schweinefarm zum erstenmal betreten. Ich brauchte dringend Geld, um in die Berge fahren zu können, und hatte in Erfahrung gebracht, daß Schweinepflegerinnen viel mehr verdienen als Rübenhackerinnen oder Gurkenchemikalisiererinnen. Ein scharfer Gestank stach mir in die Nase, für einen Augenblick verschlug es mir den Atem, und Tränen füllten den Blick mit warmem, trübem Nebel. Nach einer Weile hatte ich mich wieder berappelt, rieb mir die Augen und schaute mich um. In baufälligen Bretterverschlägen tummelten sich die Muttersäue. Manche trappelten in fieberhafter pränataler Geschäftigkeit aufgeregt im Kreis, andere versuchten, Futterreste aus den verkrusteten Trögen herauszugrabbeln, wieder andere hatten sich lässig auf die Seite gelegt und säugten ihre Ferkel. Am gegenüberliegenden Ende des Stalls, direkt neben der Ausmisttür, befanden sich zwei Koben für die Zuchteber – schweineähnliche Geschöpfe von einer Größe, wie ich sie noch nie gesehen hatte, mit fürchterlichen gelben Hauern und langen, über die Augen hängenden Ohren, deren Enden aussahen, als wären sie zwischen die Zähne eines Sauerkrauthobels geraten. Die Eber grunzten lauter als alle anderen, kehlig und bedrohlich. Jedesmal, wenn man die Futterlore oder Mistkarre an ihnen vorbeischieben mußte, rammten sie mit aller Kraft gegen die wackelige Kobentür und versuchten, mit wütend schnalzenden Geiferschnauzen und verzerrten rauhen Rüsseln an den Schweinepfleger heranzukommen. Wir wurden gleich zu Anfang gewarnt, daß die einzige Rettung, wenn ein Eber ausbricht, in der Flucht liegt, indem man über die Muttersaukoben hinwegsetzt – dann würde die Aufmerksamkeit des Männchens auf eine arme Sau gelenkt, deren letztes Stündchen dann natürlich geschlagen hätte, es bestünde jedoch Hoffnung, selber mit heiler Haut davonzukommen.

Sehr viel mehr jedoch als die Aussicht, von einem Eber in Stücke gerissen zu werden, erschreckten mich die Schweine selber. Als ich sie zum erstenmal sah, keuchte ich vor Überraschung auf – ich hatte noch nie schwarze Schweine gesehen.

»Ihr habt ja schwarze!« rief ich fröhlich aus und lächelte Nina an.

Nina räusperte sich, und ein schiefes Lächeln legte sich auf ihr faltiges Antlitz, wobei sie die Hälfte ihrer Mundhöhle und einige ihrer zu spitzen Stümpfen verrotteten Zähne entblößte.

»Guck mal«, sagte sie und holte aus einer Ecke eine lange Stange hervor.

Nina trat an einen der Koben und berührte mit dem Holz ein Schwarzschwein, das gerade eine ganze Horde quengelnder Ferkel säugte. Die Sau grunzte lediglich leise und ... wurde allmählich rosa. So als wäre am Ende der Stange eine Dose mit rosa Tinte befestigt, die alles einfärbt, was mit ihr in Berührung kommt. Ein hautfarbener Fleck auf dem Rücken eines Schwarzschweins. Je mehr Nina die Sauhaut rieb, desto heller wurde sie. Zunächst lachte ich und begriff gar nichts. Ich hatte den Eindruck, Nina wollte mich veräppeln.

»Das wird denn auch deine Hauptaufgabe sein«, brummte sie und stiefelte in den Stallvorraum, um Mehl und Kombikorm in die Loren zu schütten.

Ich schnappte mir die Stange und berührte das nächste Schwein – es geschah das gleiche. Im dämmrigen Licht des Stalls beugte ich mich mit zusammengekniffenen Augen über den Koben und versuchte, den Mechanismus der ungewöhnlichen Zauberei zu verstehen.

Offensichtlich verschlug es von meinem Schrei sogar den Ebern für einen Augenblick den Atem – es trat fast absolute Stille ein, in der nichts zu hören war als das Summen der Fliegen. Das waren Läuse! Die rosa Schweinchen waren von oben bis unten von schwarzen, erbarmungslosen Blutsaugern bedeckt, die sich nur dann bewegten, wenn sie gestört wurden.

»Die Schweine quäln sich. Geben wenig Milch. Kommt vor, daß die Mistviecher die Ferkel völlig totbeißn«, erklärte Nina. »Da, nimm, das ist die Flüssigkeit, das ist die Bürste. Du tauchst die Bürste in die Flüssigkeit und wäschst die Schweine. Ein dolles Gift, aber nicht atmen. Kannst Handschuhe anziehn. Maulkörbe sollte man eigentlich auch, aber die störn bloß. Kommst ohne Maulkorb zurecht.«

Am nächsten Tag schleppte ich mich zum Kolchoszootechniker und verlangte zwei Atemschutzmasken – die Giftflüssigkeit brannte in Hals und Nase, und so viel Verstand hatte ich noch, mich wegen der Schweine von Winkelend nicht umzubringen. Falls ich mich vergiften wollte, sollte ich schon edlere Motive finden.

Und so war ich dort zugange – einen Tag wusch ich die Schweine, und am nächsten schaufelte ich bergeweise verreckte Läuse weg. Um einmal durch die ganze Farm zu kommen, brauchte ich eine Woche, und dann war eine zweite Runde fällig – um denjenigen den Garaus zu machen, die beim ersten Mal noch nicht aus ihren Nissen geschlüpft waren

Wie es Sofija dort ergeht, kann ich mir partout nicht vorstellen. Sie ist schon ein tapferes Mädel, aber trotzdem.

Nein, Mama zu rufen kommt nicht in Frage – ich bin doch nicht SO EINE, und daran glaubt sie. Ich darf ihre Illusionen nicht abtreiben. Ein Freund von Mama, ein Künstler, ermahnt mich immer: »Du hast eine sehr gute Mama, schone sie.« Und Papa sagt das gleiche. Und sein Papa auch. Alle sagen es. Und ich glaube ihnen.

*

Der heutige Aufstieg ist so schwer wie keiner zuvor. Die Lippen zusammengebissen, zähle ich Schritt um Schritt und fahre mir hin und wieder kräftig mit der Hand vom Kinn bis zum Schlüsselbein über die Kehle, um den Kloß aus Herzklopfen zurückzudrücken, der in meinem Hals aufgestiegen ist. Ein seltsamer, metallener Geschmack breitet sich im Mund aus, und nur noch der Pfad unter meinen Füßen ist deutlich zu erkennen – die Stiefelabsätze der vor mir Gehenden zerfließen zu zähem Nebel ... tuck-tuck, tuck-tuck ... noch ein Schritt ... eins, zwei, drei ... bis zehn, und dann wieder von vorne ... eins, tuck, zwei, tuck, drei ... nur unter den Achseln schwitze ich nicht, wahrscheinlich hat das Deo sämtliche Poren verklebt ... tuck, tuck ... aber wo bleibt der Achselschweiß? Kommt er woanders raus? ... eins, tuck, zwei, tuck ... was würde wohl passieren, wenn man den ganzen Körper mit Deo einschmiert? Wo würde der Schweiß dann bleiben? ... drei, tuck, vier, tuck ... Innen drin? Au weia! ... fünf, tuck ... dann würde ich wahrscheinlich von meinem eigenen Schweiß langsam aufgepumpt werden... sechs, tuck... wie lange müßte ich dann schwitzen, um eines schönen Augenblicks zu platzen?... sieben, tuck, acht, tuck ... das passiert bald, sehr bald... neun, tuck... mein Gott, wie lange werden wir denn noch so laufen... tuck, tuck, tuck...

»Arme kleine *kroschka,* es ist wohl ein bißchen viel für dich«, bringt ein warmer Atem direkt neben meinem Ohr überraschend mein Herzschlaggezähle durcheinander. »Rast! Alle Mann Rast! Fünf Minuten.«

Schwer lasse ich mich am Rand des steinigen Pfades niederplumpsen und reibe meine verschwitzten, fast schon blutiggescheuerten Schultern. Dunkelgraue, lachende Augen in Schwarze-Wimpern-Rähmchen hocken sich vor mich hin und fragen:

»Na, was ist, kannst du nicht mehr, ja? Zeig mal her, was du da so alles eingepackt hast. Aha, du dachtest also, daß du die Verpflegung für die gesamte Gruppe alleine schleppen mußt? Aber daß ich dir gleich die Ohren langziehen werde, das kannst du dir nicht denken, hm? Und was ist das?«

»Aquarellfarben.«

»Ah... na schön, na schön...«

Mit schnellen und präzisen Bewegungen packt er den Inhalt meines Rucksacks in seinen um und läßt mir nur das leere Gestell übrig.

»Ja, ich heiße übrigens Oleg und bin der zweite Instruktor eurer Gruppe. Und was heißt *kroschka* auf lettisch?«

»Krümelchen«, quäle ich hervor, vor Beschämung geradezu betaut.

Ich bin kein Schwächling, ich bin keine Memme –

warum können die anderen schleppen, aber ich habe einen leeren Rucksack? Und trotzdem... o Dank dir, du Lieber, du Guter, du hast mich vor dem Urknall gerettet, Dank dir, mein Teurer, danke...

»Wie? Wie hast du gesagt?«

»Krümelchen.«

»Na, dann hör mal zu, mein Krümelchen, dein Gepäck werde ich tragen, aber dafür machst du Mittagessen für mich, einverstanden? Und für alle anderen auch.«

Wie hypnotisierend süß dieses »Krümelchen« in seinem Mund klingt! Das »r« verweilt einen Augenblick in der Kehle und gurgelt, gurgelt, gurgelt – wie dann, wenn ich meine anginageplagten Mandeln mit dem Kamillentee spüle, den Mama mir gemacht hat. Khrrrrü-mel-chen...

»Danke...«

Ich habe ja geahnt, daß es so kommen würde, daß ich für alle das Mittagessen machen darf! Weshalb sonst sollte ich sämtliche Taschen mit getrockneten Thymianzweigen, duftenden Rosmarinbündchen und kleinen Säckchen vollgestopft haben, in denen zu Pulver zerriebene Basilikumblätter versteckt sind? Selbstgezogen, selbstgetrocknet, ach, ich Bestarrrrrrbeiterin!

»Paß mir hübsch auf, Krümelchen!« Oleg wendet den Kopf zur Seite und ruft kurz: »Weiter geht's!«

Ich bin ein Grashüpfer, ich bin eine federleichte Libelle, ich bin die flinkeste Bergziege, ich trällere das Liedchen von den Insekten, die im Meer nicht untergehen, und schreite munteren Schrittes voran, wobei ich mich bemühe, nicht allzu offen zu lächeln – schließlich bin ich die einzige, die lediglich mit der auf sie selber wirkenden Erdanziehungskraft zu kämpfen hat.

Bereits kurz nach zwölf schlagen wir auf einem grasigen Plätzchen neben einem gewaltigen Felsen, aus dessen dunklem Schoß sich ein recht breiter Fluß schlängelt, unser Lager auf. Etwas weiter weg macht sich ein riesiger, mit Eiszacken gespickter Gletscher breit. Einige der Eispiken, die von größeren und kleineren Steinen übersät sind, erinnern an bartstoppelige Schrate, die sich nach erfolgreichem morgendlichem Pilzesammeln zur Rast an den Waldsaum gehockt haben; andere wiederum – jung, schmal und glänzend – lassen bösartig ihre grünlichen Seiten schillern und schleudern mir direkt ins Gesicht: »Bleib, wo du bist, Winzling! Hier hast du nichts verloren!« Sachte, sachte, Katrīna, beruhige dich – sie sind noch weit weg, heute darfst du ihnen die Zunge herausstrecken und eine lange Nase machen. Und Katrīna stellt sich auf einen Stein, streckt die Zunge raus und sagt »ätsch« … Mein Gott, wie klein ich doch bin!

»Heute gehen wir nicht weiter, oben ist Neuschnee gefallen, und solange der nicht festgefroren ist, wäre der Aufstieg zu gefährlich«, erklärt uns Oleg und macht sich daran, sein Zelt aufzuschlagen.

Hurra! Den ganzen Tag frei! Ich stürze zum Fluß und benetze eifrig das Gesicht mit dem eisigen Wasser.

»Und noch etwas, das gilt für die Jungs – daß mir nicht eine einzige Blume gepflückt wird! Hier ist Naturschutzgebiet, klar?« Das ist Schenjas gespielt barsche Stimme.

Noch nie habe ich mit solchem Genuß Mittagessen gekocht – in fünf Primus-Töpfen gleichzeitig! Touristenfrühstück-Suppe mit Thymian, Schweinefleischkonservensoße mit Tomaten und Basilikum, in Rosmarin und in Safran gekochter Reis! Welcher Alpinist hat jemals inmitten der

Berge eine so leckere Mahlzeit gegessen? Welcher? Die haben schon Glück mit ihrem Krümelchen, keine Frage!

Oleg schaut mich an und lächelt. Er hat schwarzes Haar und feuchte Zähne.

Diāna ist die einzige, die meine Kochkünste nicht lobt, sondern nur die fettigen Lippen am Hemdsärmel abwischt, ein knappes »Danke« sagt und ans jenseitige Ende der Wiese entschwindet, wo ein zufällig dorthin verirrter Felsblock aufragt. Bald darauf folgt Schenja ihr auf dem Fuß.

Die Jungs gehen schwimmen, einer nach dem anderen tauchen sie in das eiskalte Wasser, prusten und lachen, dann kommen sie rasch wieder heraus, strecken sich genüßlich und trocknen die stichelnden Tropfen mit ihren Hemden ab. Krümelchen ist auch kein Weichei, sie badet bis November im Meer, dann wieder ab April, im Winter macht sie Geländelauf und fährt Ski, sie kann zwanzig Klimmzüge machen und runde achtzig Liegestütze, auch Krümelchen läuft zum Fluß, allerdings behält sie ihr Hemd an, und jetzt gleich wird sie in die brennendkalte Strömung tauchen, jetzt gleich werden eisige und prickelnde Schauer ihren erhitzten Körper packen, die schmerzenden Schultern laben, das Herz für einen Augenblick stillstehen lassen …

»Was soll das denn? Bist du verrückt, oder was?« Harte Finger bohren sich in meinen Oberarm, und meine Nase stößt gegen eine warme, muskulöse Brust.

Ich stehe da, fest an Oleg geschmiegt, schüttle widerspenstig den Kopf und versuche, ihm in die Augen zu sehen. Er hat mich fest im Griff, mein rechter Arm ist auf den Rücken gedreht, mein Knie zwischen seinen Knien.

»Sachte, sachte … Willst du kinderlos bleiben, oder was?«

»Ich bin an kaltes Wasser gewöhnt«, stoße ich zornig hervor, als es mir endlich gelungen ist, meine Lippen von seinem Körper loszureißen.

»Ich will nicht, daß dir wegen so einer Dummheit die Möglichkeit entschwindet, kleine Krümelchen zu bekommen, klar? Ob das klar ist, hab' ich gefragt!«

Der Halbwüchsigentrotz bricht noch kurz in Form eines durchdringenden Zähneknirschens und eines kurzen, bösen Zischens hervor. Dann gebe ich nach und höre auf zu rukkeln. Olegs Griff lockert sich, aber ich bleibe noch einen Moment stehen, ganz fest an ihn gepreßt – ja, da ist es, gleich hinter dem an der Brust klebenden Hemd: ein bokkiges Fohlen wirft aufgebracht die Hinterhufe in die Luft, ich schmiege mein Ohr an und horche, wie seine Augen funkeln, die Flanken werden von weißen Schaumstreifchen überzogen, sachte, sachte...

»Soll ich dir etwas zeigen?«

»Was?!« Ich katapultiere mich regelrecht.

»Willst du die Ziesel sehen?« Oleg nimmt mich an der Hand, jetzt ganz sanft, und führt mich zurück in die Talsohle.

»Was für Ziesel?«

»Wie bitte? Weißt du etwa nicht, was Ziesel sind? Dann komm, aber ganz leise, es sind sehr scheue Tierchen.«

Er führt und führt mich, er hat mich so an meinem Handgelenk gefaßt, daß sich unsere Arme bis zu den Ellenbogen berühren, ich trippele mit, indem ich in jeden seiner Schritte drei eigene lege, und versuche mit geweiteten Nüstern, eine Zieselfährte aufzunehmen. Wir lassen uns am Rand einer kleinen Wiese nieder, verstecken uns im Timothygras und warten. Seine Schulter ist ein wenig über meiner Schulter, sein Ellenbogen hat meinen Ellenbogen auf den Schoß genommen, seine Hand deckt meine Hand zu, und die gebräunten, knotigen Finger streicheln leicht die meinen – von den Knöcheln bis zum Nagelbett und zurück, hin und zurück.

»Pst … schau.« Sein Flüstern hebt ein wenig den rauchigen Schleier von meinen Augen.

Nur ein paar Meter von uns entfernt hat sich ein längliches braunes Tierchen mit glänzenden Knopfaugen auf den Hinterbeinen aufgerichtet, es dreht und wendet den Kopf und schnuppert. Schwupp! Weg ist es. Olegs Hand an meinen Lippen hält auf halbem Wege einen Ruf des Erstaunens auf. Und das ist gut so – kurz darauf zeigt sich der Ziesel wieder, nur ein wenig weiter entfernt. Er stellt sich auf die Hinterbeine, wendet scheu das Köpfchen in alle Richtungen, ein schimmerndes braunes Bächlein sucht durch das kurze Gras das Weite, hopps!, steht er wieder da und verschwindet erneut in der Unterwelt. Dann kommt noch einer hervor und noch einer, Olegs Hand ist immer noch vor meinem Mund, hopps!, ein vierter Ziesel, sein Finger öffnet ganz unmerklich meine Lippen und zwängt sich endlos langsam, ganz vorsichtig zwischen die Zähne, wieder sind es nur noch drei Ziesel, dann ein ganz kleiner und komischer, der versucht, das Köpfchen ebenso geschickt wie die anderen zu drehen, aber er ist rührend tolpatschig, dann verschwindet er in der Höhle, da ist es sicher sehr dunkel … ringsherum ist es so dunkel, seine Finger öffnen meinen Mund, dann wehen sie zart an der Wange vorbei und verharren am Hinterkopf, seine Lippen an meinen Lippen, feuchte und weiche Lippen, sein Speichel zusammen mit meinem, seine Zunge an meinen Zähnen, dann über sie hinweg, tief, sehr tief, meine Nase an seiner Wange, ich weiß nicht, wie ich atmen soll, aber sogleich vergesse ich es wieder, er ist mein Sauerstoff, du für mich, ich für dich, die Flanken des Fohlens heben und senken sich, die Weichen zittern fieberhaft, seine Zunge liebkost meine Wangen, viel, unendlich viel unglaublich süßer Speichel, ich werde wahrscheinlich niemals mehr die Augen öffnen können, niemals mehr werde ich einen Ziesel sehen, seine Hand auf meinem Rücken, meine Hand in seinem Haar, das Fohlen erbebt, macht ein paar Schrittchen zurück, die Beine knicken ungeschickt ein, und ein Schmerz durchzuckt die Fesseln... gierig schnappe ich nach Luft... kein Ziesel, kein einziger...

»Komm, gehen wir, sie wundern sich bestimmt, wo wir so lange bleiben.« Oleg faßt mich bei den Schultern und hilft mir auf.

Ins Lager zurückgekehrt, nehme ich meinen Honigaquarellfarbkasten und Papier, fülle eine Konservendose mit Wasser und klettere auf einen kleinen Abhang rechts von dem Felsen. Ein paar Pinselstriche Kobaltblau den Bergen zu Ehren, ein Schwung saftiges Grün für das Tal, und plötzlich taucht der Pinsel ganz von alleine ins Braun und bedeckt hurtig das ganze Blatt mit winzigen braunen Stäbchen: die Ziesel sind überall! Alle hoch aufgerichtet – vertikale Ziesel! Ziesel hoppeln auf der Wiese, Ziesel planschen im Fluß, Ziesel klettern auf dem Felsen herum, Ziesel meditieren auf den Berggipfeln, Zieselengel segeln in den Wolken, mein Gott, eine Zieselinvasion...

»Ah, ihr wart Ziesel beobachten.« Schenja hockt sich neben mich und erschreckt den mit Farbe vollgesogenen Pinsel – ein riesiger brauner Ziesel plumpst quer über das ganze Blatt und läßt ein zustimmendes Glucksen vernehmen.

»Ich habe dir etwas mitgebracht«, fährt er fort. Meine Skizze hält er in der einen Hand, mit der anderen fummelt er unter seinem Hemd herum. »Das ist für dich.«

Eine rote Margerite legt sich in meinen Schoß. Ich erröte und werfe einen scheuen Blick in Richtung der Zelte – Oleg ist mit seinem Rucksack beschäftigt, Diāna hat ihren in knallroten Bikinihöschen steckenden runden Hintern hoch in die Luft gestreckt und macht sich an den Primuskochern zu schaffen.

»Schenkst du mir das Bild?«

»Dieses nicht«, ich schüttle eigensinnig den Kopf, »für dich male ich ein anderes.«

»Ich nehme dich beim Wort.«

»Ich mich auch.«

»Heute abend müssen wir die Sterne betrachten. Weißt du, das hier ist ein besonderes Tal – der Große Wagen stellt sich mit seinen Rädern genau auf diese beiden Gipfel da. In diesem Tal gehen alle Träume in Erfüllung, wenn man eine Sternschnuppe sieht.«

»Wirklich?« Mir fällt nichts anderes ein, als ein neues Bild anzufangen.

Das Ausspülwasser ist schon ganz braun, und die bläulich gedachten Bergkonturen gleichen eher einem frisch gepflügten Kartoffelacker.

»Und was wirst du dir wünschen?«

»Das darf man nicht sagen, sonst geht es nicht in Erfüllung. Das ist bei uns so Glaube.«

»Ich bringe dir sauberes Wasser.«

»Danke, aber für heute reicht es wohl, es wird kühl. Vielleicht sollten wir Tee kochen?« Ich klappe den Deckel des Malkastens zu.

»Geh nur, ich bleibe noch ein bißchen hier sitzen.« Schenja lächelt in sich hinein und schaut zu, wie ich meine Siebensachen zusammenpacke, mich ein wenig schwankend aufrichte und hurtig den Hang hinunterrenne.

Am Abend trinken wir alle zusammen Tee und schauen in die Sterne – ich, Diāna, Oleg, Schenja und die vier Jungs unserer Gruppe. Keiner von ihnen kann Gitarre spielen: Genna und Sergej sind bereits gestern mit geschwellter Brust aufgebrochen, um ihren ersten Fünftausender zu erobern, und Wlad ist ein Ansteckerling – für Anfänger ist das Zieseltal tabu. *Kuritza nje ptitza, snatschkist nje alpinist* – ein Huhn ist kein Vogel, ein Ansteckerling ist kein Alpinist. Die Zelte sind schon aufgeschlagen: zwei gewöhnliche silberbeschichtete und ein besonderes, leuchtend rotes aus Nylon für die Instruktoren. Die Jungs haben längst entschieden, wer von ihnen in welchem Zelt schlafen wird, und ihre Schlafsäcke ausgerollt. Diāna und ich tun so, als wäre die Nachtruhe nun wirklich das allerletzte, das uns interessiert, und benutzen die weichen Rollen als Sitzunterlage. Mädchen dürfen schließlich nicht auf nackten, kalten Steinen sitzen, oder?

»Gut, Zeit zum Schlafengehen.« Oleg rappelt sich als erster auf die Beine. »Aufstehen um halb vier, ein bißchen Tee, um vier brechen wir auf. Bei Sonnenaufgang müssen wir am Bergfuß sein.«

Die Jungs parieren aufs Wort und kriechen in die Zelte, nachdem sie uns mit raschen, erwartungsvollen Blicken bedacht haben. Aber die Mädchen sind viel zu sehr mit Sternenkunde beschäftigt – wirklich phantastisch, der Große Wagen, nicht?

»Ich will nicht zwischen Vasjka und Mischa schlafen«,

flüstert Diāna mir verdrossen ins Ohr, »die haben beide Käsequanten.«

»Meinst du etwa, ich will zu Nikolaj? Hast du gesehen, wie er vorhin rohe Zwiebeln gefuttert hat? Meinen gesamten Vorrat hat er verdrückt, keine Ahnung, wovon ich morgen abend die Sauce machen soll.«

»Wir wollen noch ein bißchen sitzen bleiben«, säuseln wir beide im Chor, »diese poetische Stimmung...«

Und überhaupt bin ich ziemlich sauer auf Nikolaj. Er hat mich heute Bachstelze genannt. An sich ist das kein schlechtes Wort, das Vögelchen ist ja auch ganz niedlich, aber auf russisch klingt es grauenhaft: *trjassoguska.* Ich begreife nicht, wie man sich ein derart unanständiges Wort ausdenken kann: Zitterpo, Wackelarsch... Vollidiot.

»Keine Bange, Mädels, wir werden euch nicht zu diesen Bestien lassen. Die werden euch noch in Stücke reißen, so ausgehungert, wie die aussehen«, lacht Schenja mit leicht belegter Stimme.

Diāna erzittert ein wenig, bleibt aber weiterhin sitzen.

»Jetzt wird geschlafen, den Berg hochtragen kann ich dich nicht, Krümelchen.« Oleg hebt mich geschickt vom Schlafsack, entrollt ihn und breitet ihn im roten Zelt aus.

Ich schlüpfe ihm hinterher, flinker als der flinkeste Ziesel. Nachdem ich mich munter aus den Hosen und dem dicken Pullover geschält habe, schlüpfe ich in das kühle Daunennest, so, wunderbar, wo ist denn der Reißverschluß? Ah, da ist er ja, blitzschnell ziehe ich ihn bis zum Kinn zu und rolle mich ganz außen an der Zeltwand zusammen. Vielleicht legt sich Diāna ja zwischen mich und die Jungs, und alles ist geregelt, hoffentlich wird es so sein, hoffentlich wird es so sein, ach Himmel, hoffentlich wird es nicht so sein, aber das werde ich niemandem sagen, keinem einzigen Menschen, ihr könnt mich foltern, langsam rösten, aufs Rad flechten, aber ich werde es nicht gestehen... Ein bis zum Er-schauern bekannter Geruch weht vom Zelteingang zu mir – so duften sonnenheiße Steine, wenn die ersten Regentropfen sie berührt haben. Fällt draußen tatsächlich schon der Tau? Olegs nasser Haarschopf streift über mich hinweg und be-deckt mein Gesicht mit feuchten Striemen, er war eben noch schwimmen.

»Na, na, Frauen schlafen nie an der Zeltwand.« Er droht direkt vor meiner Nase mit dem Zeigefinger, packt den Schlafsack und zieht mich wie einen Kokon in die Mitte des Zelts. »Da ist es nämlich kalt.«

Er legt sich neben mich, wir liegen beide auf dem Rük-ken nebeneinander, sein Schlafsack an meinem, sein Arm unter meinem Nacken.

Schenja und Diāna lassen sich Zeit.

»Weißt du, weshalb man in den Bergen im Zelt immer mit dem Kopf zur Tür schlafen muß?« Oleg dreht sich zu mir und lächelt.

Es herrscht beinahe undurchdringliche Dunkelheit, doch ich bemerke die Grübchen in seinen Wangen. Oleg hat zwei davon. Ich nur eines. Links.

»Na, damit man eine Chance hat rauszukommen, wenn man von einer Lawine überrascht wird, und nicht in der ei-genen Höhle erstickt«, erkläre ich mit dem Eifer einer ge-horsamen Schülerin.

»Das auch«, lacht er und zerwuschelt meine Haare, »aber hauptsächlich deshalb, weil der Schwarze Alpinist in den Bergen umherstreift.«

»Der was?«

»Der Schwarze Alpinist.«

»Jetzt komm, erzähl keinen Blödsinn«, pruste ich und nutze die Gelegenheit, mich bequemer in seine Handfläche zu kuscheln.

»Soll ich es dir erzählen?«

»Wenn du magst.«

»Dereinst, vor vielen, vielen Jahren, lebte einmal ein junger Mann – ein großartiger Bergsteiger –, der hatte eine schöne Frau, die ihn immer und überallhin begleitete. Eines ungemütlichen Tages machten sich die beiden wieder einmal auf, einen Gipfel zu bezwingen. Das Wetter war fürchterlich, es herrschte Schneetreiben, man konnte kaum den Pfad erkennen, und sie ging in den Fußstapfen ihres Mannes. Es schneite und schneite, es war der reinste Wahnsinn weiterzugehen. In dem Augenblick, da der Alpinist sich umdrehte und sagen wollte, daß es nun doch besser wäre umzukehren, bemerkte er plötzlich, daß seine Frau weg war. Verschwunden. Er konnte nicht glauben, daß sie tot war – sie war eine zu gute Alpinistin, als daß sie einfach so in eine Felsspalte gestürzt wäre. Er suchte seine Frau Tag für Tag – er überquerte alle Pässe, ließ sich in jede Senke und jede Felsspalte hinab, konnte sie jedoch nirgendwo finden. Und so sucht er sie noch heute. Wenn er ein Zelt erblickt, so schaut er den Schlafenden ins Gesicht, um sich zu vergewissern, ob es nicht sein geliebtes Weib ist, das hier ruht. Wenn das Gesicht jedoch nicht zu erkennen ist, weil die Füße am Zelteingang liegen, dann packt er den Schlafenden bei den Beinen, reißt ihn aus dem Zelt, sieht ihm in die Augen, heult klagend auf, wenn er begreift, daß er wieder fehlging, und wirft das unglückliche Opfer in den Abgrund. In klaren Nächten kann man manchmal sein Weinen hören –

es wandert von Grat zu Grat und hallt in den Felsen wider wie ein grauenvolles, schwarzes Stöhnen.«

»Dieses Knacken da draußen?« flüstere ich ganz leise.

»Nein, da bewegt sich der Gletscher, er kommt langsam auf uns zu, ganz langsam. Wenn der Schwarze Alpinist weint, dann wirst du es garantiert erkennen.«

»Ganz schön unheimlich.«

»Hab keine Angst... und zittre nicht so sehr, Krümelchen, heute nacht brauchst du dich vor nichts zu fürchten... Aber wo hast du dich denn da verkrochen? So wirst du erfrieren, in den Bergen muß man ganz eng beieinander schlafen, ganz eng...«

Seine Finger fassen nach dem Reißverschluß meines Schlafsacks, ziehen ihn langsam bis ganz nach unten auf, ein Arm schlingt sich um meine Taille und zieht mich zu sich heran. Im Sternengeflimmer, das durch den halboffenen Zelteingang hereinsickert, schimmert Olegs kräftige, sonnengebräunte Gestalt, meine zerbrechlich bleichen, mädchenhaften Arme ranken sich unter seine Achseln wie silbrige Sahneadern in heiße Schokolade. Tuck-tuck, tuck-tuck... tuck-tuck, tuck-tuck... das rhythmische Dröhnen der Eisenbahnschienen lullt mich ein, und heißer Wüstenwind fährt mir ins Gesicht, seine Lippen duften nach frisch gemolkener Milch, und im Speichel ist der Honignektar von Schlüsselblumen auszumachen ... komm, mein Krümelchen, komm... meine Hand schmiegt sich an seine Halsschlagader und lauscht den Rossen – ja, dort galoppieren sie, eine ganze Herde in die Freiheit entlassener junger Pferde, rastlos, ungezähmt jagen sie dahin, ziehen den Wind mit sich, der sich in ihren Mähnen verfangen hat, Seite an Seite, Galopp an Galopp, Hüfte an Hüfte... seine Hand rauscht über meinen feuchten Bauch hinweg, eine warme, trockene Hand, sie beißt ganz leicht in den Gummi meines Höschens ... O Gott, o Gott, ich habe so ein schreckliches Baumwollhöschen an ... nein ... noch nicht, bitte ... ich ... ein weicher Mund löst sich für einen Augenblick von meinem bebenden Hals, ich schmiege mich enger an, bitte, bitte, hör nicht auf, meinen Hals zu küssen ... hab keine Angst, Liebling, niemals, niemals werde ich dir weh tun, nie-mals-werde-ich-dir-weh-tun ... sein Flüstern erreicht meine Ohren, dann verglimmt es und kehrt zurück – in das Grübchen dort, wo der Kiefer endet und das Ohrläppchen anfängt, dann nach unten, bis zu den Schultern und zurück ... ich drehe den Kopf zur Seite, um diesen Pfad zu dehnen, um das lustvolle Beben zu verlängern, das immer machtvoller und machtvoller meinen Körper erfaßt ... ich bin noch ... ich weiß, ich weiß, hab keine Angst, Liebling, hab keine Angst ... sachte, sachte, hab keine Angst, das ist keine Peitsche, die sengende Zeichen in deine zarten Schultern brennen wird, sachte ... das ist keine Trense, mit der deine samtenen Lippen eingerissen werden, sachte, sachte ... ich sehe keinen einzigen Stern, seine Hand ist schon bis zur Kniekehle geglitten, dann klettert sie behende wieder hoch und zieht meine Hüften ganz heran, sonnenwarmer Birkensaft läuft meine Beine hinunter, ein betörender Dunst von Sumpfporst schlägt mir in die Nase, ich versuche noch, die Pferde zu erlauschen, aber sie sind nicht mehr da, ihre Spur endet unmittelbar am Rande des Abgrunds, ich renne, schnappe gierig nach der von ihrer Leidenschaft erhitzten Luft, bleibe unvermittelt stehen und versuche, in den Abgrund zu blicken, die Steine wanken unter meinen Füßen, ich trachte noch, mich an einer an der Felskante wachsenden

Steinbrechstaude festzuklammern… nein, nein… und dann falle ich … Hilfe! … ich falle, ich falle, ich fa … er verschlingt begierig meine Schreie, er atmet meine Seufzer ein, er leckt meine Angst auf … nein, du fällst nicht, du fliegst, Liebste, du fliegst… er hält mich und läßt nicht los… fester, halt mich ganz fest, ich bitte dich, laß mich nicht fallen … seine Wimpern streicheln meine feuchten Wangen, und ich ertaste weiche Lederzügel in seinen hauchwarmen Fingern – da sind sie ja, meine Fohlen, meine geliebten Rösser, die Braunen, die Rappen und Apfelschimmel… brav und besänftigt kehren sie nach Hause zurück … nie-mals-wer-de-ich-dir-weh-tun, jetzt schlaf, ich werde dich streicheln, bis du eingeschlafen bist, und morgen werde ich dich weiterstreicheln, und weiter, und weiter, schlaf, Liebling, schlaf, schlafe nun…

*

Mama erzähle ich kein Sterbenswörtchen. Das ist schon mal klar.

Meine Mama besitzt ein geheimes Schatzkästchen. Es ist ganz unten in ihrer Wäschetruhe versteckt, da, wo auch diese Bildchen mit den nackten Frauen und Männern sind. Die sind dort aufgetaucht, nachdem meine Eltern von einer Touristenreise in die DDR zurückgekehrt waren. Blöde Bildchen – die Männer sehen ziemlich eklig aus, und auch die Frauen sind keine Schönheiten. Ich kann mir durchaus vorstellen, daß tatsächlich keine hübscheren Mädels in Deutschland aufzutreiben waren, hätten sie mal besser welche von hier genommen, zum Beispiel Schnecken-Irēna – die kann sich durchaus sehen lassen, wenn sie nur nicht so oft unsere Erdbeeren stibitzen und ihren Hund vor unser Gartentor kacken lassen würde. Ja, und in diesem Kästchen ist ein kleines Büchlein mit fliederfarbenem Einband und silbernem Schloß, aber der Schlüssel liegt gleich daneben. Und in diesem Büchlein stehen allerlei seltsame Dinge geschrieben. Hauptsächlich über unseren Papa. Ich will nicht glauben, was da geschrieben steht, aber Mama glaubt es wohl doch. Und mir scheint, daß sie es schwer hat. Denn wenn man wirklich alles glaubt, was da zu lesen ist, dann sieht das Leben gar nicht mehr lustig aus. Deshalb möchte ich sie nicht noch mehr betrüben. Trotzdem möchte ich glauben, daß Mama über eine Freundin schreibt. Ich wüßte zwar nicht, daß sie irgendwelche Freundinnen hat, aber es kann ja auch eine ausgedachte Freundin sein. Ich habe ein Buch über eine ausgedachte Freundin namens Linna, ein ganz tolles Buch, aber mit mir selber hat es nichts zu tun. Ich habe nie echte Freundinnen gehabt. Und auch keine ausgedachten. Santa zählt nicht. Nur ausgedachte Freunde. Das wiederum hat nichts mit Mama zu tun. Ich will nicht, daß Mama weiß, daß ich ihre Geschichten lese, denn wenn sie das erfahren und sich herausstellen würde, daß das Geschriebene wahr ist, dann wäre es noch schwerer für sie. Vielleicht erinnert mich darum auch Mamas Freund, der Künstler, so oft daran, daß ich sie schonen soll. Ich tue alles, was in meiner Kraft steht – ich hole das Glas mit Graupen vom Regal und verstecke den Schlüssel ganz unten im Glas. Alle in unserer Familie hassen Graupen, und deshalb ist das der sicherste Platz im Haus.

Ich ähnele Oleg überhaupt nicht – blonde Haare, blasse Haut, ich habe ein geblümtes Seidenkleid. Das Baby könnte allerdings mehr nach ihm kommen, mit dunklem Teint.

Die dunklen Gene sind offenbar stärker als die hellen. Ist Schwarz eigentlich das Gegenteil von Weiß? Oder sind es verschiedene Seiten ein und derselben Farbe? Wenn man ein weißes Blatt mit schwarzer Guache bemalt, dann kann man auf einer Seite nur Schwarz sehen und auf der anderen nur Weiß. Aber wenn man auf Briefpapier malt, dann schlägt das Schwarz durch. Und ich weiß nicht, was besser zu bemalen ist: Brief- oder Whatmanpapier. Sich mit Backpapier abzugeben hat keinen Wert, die Farbe läuft sowieso wieder herunter. Backpapier ist nur dazu da, Windbeutel darin einzuwickeln. Die Windbeutel von Schnecken-Irēna sind viel leckerer als die, die Mama backt. Sie bringt uns immer ein Dutzend in Backpapier eingewickelte Windbeutel, setzt sich an den Küchentisch und wartet, bis Mama Kaffee gemacht hat. Dann rufen die beiden mich und ermuntern mich zuzulangen, aber ich sage, daß ich gerade gegessen hätte und keinen Bissen mehr hinunterbekäme. Wenn Irēna gegangen ist, wirft Mama mir vor, daß ich die nette Nachbarin kränken würde, aber ich sage, daß ich diese ekligen Kuchen von ihr nicht essen kann. Mama verkneift sich ein Lächeln und stellt den Rest in den Kühlschrank. Nachts stehe ich dann auf, schleiche in die Küche und labe mich an Schnecken-Irēnas Windbeuteln. Auf dem Teller im Kühlschrank sind ganze sieben Stück aufgestapelt; ich nehme zwei und ordne die übrigen so an, daß man nicht bemerkt, daß ich welche genommen habe. Am nächsten Tag backt Mama ihre eigenen Windbeutel, und ich verschlinge sie einen nach dem anderen. Ich stopfe einen in die Backen und gehe in mein Zimmer, um zu lernen. Nach einer Weile tauche ich wieder auf und nehme den nächsten. Mama freut sich sehr, daß mir ihre Windbeutel schmecken. Der Hund von Schnecken-Irēna ist mir sehr gewogen. Je öfter Mama Windbeutel backt, desto dicker wird er.

*

Um halb vier aufzustehen ist eine Kleinigkeit. Es gibt nichts Angenehmeres, als sich Pflaster auf die wundgescheuerten Hacken zu kleben und die Füße in die schweren Schnürstiefel zu zwängen. Ich bin ein wendiger Steinmarder, eine kaukasische Eingeborene, die Herrin der Gletscher. Ein bißchen tut es schon noch weh, etwa drei Finger breit unter der Stelle, wo der Reißverschluß der grauen Wollhosen endet, aber es ist ein angenehmes Kribbeln, ein wohliges Brennen. Ich habe keinerlei Grund zu bezweifeln, daß mir niemals-jemand-weh-tun-wird. Ich habe keinerlei Anlaß, darüber nachzudenken, weshalb gerade jetzt, gerade so und gerade mit mir. Ein Monat konzentriertes Paradies, elf Monate verdünnte Existenz. Im Paradies geschieht alles sehr schnell – hier kommt niemand dazu zu altern, niemand hat Muße, sich zu quälen, indem er Fragen stellt wie »und danach?«. In diesem »Danach« kannst du später herummanschen, Katrīna, indem du es millionenfach im Hirn durchnudelst, kannst es hinunterschlucken, erbrechen und erneut mampfen wie einen Kaugummi, der den Geschmack verloren hat – schon längst bereitet er keinen Genuß mehr, aber man kaut und kaut auf der grauen, schlabberigen Masse herum, bis sich ein stumpfer Schmerz in den Kiefer nagt, und der elende Klumpen wälzt sich in dem Augenblick über die Lippe, wenn man einschläft, erschöpft vom unablässigen Gegrübel. Morgens nach dem Aufwachen bleibt einem nichts anderes übrig, als im Badezimmer zur Schere zu greifen und eine dicke Strähne verklebten Haars herauszuschneiden. Noch zwei Wochen, Katrīna, und schon wirst du irgendwo weit weg sein – da steht der Große Wagen etwas schief und hoch, gutmütige Arbeitspferde grasen auf flachen Weiden, und an jeder Ecke werden weiße Margeriten feilgeboten. Nicht denken, Katrīna, ich bitte dich, nicht denken – nicht schlafen, Katrīna, nicht die Lider schließen, verwandle die Ohren in riesige Lotosblätter und lausche, ziehe jedes Tröpfchen Duft in deine geweiteten Nüstern, öffne deine Haut und all ihre winzigen Kraterchen, Poren und Härchen und sauge, sauge alles auf, was um dich her und in dir selbst geschieht, sei habgierig – nimm, nimm, nimm. Hier gibt es von allem im Überfluß, hier gibt es genug von allem für alle, hier ist es niemandem schade um das letzte, nicht einmal um das einzige, nicht einmal um noch ein bißchen mehr als das. Hier erlaubt sich jeder, wirklich jeder zu glauben, daß das Paradies ewig ist, es hatte keinen Anfang, es wird kein Ende haben, es wird sich fortsetzen und fortsetzen, denn die Berge sind ewig, die Liebe ist ewig, und so hat es immer zu sein.

»Verausgabe dich nicht so sehr, Krümelchen, teil dir deine Kräfte ein. Gleich beginnt der schwerste Abschnitt.« Oleg fügt meinem Lächeln seine Wärme hinzu, während er munteren Schrittes vorbeimarschiert.

Ein Wind kommt auf. Jetzt gleich wird die Sonne aufgehen und das noch völlig dunkle Tal schlagartig mit blendendem Licht erfüllen. Selbst das Licht kommt rasch in den Bergen. Wir stehen am Fuß einer riesigen, steilen Eiswand und machen uns für den Aufstieg bereit – schütteln die Seile aus, legen die Klettergurte an, bereiten die Karabiner und Eishaken vor. Mit von dem kalten Wind klammen

Fingern bin ich lange damit beschäftigt, die Steigeisen an den Stiefeln zu befestigen – immer tätig bleiben und nicht an dieses Ungeheuer denken, diesen grünlich grinsenden Eisklotz, der jetzt, ich könnte wetten, herzhaft lacht über uns – ein Häufchen winziger emsiger Ameisen, die auf die Idee verfallen sind, ihn zu einem Scharmützel herauszufordern.

»Eigentlich war geplant, durch diesen Kamin dort aufzusteigen, *wot*[6], aber wie es aussieht, hat es da gestern einen tüchtigen Steinschlag gegeben. Das Geröll ist noch nicht festgefroren, und dort zu gehen wäre gefährlich«, erklärt Schenja.

»Aber vielleicht trotzdem?« piepst eine zitternde Katrīna aus den Tiefen von Krümelchens riesiger Daunenjacke hervor, doch der Wind löscht meine Worte aus, und die Vorbereitungen werden fortgesetzt.

Ich hasse das Eis. Es ist kalt und hart. Eis kennt keine Gnade. Und es ist überall.

Wir machen uns in Dreierseilschaften an den Aufstieg. Die Instruktoren sichern sich nur an den steilsten Abschnitten gegenseitig – sie sind dermaßen selbstsicher, daß es mich schaudert. Steigeisen, Steigeisen, Schlag mit dem Pickel, Steigeisen, Steigeisen, Schlag mit dem Pickel, Haken. Das Einschrauben ist die ersten Zentimeter wahnsinnig schwer, dann geht es leichter. Karabiner eingehakt, Seil in den Karabiner, und abermals: Steigeisen, Steigeisen … Schritt für Schritt, Schritt für Schritt. Nach oben. Das Eis ist schrecklich hart, und manchmal muß ich unzählige Male hacken, damit der Pickel sicher in der Wand verhakt ist und

6 wot: russ. Interjektion, etwa »schau, sieh mal, verstehst du«

mein Gewicht halten kann. Die Kapuze der Daunenjacke rutscht mir die ganze Zeit über die Augen und stört. Ich schüttle sie ab und bleibe in Wollmütze und Helm. Eine gnadenlos schneidende Böe beißt sich in die Wangen und das unbedeckte Ohrläppchen. Eissplitter spritzen ins Gesicht. Der Wind tut weh, die Augen tränen. Ich schaue nach unten – ogottogottogott...

»Wir packen es! Gut so!« versucht Oleg die pfeifenden Windstöße zu übertönen. »Hundert Meter haben wir schon hinter uns, das ist ein Viertel. Noch ein Stückchen, dann wird es etwas weniger steil.«

Hundert Meter! Ogottogottogott! Ich kneife die Augen fest zu, um die vom Wind hervorgebissenen Tränen wegzukehren. Die Hauptsache ist, alles richtig und gründlich zu machen. Haken, Karabiner, Seil, Haken, Karabiner, Seil. Ich bin bereits ein paar Meter über dem vorigen Haken und etwa zehn Meter über meinem Seilpartner Vasjka. Jetzt muß ich nur noch kräftig in die Eiswand hacken, einen Stand anlegen und warten, bis er zu mir hochgeklettert ist. Vorläufig jedoch liegt meine gesamte Sicherheit in Vasjkas Händen – wenn ich falle, muß er es schaffen, das Seil zu halten. Die Haken müßten es aushalten, sie sind alle tief eingeschraubt, bis zur Öse. Aber weshalb sollte ich fallen? Unsinn!

Dieses blöde Eis! Schon zum x-ten Mal versuche ich, den Pickel in seinen Leib zu rammen, aber es trotzt und trotzt! Puh, endlich geschafft. So, wo ist jetzt mein Haken? Ah, da ist er ja, komm mal her, mein Hübscher, gleich werden wir dich... Ein trockenes Knacken. Ein riesiges, abgespaltenes Eisstück kommt mir zusammen mit dem Eispikkel entgegen. Ich kann gerade noch den vereisten Stiel des Pickels packen, einen gellenden Schrei ausstoßen, hören, wie meine Steigeisen kläglich aufwinseln, und dann falle ich. Ich rutsche, die Nase ins Eis gebohrt. Immer schneller und schneller, am letzten Haken vorbei, gleich müßte sich das Seil straffen, Vasjka wird mich halten, mein hübscher Haken wird mich halten ... der Haken ist schon längst vorüber, aber ich rutsche weiter, immer schneller und schneller, kratze hilflos mit den Steigeisen über die unebene Eisfläche, versuche die Spitze des Eispickels in die zähe Flanke des Berges zu rammen... hoffnungslos... hoffnungslos... die Katze auf vereistem Blechdach ... immer schneller und schneller, lebt wohl, meine ... nein, nein, bitte nicht! ... Mami ... Rumms! Das Gesicht knallt mit voller Wucht gegen die Eiswand!... Ich äuge vorsichtig nach oben – riesige, erschrockene Vasjka-Augen, zitternde Stiefel.

*»Idiot jobannij!«*[7] röhrt Schenja aus aller Kraft.

Als er zu mir herangeklettert ist, habe ich mich bereits gründlich sichern können.

»Lebst du noch?« fragt er, ohne den Panikschauer in der Stimme verbergen zu können.

»Alles in Ordnung«, antworte ich zu meiner eigenen Überraschung vollkommen ruhig, »weiter geht's.«

Weiter geht es anders als bisher – Schenja als der kleinwüchsigere der beiden Instruktoren nimmt mich ins Seil und Oleg Vasjka.

»Vasjka ist disqualifiziert, Feierabend«, sagt Schenja zu mir.

»Das kann doch jedem mal passieren, warum denn gleich so hart.« Ich bin bereit, allen und jedem zu verzeihen.

»Ach ja? Weißt du, wie weit du runtergeflogen bist?«

7 idiot jobannij: durchgefickter Idiot (russ.)

»Sechs Meter, na, vielleicht sieben...«

»Fünfzehn!« Schenjas Stimme erzittert wieder. »Fünfzehn Meter! Kein einziger von den Haken, die du gesetzt hast, wurde herausgerissen! Dieser Idiot hat nur das Seil nicht festgehalten!«

»Viel weiter hätte ich ja gar nicht fallen können – ich hätte Vasjka ein Stückchen hochgerissen, weiter nichts«, versuche ich meinen Seilpartner zu verteidigen.

»Aha, aha, du Schlaukopf«, knurrt Schenja.

Wir ordnen die Seile und klettern wieder hoch. Eine zehn Meter lange Blutspur.

»Schenja«, hebe ich an, als wir wieder auf gleicher Höhe sind, »was ist mit meinem Gesicht? Und warum spüre ich nichts?«

»Hier ist es kalt. Wenn wir runterklettern, wirst du es spüren. Nur keine Bange, es ist nicht schlimm, du hast ein paar Abschürfungen, und das Näschen ist aufgeschlagen, das süße kleine Näschen.« Er zieht die Hand aus dem Handschuh und reibt ganz leicht meine Nase. Ich wünsche mir, daß es Olegs Hand ist.

Ich habe kein bißchen Angst mehr – Steigeisen, Steigeisen, Pickel, Steigeisen, Steigeisen, Pickel. Nach lächerlichen dreihundert Metern sitzen wir schon auf dem Grat und machen Rast. Oleg hockt vor mir, wischt mir mit einem Taschentuch das Blut aus dem Gesicht und beruhigt mich. Ich will zu Vasjka gehen und ihm sagen, daß alles in Ordnung ist, daß alles gut ist, aber Oleg läßt mich nicht. Vasjka steht abseits und druckst herum. Ich sehe, daß aus seinem zerknautschten Gesicht gleich die Tränen hervorbrechen werden.

»Laß mich.« Ich schiebe Oleg beiseite, gehe zu dem armen Jungen hinüber und nehme ihn in den Arm. Vasjka sagt nichts, sondern schnieft nur.

Die restliche Strecke bis zum Gipfel bereitet keine besonderen Schwierigkeiten – immer nur den mit ein paar großen Gesteinsbrocken übersäten Grat empor, dann und wann wird eine zwei, drei Meter hohe Wand überwunden oder eine Felsnase umgangen. Oleg geht an der Spitze und bemüht sich, nicht zurückzublicken. Er ist sauer.

Erst auf dem Gipfel spüre ich die Erschöpfung. Widerwillig schlecke ich Alpinisteneis – mit Schnee vermischte Kondensmilch – und bibbere. Oleg setzt sich Rücken an Rücken mit mir. Ich rücke näher an ihn heran und knuffe ihn freundschaftlich mit dem Ellenbogen. Keine Reaktion. Ich knuffe noch mal. Ein leises Grummeln. Dann noch mal. Nun schon ein lauteres Grummeln. Wir sind versöhnt.

»Weißt du, das Schlimmste ist«, wird er mir sagen, wenn wir wieder ins Lager zurückgekehrt sind, warm zu Abend gegessen und uns zum Schlafengehen fertig gemacht haben, »dieser Idiot Vasjka hatte das Seil überhaupt nicht eingehängt – dich hat lediglich gerettet, daß das Seil sich verheddert hat und in einem der Haken steckengeblieben ist. Ich wollte es dir oben nicht sagen, sonst hättest du keinen Schritt mehr machen können. Nach dem, was da passiert ist, dürftest du gar nicht hier sein. Normalerweise endet so etwas anders.«

»Ja«, werde ich leise seufzen, in seinen Atem eingerollt, »da oben geschehen merkwürdige Dinge.«

Der Gipfel. Ach, wie wollte ich doch schreien: Ja, ich habe ihn bezwungen! Halleluja! Wie schön es hier ist! Welche Aussicht! Welcher Sieg! Fotografiert mich mit erhobenem Eispickel in der Hand vor dem Hintergrund der allgewaltigen Berge! Aber ich will nicht. Hier gibt es keinen Windschatten mehr. Hier ist es kalt. Hier ist der einsamste Ort auf der ganzen Welt. Ringsumher, so weit das Auge reicht, unendliche Eis- und Felsenwüste. Kein einziges Insekt, kein einziger Vogel. Die Steine sind eigentümlich stumm und frostig geworden, hier haben sie nicht einmal eine trockene Flechte, mit der sie sich unterhalten könnten. Irgendwo hoch oben, noch höher als wir, bemerke ich ein ganz winziges, silbriges Flugzeug – es jagt über die Berge dahin und treibt einen goldenen Riß in das gnadenlos klare Blau des Himmels. Ich will denen da oben zurufen: Nehmt mich mit, laßt mich nicht allein in dieser pfeifenden, heulenden Weite, ich kann hier nicht bleiben, das ist so unerträglich schwer, ich habe Angst, bitte, bitte, verlaßt mich nicht, ich bin doch so klein, so winzig klein, und die Berge sind so GROSS... Ich weiß, ja, ich weiß, ihr habt von da oben eine wundervolle Aussicht, ihr habt euch haufenweise Hochglanzpostkarten angesehen, aber so begreift doch, sie lügen, sie lügen! Postkartenberge sind die widerwärtigsten Heuchler – von der Sonne beschienen, flauschig weiß, still und niedlich! Begreift ihr denn nicht, daß sie euch etwas vormachen? Um sich anzubiedern, um euch anzulocken, euch einzusaugen in ihre Umarmung und dann mit krachenden Steinkiefern lachend zu zermalmen. Bitte, nehmt mich mit, bitte, rettet mich... Bitte, bitte... Aber anstelle einer Antwort grölt der Wind noch lauter auf, und meine erfrorenen Ohren beginnen zu schmerzen. Ich darf niemandem gestehen, wie sehr ich diese Gipfel hasse, wie sehr ich mich zusammenreißen muß, um nicht hysterisch loszuheulen und mit den plumpen Bergstiefeln auf den Boden zu stampfen. Ich darf es nicht. Niemand würde mich begreifen. Für sie, die echten Alpinisten, sind die Berge eine Religion, eine fanatische Sekte, der Gipfelpunkt des Lebens. Die Berge, nicht die Alpinistenlager. Sie wissen schließlich nicht, was es bedeutet, die Trödelige aus der 10b zu sein, die keiner zum Tanzen auffordert. Sogar mir selber gelingt es manchmal, es zu vergessen. Ach Oleg, Oleg, wenn du wüßtest...

*

Auch Papa kann ich nichts erzählen. Er ist ein sehr guter Papa, nur gelegentlich kann er ziemlich rabiat werden. Als ich einmal *»blad!«*[8] zu ihm gesagt habe (ich wußte damals noch nicht, was *»blad«* bedeutet, aber es klang recht nett, irgendwie so ähnlich wie »heißa« oder »hopsasa«), hat er mich auf den Mund geschlagen. »Wie bitte?! Sag das noch mal!« brüllte er. Und ich wiederholte: *»Blad!«* Da schlug er noch mal zu. Danach dämmerte mir, daß das ein sehr schlechtes Wort ist. Man muß mir recht häufig etwas mindestens zweimal sagen, damit ich es begreife. Eigentlich schlägt er mich ja nie, obwohl, einen Fall gab es. Sofija und ich waren noch ganz klein und durchsuchten den Kühlschrank nach Eiscreme. Normalerweise wurden wir fündig, denn wenn im Laden Eiscreme zu bekommen war, kaufte Mama das ganze Tiefkühlfach auf Vorrat voll. Diesmal war nichts zu finden, aber dafür gab es Eis – ein ganzes Schälchen voll klei-

8 blad: Nutte (russ.), heutzutage häufig als bedeutungsloses Partikel bzw. Interjektion benutzt; hört man in den Straßen des mehrheitlich von Russen bewohnten Riga ständig

ner, verführerisch kalter Eiswürfel. Wir lutschten sie alle auf und hätten gern noch mehr gehabt. Da kam ich auf die Idee, daß es toll wäre, wenn das Eis nach Tee schmecken würde, und so gossen wir Tee in das Eiswürfelschälchen. Und vergaßen es. Zwei Tage später brachte Vater Alkohol von der Arbeit mit, mixte ihn mit Quittensirup und war gerade im Begriff, Eis ins Glas zu tun. Da wurde er böse, setzte Sofija und mich aufs Sofa und nahm uns ins Gebet, um herauszubekommen, wer von uns die Schuldige war. Es war eines der wenigen Male, daß wir beide schwiegen. Normalerweise sagten wir nämlich: »Sie!« und »Nein, sie!« Aber nicht diesmal. Papa war jedoch sehr beharrlich und fing sogar an zu schreien. Da sagte ich zu ihm: »Verpiß dich!« Ich hatte gehört, daß Schnecken-Irēna das zu Mārtiņš aus der Biķernieku iela sagt, wenn er nachts lange an ihre Haustür klopft. Der Hund bellt, und Irēna geht es auf den Keks. Dann sagt sie: »Verpiß dich!« Ich fand damals, daß das ein sehr guter Spruch ist, wenn man jemandem deutlich machen will, daß einem etwas auf den Keks geht. Und Papa schlug mich auf den Mund. Aber nur diese beiden Male. Öfter ist es nicht vorgekommen.

Papa ist übrigens Tierarzt, und er wäre sehr froh, wenn auch Sofija und ich Viehdoktor würden, nein, Viehdoktor ist kein gutes Wort, besser Tierarzt. Kanarienvögel und Goldhamster sind schließlich kein Viehzeug. Katzen auch nicht. Mit Hunden ist das schon etwas anderes. Wenn ich irgendwann an der Landwirtschaftsakademie studiere, dann werde ich bestimmt Tierärztin. Papa für seinen Teil hat gegen Viehzeug nichts einzuwenden. In letzter Zeit spricht er immer häufiger davon, aufs Land zu ziehen. Dort wird er dann ausschließlich Viehdoktor sein. Er hat die Nase voll davon, sich mit diesen überfressenen Stadtmöpsen zu befassen, sagt er. In Mamas Büchlein steht zwar, es seien Luder, aber wenn Papa sagt, es sind Möpse, dann sind es wohl auch Möpse. Warum sollte er mich belügen? Denn einmal, als ich Papa gegenüber erwähnte, daß ich Architektur studieren wollte, antwortete er mir mit einem klaren Nein. »Wenn du denkst, daß Architekten bei uns entwerfen können, was sie wollen, dann hast du dich gründlich geirrt«, sagte er. »Wenn ein Architekt bauen will, was er gut findet, dann bleibt ihm nichts anderes übrig, als in die Kommunistische Partei einzutreten, und ich will nicht, daß du Kommunistin bist.« Es ist ein großes Geheimnis, daß mein Papa keine Kommunisten mag, und wenn er mir schon ein solches Geheimnis anvertraut hat, dann braucht er meiner Ansicht nach auch nicht wegen der Möpse zu schwindeln.

Papa stellt Mama von Zeit zu Zeit ein und dieselben Fragen. Zum Beispiel, ob sie dieses Kleid schon lange hat. Mama sagt, ja, schon lange. Ich nicke bestätigend. Dann sagt Papa, daß er es zum ersten Mal sehe. Mama geht in die Küche, und Papa fragt mich, was er denn so Schlimmes gesagt habe. Ich kann nur mit den Schultern zucken. Mama ist immer traurig, wenn sie sich die Haare schneidet und eine neue Frisur macht. Ich weiß nicht, warum sie ausgerechnet dann traurig ist, wenn sie am schönsten ist. Vielleicht steht ihr der Kummer einfach.

Papas Papa mag ich viel weniger als Papa. Als Sofija und ich klein waren, war er sehr zimperlich. Ihn machte sogar wütend, wenn ich sagte: »Du bist gemein!« Dann wurde er rot und schrie: »Du gehst jetzt und holst mir den Doktor Haselbusch!« Das heißt, ich muß zum Haselstrauch gehen, der gleich vor dem Gartentor wächst, ein paar Zweige abbrechen, die Blätter abstreifen und sie Großvater bringen. Das ist der längste Weg meines Lebens. Die Sonne scheint, die Vögel freuen sich, Sofija macht im Sandkasten ein Planschbecken, aber ich muß Doktor Haselstrauch zu Großvater bringen. Dann denke ich immer, daß ich auch ein Planschbecken im Sandkasten machen möchte. Obwohl ich Sofija sonst eine Vollidiotin nenne, weil es überhaupt keinen Sinn hat, Wasser in den Sand zu gießen – ihre im Planschbecken ausgesetzten Kaulquappen gehen so oder so über den Jordan, aber an Doktor-Haselbusch-Tagen wäre ich sogar bereit, ihr zu helfen. Ich gehe und gehe, denke nach und kaue an den zähen Enden der Zweige. Mit zerkauten Ruten tut es weniger weh.

Außerdem kann mein Großvater den Schlaf nicht leiden. Er wird furchtbar böse, falls wir nicht am Frühstückstisch sitzen, wenn er mit Kaffeekochen fertig ist. Morgens um acht. Das ist wirklich schrecklich, denn wir besuchen Großvater nur im Sommer, und dann müssen wir nicht zur Schule. Sofija liegt im Bett und mault. »Dieser alte Blödian«, sagt sie. Ich halte ihr den Mund zu, denn ich möchte nicht, daß Sofija auch zum Haselstrauch geschickt wird. Sofija hat schon Kummer genug – ständig kippt sie etwas auf sich. Vor ein paar Jahren übergoß sie sich mit einem ganzen Topf siedenden Öls. Papa sagte, wir müssen dankbar sein, daß es nur die Beine sind. Jeden Abend nahm Mama Sofija auf den Schoß, damit Papa ihr die Verbände wechseln konnte. Ich stand da und sah zu, aber als Sofija lauthals zu schreien begann »Nicht den Strumpf ausziehen! Nicht den Strumpf ausziehen!«, rannte ich hinaus, buddelte mich im Sandkasten ein und versuchte, mich dankbar zu fühlen.

Ich finde, sie ist ein sehr tapferes Mädchen. Sofija weint nicht einmal dann, wenn ich sie verarzte. Sie hat eine kleine Warze mitten auf der Stirn. Wie eine Inderin. Mir gefällt es, aber mein Schwesterchen meint, daß sie wie ein Monster aussieht, und bittet mich, mir etwas einfallen zu lassen. Ich bin sehr stolz, daß meine kleine Schwester auf mich zählt, darum fange ich auf der Wiese eine grüne Riesenheuschrecke, halte sie an den durchsichtigen Schenkeln fest und drücke sie an Sofijas Stirn. Die grünen Riesen haben riesige, scharfe Kiefer und braunen Speichel von genau der gleichen Farbe wie eingetrockneter Schöllkrautsaft. Schöllkrautsaft hilft gegen Warzen, hat Mama gesagt, und ich vermute, daß Heuschreckenspeichel noch besser ist, denn wenn sich die Kiefer in die Warze verbeißen, kommt der Saft besser ran, bis zur Wurzel. Ich bin stolz auf Sofija, daß sie nicht weint und nicht petzen geht.

Den Sommer verbringen wir oft bei Großvater. »Gönnt euren Eltern doch auch ein wenig Erholung«, sagt er, und ich kann ihm nur beipflichten.

Wir können wirklich anstrengend sein. Einmal hat Sofija eine Zecke gehabt – mitten auf dem Kopf. Großvater nahm eine Pinzette und zog sie heraus, aber es blieb ein Loch im Kopf. In diesem Sommer habe ich meiner Schwester alles verziehen, denn jedesmal, wenn sie irgendwelchen Unsinn anstellte, war mir klar, daß das nur an der Zecke lag. »Was kann man schon von dir verlangen«, sagte ich, »dein Verstand ist halt durch das Zeckenloch verdunstet.« Sofija kreischte herum, und Großvater griff zu Valokordin.

Aber es gibt auch Gelegenheiten, da Großvater mir sehr nett zu sein scheint. An warmen Abenden erlaubt er uns, länger aufzubleiben und Fledermäuse zu beobachten. Sofija und ich gehen auf den Nachbarhof, setzen uns auf die große Hanfseilschaukel, sehen zu, wie die dunklen, flatternden Hautflügler den Himmel vollkräuseln, und schweigen. Wir wissen, daß wir uns zu Hause nicht zeigen dürfen, bevor es völlig dunkel ist, denn an den Fledermausabenden schimpft Großvater unseren Papa aus, und er will nicht, daß wir es hören. Eigentlich finde ich ja, daß das nicht richtig ist, denn Papa hat mir schon längst das Geheimnis anvertraut, über das sie sich so doll streiten, aber Großvater ist trotzdem der Ansicht, daß das nichts für Kinderohren sei. Er selber ist zwar nie in Sibirien gewesen, aber er hat noch eine Schwester dort, und manchmal vermißt Großvater sie sehr. Er glaubt, daß man Kindern nicht vertrauen kann, und das betrübt mich. Auch aus diesem Grunde mag ich Papa viel lieber. Ich bin der Ansicht, daß man jemanden, dem man sein Geheimnis anvertrauen kann, sehr liebhat. Schon möglich, daß auch Großvater mich liebhat, aber für ihn ist das anders, und wir verstehen einander nicht.

Und doch gibt es Dinge, die uns verbinden. Da ist Großvaters Nachbarin. Wir können sie beide auf den Tod nicht ausstehen. Die Gründe dafür sind zwar verschieden, aber die Abneigung haben wir gemein. Großvater mag es nicht, daß sie ständig über den Zaun lurt und alles ausspioniert, was in unserem Hof passiert. Ich wiederum kann ihre Igelgeschichten nicht ertragen. Eine davon geht etwa so: »Am besten schmeckt Igel, wenn man ihn in eine dicke Lehmschicht packt und in der Lagerfeuerglut eingräbt.« Meiner Meinung nach ist es nicht möglich, einen Menschen zu lieben, der so scheußliche Dinge erzählt.

Die Igelfresserin hat eine Enkeltochter. Eine Weile war ich sogar mit ihr befreundet, aber dann irgendwie nicht mehr. Jedesmal, wenn wir im Erdbeerbeet hockten, fing Elita an, in ihrem Höschen herumzupolken, zog etwas daraus hervor und stopfte es sich in den Mund. Während sie das tat, schielte sie die ganze Zeit zu mir. Einmal, noch einmal. Und dann sagte sie, ich solle auch mal probieren. Ich fragte, was das denn sei, das sie da esse. Elita antwortete, das sei Kacke und schmecke prima, ich solle nur mal kosten. Ich lehnte ab, überaus höflich lehnte ich ab, sogar danke habe ich gesagt. Aber Elita beharrte darauf und erklärte, daß sie nicht mit mir befreundet sei, wenn ich keine Kacke esse. Elita war meine einzige Freundin, und ich mußte mich ihr fügen, denn damals wollte ich sie noch nicht verlieren. Es war ziemlich eklig, und ich kam zu dem Schluß, daß ich doch besser ohne Freundin bleibe als mein ganzes restliches Leben etwas zu machen, was ich nicht mag. In Wirklichkeit war sie gar keine so gute Freundin, denn ich finde, ein guter Freund würde einen niemals zwingen, seine eigene Kacke zu essen.

Und trotzdem, ungeachtet aller Geheimnisse, Nachbarn, Möpse und Fledermäuse ist der einzige Mensch, der mich immer verstehen wird, Sofija. Jemand, der einem erlaubt, ihn an Heuschrecken zu verfüttern, wird mich nicht für so eine Kleinigkeit wie einen winzigen, flauschigen Ziesel im Bauch verurteilen.

*

Den Abstieg machen wir über die jenseitige Flanke des Berges, so daß wir aus einem anderen Tal ins Lager zurückkehren werden. Das Abseilen vom Gipfel ist der gefährlichste Teil einer Bergtour, selbst wenn man berücksichtigt, daß für den Rückweg leichtere Routen ausgewählt werden. Auf dem Heimweg läßt die bis dahin gespannte Aufmerksamkeit nach – die Hauptsache ist schließlich erledigt, nämlich der Gipfel erobert! Die Konzentrationsfähigkeit schwindet, Müdigkeit kriecht in die Muskeln, und die berauschende Luft, die mit jedem Meter mehr mit Sauerstoff gesättigt ist, macht die Bergsteiger gefährlich leichtsinnig und übermütig. Wie eine von angegorenem Birkensaft beschwipste Fliege kurve ich den geröllbedeckten Hang hinab und summe das Liedchen vom Geburtstag, den es nur einmal geben soll im Jahr. Wer weiß, wer weiß, Tscheburaschka...

Das Geröll endet, und wir gelangen auf einen riesigen Gletscher. Noch gestern hat es hier kräftig geschneit, aber heute hat den ganzen Tag die Sonne geschienen, jetzt friert es an, und die Schneeschicht hat sich einen harten und glänzenden Eispanzer wachsen lassen, der nur hin und wieder knackend einbricht und den hurtigen Schritt für einen Moment verlangsamt. In Gänsemarschordnung rennen wir hinunter.

»Nur in meinen Fußstapfen«, kommandiert Schenja, der die Führerposition eingenommen hat.

»Ja, ja, in den Fußstapfen, in den Fußstapfen«, äffe ich den Instruktor leise nach, »du hast es ja leicht, du läufst als erster über eine unberührte Firnschicht, aber ich muß hier durch breitgetretenen Matsch stapfen, versuch du mal, durch eine Kartoffelackerfurche zu hoppeln, dann werden wir ja sehen, wie fix du bist...«

Und Katrīnchen ist ja nicht irgendeine Kolchosbäuerin, sie ist eine graziöse Antilope, kricks, kricks, mit den zarten Beinchen ein paar Meter neben dem ausgetretenen Pfad, kricks, kricks, schau, wie elegant ich das kann ... kricks, kricks ... wie geflügelt sind die Füße ... kricks, kricks ... KRACKS!, und ein Beinchen von Katrīnchen ist verschwunden. Bis zur Hüfte. Kracks! Auch das zweite Bein verschwindet langsam irgendwo ... Aua! ... die dumme Katrīna breitet die Arme aus und versucht, sich in einen Seestern zu verwandeln ... das Rucksackgestell verhakt sich im Schnee, und das Rutschen kommt für einen Moment zum Stillstand ... verdächtig schwer sind diese Beine geworden ... kracks ... Aua!

*»Duuuuuuuuura!«* Oleg brüllt so laut, daß meine Ohren taub werden.

Aus unerfindlichen Gründen hat er sich auf den Bauch gelegt, kriecht vorsichtig auf mich zu und röhrt:

»Halt dich an meinem Eispickel fest, halt dich schnell fest, jetzt halt dich doch fest, *duuuuura!!!*«

Ich klammere mich an seinen Eispickel, er zieht. Schwupps!, und schon sitze ich auf seinem Schoß.

»Was war denn das?« frage ich, die Zähne zu einem unschuldigen Lächeln gebleckt.

»Wenn du, wenn du, wenn ich dich ...«, keucht er.

Olegs Gesicht wird so dunkel, als hätte er nicht Blut, sondern pechschwarze Tinte in den Adern.

»Wenn ich dich ... wenn ich ... wenn ich dich ... nicht so sehr lieben würde, dann wärst du ab sofort disqualifiziert!«

»Warum denn?« Ich begreife noch immer nicht.

»Schau doch selbst!«

Er legt mich auf den Bauch, hält mich an den Fußgelenken fest und schiebt mich dorthin, wo ich gerade eben noch gesteckt habe. Ich werfe einen Blick in die Mulde im Schnee... Ogottogott! Von wegen Mulde! Ein riesiger Spalt grinst mir hämisch mit seinem weit aufgerissenen grünen Rachen ins Gesicht. Er ist so tief, daß man nicht sehen kann, wo er endet. Erstarrt stiere ich in den Bauch des Abgrunds und kann die Augen nicht losreißen – hypnotisierende bläulichgrüne Lichtstrahlen nähen meine Lippen zu, und der Schrei bleibt zwischen den Zähnen festgefroren. Oleg zieht mich wieder zurück.

»Vielleicht willst du noch eine Münze runterschmeißen und zählen, nach wieviel Sekunden sie unten auftrifft?« Er ist immer noch böse.

Ich mache mich ganz klein, lege die Arme um die Stiefel und presse das Gesicht zwischen die Knie. Mir ist schrecklich kalt, und ich zittere. Die vereisten Hosen reiben schmerzhaft an den aufgeschürften Wangen, die Tränen schmelzen die schneeverkrusteten Socken.

»Schon gut, Krümelchen, ist ja schon gut«, beruhigt Oleg mich, plötzlich sanft geworden, und legt seinen Arm fest um meine Schulter, »nur noch ein kleines bißchen, und schon sind wir unten, nur nicht weinen, nicht weinen, ich werde dir heute eigenhändig das Abendessen machen, ich koche dir ein Teechen, nicht weinen, Kleines, nicht weinen.«

Er nimmt mein Kinn und küßt mich. Ein langer, salziger, schleimiger Kuß. Er küßt meine laufende Nase trocken und belebt die erstarrten Lippen. Ich sitze noch immer zusammengekauert da, zittere aber nicht mehr. Olegs Zunge schmelzt die letzten Schneeflocken in den Zahnzwischenräumen weg, und dann gehen wir weiter.

Als ich die ersten so ungewöhnlich hoch aufgestiegenen Ularen bemerke, kehrt das Leben in mich zurück. Die dunkelnden Berge beginnen nach Primusbenzin und dem mit Olegs warmem Schweiß vollgesogenen Schlafsack zu duften.

*

Aber vielleicht freut sich meine Freundin Santa ja auch über Oleg, denn dann hat sie Gundars Vētra für sich allein und braucht ihn nicht mehr mit mir zu teilen.

»Jetzt erzähl schon, wie war es!« Santa schüttelt die Kissen in meinem Rücken auf und hilft mir, mich aufzusetzen. Sie schnappt sich mein ausgelöffeltes Goggelmoggelschüsselchen und leckt mit dem Finger die letzten Tröpfchen aus.

»Ich weiß gar nicht, wo ich anfangen soll, es ist so viel passiert...«

»Du mußt ja nicht alles an einem Tag erzählen! Überhaupt darfst du dich gar nicht so sehr anstrengen.«

»Aber ich will dir alles erzählen, einfach alles.«

»Macht nichts, du wirst es schon schaffen – ich kann ja auch morgen und übermorgen kommen. Jeden Tag, wenn du magst.«

»Wirklich?«

»Klar! Wenn es wärmer wird, schieben wir dich in den Garten. Als ich Lungenentzündung hatte, hat Mutti mir warme Milch mit Kuhdung zu trinken gegeben. Soll ich dir morgen ein bißchen mitbringen?«

»Igitt! Auf keinen Fall, ich bitte dich!« Ich lache und fasse nach Santas Hand.

»Ich finde es auch eklig. Aber du kennst ja meine Sippe... Fang mit dem Allerwichtigsten an!«

»Da gab es Lagerfeuer, und wir haben viel gesungen, aber mit den Gipfeln lief es diesmal nicht so gut, irgendwas mit der Gesundheit war nicht so, wie es sein sollte, aber eigentlich... weißt du, versprich mir eines... versprich mir, daß du es niemandem erzählst...«

»Na, hör mal... natürlich erzähle ich es nicht, hier, mein Zahn drauf!« Santa läßt ihren Daumennagel laut gegen einen Schneidezahn knacksen.

»Keinem Menschen?«

»Wem sollte ich schon etwas sagen?«

»Auch deiner Mutti nicht?«

»Ehrenwort!«

»Keinem Menschen?«

»Keinem Menschen, Ehrenwort!«

»Weißt du ... ich habe mich wohl wahnsinnig verliebt...«

»Oh, Katrīna!« Bewunderung vernebelt Santas Blick. »In Tom, was?«

»Du spinnst wohl! Du und Sofija, alle beide! Was habt ihr nur mit diesem bescheuerten Tom?«

»Nicht in Tom? In wen denn dann?«

»In einen anderen Jungen. Also, das heißt ... in einen Mann...«

»In einen Mann, Katrīna? Toll... du Glückliche!«

»Ja, ich denke, das bin ich. Er ist sehr lieb.«

»Ihr habt geknutscht?«

Ich nicke.

»Wer ist es denn?«

»Aber denk dran, was du mir versprochen hast.«

Santa fährt noch mal mit dem Nagel über den Zahn und beugt sich ganz nah zu mir heran.

»Du kannst es mir ins Ohr flüstern«, sagt sie, und ich höre, wie ihr der Schweiß ausbricht.

Santa dreht immer völlig durch, wenn die Rede auf Männer kommt. Sie hat zwar noch kein einziges Mal geknutscht, aber sie kennt unglaublich viele Geschichten, die alle mit ein und denselben Worten anfangen: »Was wäre, wenn...« Ich glaube, Santa hat permanent erhöhte Temperatur und den größten Busen von der ganzen Klasse.

»Oleg.«

»Was?« Santa fährt zurück und sieht mich an, als wäre sie aus tiefem Schlaf gerissen worden.

»Oleg.«

»Wer ist das?«

»Mein Instruktor.«

»Ein Russe?!« Ihre Augenbrauen verwandeln sich in schwarze Fühler.

»Ja, schon... aber...«

»Er ist Russe?!«

»Warte, bitte, sprich nicht so...«

»Du hast mit einem Russen geknutscht?!« brüllt Santa, daß es im ganzen Haus zu hören ist, und auf ihrem Gesicht breiten sich himbeerfarbene Flecken aus.

»Santa...«

»Ich will dir mal was sagen! Mit dir habe ich nichts mehr zu schaffen! Ich hab' gedacht, du bist in Ordnung, aber offensichtlich bist du...«

»Santa, warte...«

»Krank bist du! Hörst du? Krank!«

»Hör doch...«

»Du gibst mir jetzt sofort das Bild zurück!«

Ich ziehe den braunen Umschlag unter dem Kopfkissen

hervor und reiche ihn Santa. Sie reißt ihn mir aus den Händen und stürzt aus dem Zimmer.

»Bitte nicht, Santa! Bitte! Warte!«

»Jetzt weiß ich auch, warum alle sagen, daß du stinkst. Weil du nämlich wirklich stinkst!« stößt sie noch aus, schon in der Tür.

»Santa!«

Ich kann Santa sehr gut verstehen. Ihre Mutti war in Sibirien. Und ihre Großmama. Und ihr Großvater. Mir tut nur leid, daß ich jetzt wieder allein sitzen muß. Ich hoffe, daß sie es wenigstens niemandem in der Klasse erzählt. Und vielleicht ist es ganz gut, daß sie ihr Geschenk zurückgenommen hat. Ich würde mich einfach abscheulich fühlen bei der Vorstellung, daß Santa jeden Abend einer nackten Wand gute Nacht sagt.

*

Am Nachmittag des nächsten Tages marschieren wir im Basislager ein. Heute abend wird wieder Lagerfeuer gemacht – der größte Teil der Alpinisten ist zurück, und es ist an der Zeit, die Lagerhalbzeit zu feiern. Ich habe gerade den Rucksack in meinem Zimmer abgeworfen, als ich vor dem Fenster einen rötlichen Fleck mit einem riesigen Rucksack auf den Schultern bemerke. Die offenen Schnürsenkel meiner Stiefel fliegen mir um die Waden, als ich ihm entgegenstürze.

»Genna, Genna, wenn du wüßtest«, rufe ich fröhlich schon von weitem.

Ich mache einen Sprung und falle ihm um den Hals. Genna schwankt nicht einmal.

»Wenn du wüßtest!«

»Ich weiß es, meine Kleine, ich weiß es doch«, lacht er, *»djewuschka ty moja!«*[9]

Die Sonne hat seine Stirn und Arme tüchtig gescheuert, seidige Hautfetzen bleiben an mir kleben, und ich bin verdutzt.

»Wie? Was weißt du? Woher weißt du es?«

»Du bist doch eine ganz andere.«

»Ah so... Ganz anders?«

»Nein, nicht anders. Eine andere. Du duftest nach Frau.«

»Aber wie...«

»Frag mich das nicht jetzt, Kleine, nicht jetzt, frag lieber...«

»O je! Entschuldige, entschuldige! Und? Wart ihr oben?«

»Mmm«, brummt Genna zufrieden.

»Aber wo ist denn Sergej?«

»Er kommt gleich«, Genna druckst herum und senkt den Blick, »er wird bald hier sein.«

»Stimmt etwas nicht?« Ich bücke mich und versuche, Gennas Augen dazu zu bringen, mich anzusehen.

»Sprich ihn aber nicht darauf an, abgemacht?«

»Klar, Genna. Nur wir beide. Du und ich.«

»Irgend etwas ist da wirklich nicht in Ordnung. Wir haben nur knapp den Rückweg geschafft. Es ging ihm wirklich dreckig. Seit sechs Jahren gehe ich mit Sergej in die Berge, aber so geschwächt habe ich ihn noch nie gesehen.«

»Was willst du damit sagen?« dringe ich weiter in ihn,

9 djewuschka ty moja: mein Mädelchen du (russ.)

aber da kommt Sergej schon – die Augen von den dunklen Zotteln verdeckt, der Körper gebeugt, kurze, schwere Schritte.

»Hallo, Sergej!« Ich laufe auf ihn zu.

Sergej wirft den Rucksack ab und nimmt mich in die Arme. Wir stehen mitten im Lager umarmt da, und ich flüstere ihm leise ins Ohr, was mir da oben in den Bergen widerfahren ist. Von den Zieseln, dem Schwarzen Alpinisten, den Pferden und den Ularen, dem Großen Wagen, dem Steinbrech und dem Flugzeug. Auf lettisch.

»Ich habe kein Wort verstanden von dem, was du mir gesagt hast, aber es hat sich sehr schön angehört.«

»Es war auch schön. Ich werde es niemandem sonst erzählen. Keinem einzigen. Nur dir.«

»Ich habe auch etwas für dich, nur für dich.«

»Wirklich?«

»Du mußt nur ein wenig Geduld haben, ein ganz klein wenig. Heute abend. Ich werde es dir heute abend schenken, und es wird für alle Zeiten nur dir allein gehören.«

»Gut, ich werde mich gedulden. Aber nur ein bißchen.« Ich zupfe Sergej an einer Locke und renne zurück in mein Zimmer.

Der Abend wird kommen. Es wird ein Lagerfeuer geben. Und Mengen brennender Nachtfalter. Und Sergej wird singen. Er wird nur für mich singen. Und das Lied wird mir allein gehören. Ein Lied über ein Mädchen am Baltischen Meer, vor dessen Haus ein ganzer Armvoll roter Margeriten wächst. Nachdem ich die ganze Zeit mit den Augen nach Oleg gesucht habe, werde ich gar nicht bemerken, daß er da ist – verborgen hinter einem Kiefernstamm – und zuhört. Die Instruktoren machen nie bei den großen Lagerfeuern mit. Ich werde nur Sergej sehen – seine hageren Finger, die geschickt über das Griffbrett der Gitarre huschen, seine Haare, die sich in den Saiten verfangen, seine liebkosende Stimme, die sich in die Kiefernzweige windet. Mein Kinn wird erzittern, und für einen Augenblick werde ich mich abwenden, damit niemand, wirklich niemand erfährt, wie sehr ich nicht zurück nach Hause will.

Es wird aber auch andere Abende geben. Späte, verregnete Abende bei mir daheim in Teika, Kerzenlicht und endlos lange Briefe aus Leningrad. Mit Noten besprenkelte Seiten und die schönsten Gedichte, die ich je gelesen habe. Wir werden uns gemeinsam über den in jenem Jahr so frühen Frühling freuen und an einanders Busen Genna beweinen. Ich werde Sergej alles erzählen. Auch über Oleg. Ihm als einzigem. Er wird mich aufmuntern und mir helfen, an Olegs Telefonnummer zu kommen. Ein echter Freund.

In jenem Sommer wird Sergej nicht in die Berge kommen. Sein erster leerer Sommer nach zehn erfolgreichen Saisons. Er wird seinen Briefen lustige Zeichnungen beilegen, und ich werde auch weiterhin statt meiner Unterschrift einen kleinen Elbrus mit einer Sternschnuppe hintupfen. Er wird mir von Ausstellungen und Gemälden berichten, die er gesehen hat, von Konzerten und Theatervorstellungen. Aber nur selten wird er von sich erzählen. »Ich bin ein wenig geschwächt und liege zur Zeit im Krankenhaus«, wird er eines Tages bekennen, »aber es ist nicht so schlimm, denn schau, wie komisch ich aussehe.« Ein weiteres Blatt wird aus dem Umschlag fallen – ein auf Karopapier gezeichnetes, von allen möglichen Kabeln und Apparaten umzingeltes Gerippe. Gegen Winter werden seine Briefe immer kürzer, die Noten bleiben gänzlich aus. »Dein Sergej, 1986, Krankenhaus« – mit dieser Unterschrift werde ich ein volles halbes Jahr Nachrichten aus Leningrad erhalten, bis ich endlich begreife, daß ich dort sein muß, bei ihm. Nur seinen Kopf in meinen Schoß legen und kraulen.

Und dann werde ich rennen. Ich werde Mama vorlügen, daß ich zur Cousine aufs Land fahre, zwei Fünfer aus ihrem Briefumschlag mit den geheimen Reserven einstecken und zum Zug stürzen. In Leningrad wird mich ein barbarisch kalter Januar-1987-Bahnsteig erwarten und die plötzliche Erkenntnis, daß ich überhaupt nicht weiß, in welchem Krankenhaus er liegt. Erst gegen Abend wird es mir gelingen, das richtige zu finden, aber für Besucher ist die Tür schon verschlossen, ich werde die Nacht in einem nach Urin und Schimmel stinkenden Treppenhaus in der Nähe des Krankenhauses verbringen und mir die Hände in den für ihn gestrickten Handschuhen wärmen. Am nächsten Tag werde ich Sergej erblicken. Nein, das ist nicht Sergej – ein bleiches Häuflein Knochen, mit trockenem, transparentem Seidenpapier derart fest überzogen, daß ich Angst haben werde, seine Hand zu berühren – daß ich ihm nur nicht weh tue, daß ich sie nur nicht einreiße. Seine Hand, die nur halb so schmal sein wird wie meine eigene. Das schwarze, glanzlose Haar wird sein ausgezehrtes Gesicht mit der eigenartig spitzen Nase und den gierig geweiteten Nasenflügeln umrahmen. Anfangs wird er mich gar nicht bemerken – seine erloschenen Augen sind auf die rissige Decke des Krankenzimmers gerichtet, und ich werde mir einen Augenblick lang einbilden, daß das gar nicht Sergej ist. Danach werde ich auf einem schäbigen weißen Holzhocker neben ihm sitzen und Tschechow vorlesen. Er wird mich bitten, Bulgakows »Aufzeichnungen eines jungen Arztes« hervorzuholen, ich werde behaupten, daß ich es nicht finden kann, den Kopf in die Schublade seines Nachtschränkchens stecken, die voll von meinen Briefen ist, und ungehörig lange darin herumwühlen – ich will nicht, daß er meine verräterisch tränengefüllten Augen sieht. Dann wird er, ohne etwas zu sagen, eine karierte Seite aus einem Heft reißen und ein einziges Wort aufschreiben: »Oleg«. Und darunter seine Telefonnummer. Man wird mir erlauben, im Krankenhaus zu übernachten, und einen alten, mit ausgeblichenem gestreiftem Stoff bezogenen Strandsessel in Sergejs Zimmer stellen. Ich werde es fertiggebracht haben, der Oberschwester weiszumachen, daß ich seine Frau bin – so lange werde ich wimmern und weinen, bis sie mir glaubt. Nur während der Arztvisite wird man mich bitten, das Krankenhaus zu verlassen. Ich werde durch das vereiste Leningrad streifen und vier Stunden vor der Eremitage anstehen – minus dreißig Grad, das müßte reichen, um wenigstens für einen Augenblick die Verzweiflung einzufrieren. Der Schnee wird knarzen, und meine Wimpern werden schwer von dem ausgehauchten Atem, der sich als Eis in ihnen festgesetzt hat. Die erstarrten Zehen werden als erste aufhören, weh zu tun, dann spüre ich auch die Hände nicht mehr, die Wangen werden von weißem Rauhreifflaum bedeckt, nur das Gehirn, dieses Miststück, ist noch immer lebendig. Wenn ich mich endlich in die geheizten Räume geschleppt habe, werde ich nicht mehr fähig sein, auch nur ein einziges Gemälde zu erkennen – vor den Augen werden schmelzende Seen wogen, die Menschen verwandeln sich in graue Vögel, die Ohren erstickt ein eintöniges Sirren, das mit jedem Augenblick an Stärke zunimmt. Als ich ins Krankenhaus zurückkomme, wird man mich nicht zu ihm lassen. Die Schwester wird mich im Arztzimmer an einen Tisch setzen, aus einem Metallschrank eine Karaffe und zwei Gläschen hervorholen und einschenken. Gierig trinke ich die klare Flüssigkeit, schreie vor Schmerz auf und huste sie der überraschten Frau direkt ins Gesicht.

»Haben Sie denn noch nie Alkohol getrunken?« wird sie mich fragen, dann noch einmal vollschenken und mir beibringen, wie man das machen muß. »Einatmen, runterschlucken und rasch ausatmen, sonst verschluckst du dich.«

Wir werden Alkohol trinken, und sie wird mir das verrotzte Gesicht mit rauhen Zellstofftüchern abwischen.

»Lungenödem«, wird sie sagen. »Konnten Sie als seine Frau ihm denn nicht klarmachen, daß die Berge sein Tod sind?«

Und dann werde ich würgend schreien, daß ich gar nicht seine Frau bin, daß er, wenn ich seine Frau wäre, schon längst nicht mehr in diesem beschissenen, zugigen Krankenhaus liegen würde, daß ich ihn weggebracht hätte, nach Amerika, in die Schweiz, egal wohin, nur weg, daß ich dieses Jahr noch die Schule beenden muß, daß Genna schon tot ist und daß ich es nicht aushalten werde, wenn nun auch Sergej. Daß da nichts war, fast nichts, nur ein Lied und ein Armvoll roter Margeriten, aber das ist für mich mehr, als Ehefrau zu sein, als Kinder, als alles. Sie wird zu mir treten und mir die Hand auf den Mund legen.

»Nicht schreien, schrei nicht so laut«, wird sie flüstern und noch ein Zellstofftuch hervorziehen.

Ich werde die Nacht dort auf einer Pritsche verbringen, alkoholisiert, fast ohnmächtig. Der nächste Tag wird ein Sonntag sein. Noch immer benommen, mit schmerzenden

Gliedern werde ich in Sergejs Krankenzimmer gehen und mich auf den weißen Holzhocker setzen. Seine Lider werden geschlossen sein, schmeichelnde Laken bedecken seinen gerade noch wahrnehmbaren Körper, vollkommen glatt, ohne jedes Fältchen, und nur seine Nasenlöcher, die sich alle Augenblicke gierig weiten wie die Nüstern eines emphysemgeplagten Pferdes, werden davon zeugen, daß das Leben noch immer in ihm ist. Dann wird er mich plötzlich mit großen, glänzend schimmernden Augen ansehen und lächeln.

»Du weißt doch, Katrīna, ich konnte nicht ohne die Berge.«

Mehr nicht. Die Lider werden sich schließen, das Lächeln wird bleiben. Die geweiteten Nasenflügel werden noch einmal erzittern und sich dann langsam legen, als wollten sie den letzten Lufthauch behüten, und all die verfluchten Berge sind endlich frei.

Vom Krankenhaus aus rufe ich Mama an.

»Ich habe nur fünfzehn Kopeken, und ich bin in Leningrad.«

Sie wird nicht überrascht klingen, sie wird nicht schreien, sie wird nicht weinen.

»Warte auf dem Bahnhof. Papa ist schon unterwegs.«

Zwei Tage später wird Vater mich im Wartesaal des Bahnhofs neben dem Sprudelwasserautomaten mit drei Kopeken in der Hand finden. Ich werde gegen die rasselnde Wand des Automaten gelehnt dastehen, unfähig, mich zu entschließen, ob ich ein Glas Wasser mit Sirup oder drei ohne nehmen soll. Er wird mich in den Zug heben und mir gesüßten Tee aus einer geblümten chinesischen Thermoskanne einflößen. In seiner Reisetasche werden matschige Speckpiroggen sein und ein von beiden Seiten gebratenes Spiegelei zwischen zwei Roggenbrotschnitten. Die ganze Reise über wird er meine Hand halten und versuchen, mir klarzumachen, daß ich ein wenig schlafen sollte. Aber ich werde nur erzählen und erzählen – daß ich jetzt mehr als alles in der Welt einen Hund brauche, daß ich die Berge hasse, und wie erbärmlich wenige Gemälde in der Eremitage hängen.

Zwei Wochen später wird bei uns zu Hause ein Hund einziehen. Ein maunzender, weißer Laikawelpe. Sir Leonard, genannt Lardy. Ich werde nie mehr in die Berge fahren. Ich werde die Berge noch sehr, sehr lange hassen. Alle. Auch diejenigen, die nur auf Postkarten zu sehen sind.

*

Sofija und ich haben ein Geheimnis: unser eigenes Nest in einer Kiefer an der Gauja. Darin machen wir es uns gemütlich, wenn wir geheime Pläne schmieden. Wenn sie aus Winkelend zurückkommt, werden wir ganz bestimmt nach Murjāņi fahren, uns ins Nest setzen und schreien: »Wir sind Adler! Wir sind Adler!« Und danach werde ich sie fragen, was sie von einem Adler hält, der einen Ziesel im Bauch hat. Ich bin überzeugt, daß sie nur das Beste denken wird, denn just in diesem Nest wurden unsere ersten Mäuse geboren. Das war zwar nicht ganz korrekt, aber Adlerjunge waren in Murjāņi nicht aufzutreiben, und wir mußten uns mit Mäusen behelfen. Echte Vögel bauen doch nur deshalb Nester, um Junge zu bekommen, und wir wollten echte Vögel sein. Wir stibitzten zwei Eier aus dem Kühlschrank und hockten eifrig auf dem Baum, wobei wir einander beim Brüten ablösten. Nach zwei Wochen fand das große Schlüpffest statt: Wir fingen Mäuse, legten sie in das Nest und banden sie an, damit sie nicht hinunterfielen. Die Kiefer ist doch ziemlich hoch, und wenn der Wind etwas kräftiger weht, kann man spüren, wie einem Flügel wachsen.

Ich glaube, daß Sofija genau aus diesem Grund auch zu einem kleinen, braunen Ziesel lieb sein müßte. Ich habe sie doch damals auch nicht verpetzt, als sie vom Baum gefallen ist.

So ist die Welt eben eingerichtet: Die Vögel fliegen im Himmel, doch ihre Schatten fallen auf die Erde.

*

Die letzten Akkorde des Liedes zerfließen mit der Dunkelheit, und Stille tritt ein. Nur das Knistern des Lagerfeuers und die prämortalen Schreie der brennenden Nachtfalter sind zu hören. Ich zaudere und will zu Sergej hinübergehen, aber er steht von sich aus auf und setzt sich neben mich.

»Laß uns spazierengehen«, sage ich zu ihm, als wieder Leben in die Runde kommt und Wlad wieder einmal mit einem Lied über die beherzten Alpinisten-Babas loslegt.

»Sei mir nicht böse, aber ich werde mich wohl zur Ruhe begeben. Und du solltest nicht mit mir kommen, Sternchen, wirklich nicht. Du wirst ganz woanders erwartet.« Er lächelt, küßt mich leicht auf die Wange und geht fort, die Gitarre auf der Schulter.

Ich werde tatsächlich erwartet. Von dem schwarzen Schatten hinter der Kiefer. Punkt zwölf haben Diāna und ich in Schenjas Zimmer zum Abendtee zu erscheinen, um den »heikelsten Gipfel unseres Lebens« zu feiern. Die beiden Instruktoren haben sich den ganzen Spätnachmittag einen erbitterten Zwist mit der Lagerleitung geliefert – wie sich herausstellte, haben wir im Hinblick auf unsere Qualifikation eine um zwei Schwierigkeitsgrade zu schwere Route bewältigt. Das ist ein schwerwiegendes Vergehen, und die Obrigkeit hat gedroht, uns den Gipfel nicht anzurechnen. Mir wäre es gleich – ein Eintrag im Büchlein mehr oder weniger, was macht das schon! Aber für die Jungs und Diāna wäre es eine Tragödie. Sie gehören zu den Fanatikern. Schließlich hat Schenja – unter Zuhilfenahme seiner betörenden Rhetorik und dreier Flaschen Schnaps – die *Natschalniks*[10] überzeugt, und alle können erleichtert aufatmen. Ehrlich gesagt, ich bin auch ein bißchen stolz – eine Bestarbeiterin eben.

Ich bin als erste zur Stelle. Schenja macht sich noch am elektrischen Wasserkocher zu schaffen, beeilt sich, Kerzen anzuzünden, und kickt ein Paar gestreifter Wollsocken unter das Bett. Ich fühle mich etwas unbehaglich, aber er setzt mich an den Tisch, nimmt mir gegenüber Platz und sieht mir in die Augen.

Wenn man Schenja ansieht, würde man niemals erraten, welche Zähigkeit sich in seinen keineswegs mit riesigen Muskeln bedachten Armen verbirgt und welche Kräfte in seinem kleinen, drahtigen Körper Einzug gehalten haben – er kann tagelang marschieren und marschieren, stundenlang in den Felsen hängen und mitten in einem Schneefeld unter freiem Himmel lediglich im Schlafsack übernachten. Er hat fast alle Gipfel des Kaukasus bestiegen, ein gutes Stück

10 natschalnik: Vorgesetzter, Vorsitzender, Chef, Boß (russ.)

des Pamir, und wenn alles läuft wie erhofft, plant er, in zwei Jahren den Everest anzugehen. Feine, kaum wahrnehmbare Fältchen durchfurchen seine Stirn, etwas tiefere erstrecken sich von den Augenwinkeln bis dorthin, wo sein glattes, hellbraunes Haar die Konturen des länglichen Gesichts markiert, ganz sanft und tief jedoch legen sie sich in Bögen um die zu einem Lächeln geöffneten Lippen – Schenja lächelt fast immer und schreit so gut wie nie.

»Diese Augen, diese Augen.« Sein Seufzer schließt sich dem Summen des Wasserkochers an.

Ich lächle und versuche, mich abzuwenden.

»Sieh mich nur nicht so an, sonst verliere ich noch den Verstand«, setzt er das begonnene Liedchen fort.

»Du bist verrückt, das geht nicht.«

»Ich weiß, daß das nicht geht.«

»Warum tust du es dann?«

»Weil ich es mag. In den Bergen erlaube ich mir, ausschließlich das zu tun, was ich mag. Weißt du, wenn ich dir als erster begegnet wäre...« Seine hellblauen Augen werden ganz schmal.

»Du hattest alle Möglichkeiten.« Ich versuche, möglichst sanft zu sprechen, obwohl ich scharf und katzenhaft fauchen wollte: »Sssei still... BITTE!«, aber nein – das Fell glatt, das Köpfchen leicht schiefgelegt und die Krallen so tief eingezogen, daß es den Anschein hat, es gibt sie gar nicht, hat sie nie gegeben, eine Mutation, dieses Geschöpf ist ohne Dornen, und Zähne, ach, Zähne hat das arme Ding ja auch nicht! Murrr... Sicher, sicher, Jewgenij Michajlowitsch ist mein Instruktor, und zwar ein sehr guter, in den Berglagern ist so jemand eine Seltenheit, sehr häufig gerät man an irgendwelche nervösen Hampelmänner, denen ihre eigenen

Ambitionen und die Zahl der von ihnen geleiteten Gruppen wichtiger sind als alles andere. Schenja ist nicht nur unter den Alpinisten beliebt, sondern auch beim gesamten Lagerpersonal – Ärzte, Köche, Mitarbeiter aus dem Ausrüstungslager und offenbar sogar die Küchenkatzen laufen ihm in Scharen entgegen, wenn er von einer Tour zurückkehrt. Ein Guru, der klügste Psychologe, der beste Tröster, die Herzlichkeit in Person. Eine Kaukasuslegende. Brav, mein Kätzchen, so ist brav...

»Ich weiß. Aber damals wirktest du noch zu jung.«

»Ich bin keine Frucht, die man nur reif pflücken kann«, wende ich ein und platze fast vor Stolz über diesen tollen Vergleich.

»Ich hatte Angst. Ich hatte Angst, daß du dich in mich verliebst und es danach schwer haben würdest. Jetzt wird es nur für mich schwer sein.«

»Sag so etwas nicht, Schenja... ich bitte dich.«

»Wenn du versprichst, mir nie wieder in die Augen zu schauen, dann werde ich so etwas nicht mehr sagen.«

»Das kann ich nicht versprechen«, lache ich und sehe ihn mit so dunkelnden Augen an, daß ich von diesem Blick wahrscheinlich selber verrückt geworden wäre.

»O Gott, was machst du nur mit mir... was machst du nur mit mir...«

»Hast du eine Frau? Und Kinder?«

»Eine Frau und zwei Töchter, aber...« antwortet er automatisch, fährt dann ein wenig zusammen und wirft einen heimlichen Blick auf das umgedrehte Foto an der Wand. »Woher weißt du das?«

»Na ja... so jemand wie du bleibt nie ohne Frau«, lüge ich und lasse drei Stück Würfelzucker in die Teetasse fallen.

»Aber spielt das denn eine Rolle? Ich meine, HIER? Hat man eine, hat man keine... Wer hat schon keine Frau?«

Ich greife rasch nach drei weiteren Stück Würfelzucker und lasse den Löffel energisch gegen den Tassenrand klappern. Die heiße Flüssigkeit bildet einen Wirbel, der ein paar noch nicht versunkene Teeblattfitzelchen in den Abgrund reißt.

»Meiner Ansicht nach spielt das immer eine Rolle«, sage ich, indem ich langsam Wort um Wort ausspreche.

Vor dem Fenster geht ein Rauschen durch die Kiefern. Ein Wind kommt auf, und morgen wird es sicher schneien. Dort. Oben. Hier, unten, wird es nur regnen.

»Du bist wirklich noch sehr jung.« Das klingt fast wie eine Beleidigung.

»Ach ja?« Ich kann ein Fauchen nicht zurückhalten. »Jung und dumm, wolltest du wohl sagen?«

»Nein. Ich wollte sagen, daß du sehr jung bist, nicht mehr. Du hast noch gar keine Erfahrung. Fast keine.«

»Was weißt du schon von meiner Erfahrung?«

»Aber das ist gut so. Genau das gefällt mir... Krümelchen...«

Hastig setze ich die Tasse an die Lippen, nehme einen großen Schluck und schüttle mich – brr, wie süß!

In diesem Augenblick öffnet sich die Tür, und Oleg kommt mit zwei Flaschen georgischem Wein herein. Ich möchte plötzlich weit, weit weg von hier sein – vielleicht draußen beim Lagerfeuer, vielleicht in meinem Bett, vielleicht aber auch das ausgetrocknete Flußbett emporlaufen und weinend vor Erschöpfung auf der Zieselwiese zusammensinken. Ich bin doch nur ein kleines, unerfahrenes Lettenmädel, das sich aus Versehen in die Gesellschaft von zwei sachverständigen, erwachsenen Männern verirrt hat. Nichts wie weg, die Stiefel verfangen sich in den klapperigen Wurzeln, die Knie werden an Felsvorsprüngen blutig geschlagen, weg, nur weg, auf eine Weise, daß sich ein gnadenloser Stecher in die Magengrube stürzt und es unmöglich macht, auch nur ein Quentchen Luft zu schnappen, weg, ja, weg! Aber nur, damit zum Schluß, wenn der Atem völlig ausgegangen ist, wenn es scheint: das ist das Ende, es gibt mich nicht mehr, damit dann dort diese Arme sind – sachte, sachte, was rennst du denn so, Häschen, was rennst du denn...

»Und, Schenja, hast du es dir überlegt mit der Heimreise?« unterbricht Olegs sachliche Stimme die Stille.

Der Flaschenkorken ploppt saftig, und herb-säuerlicher Duft erfüllt das Zimmer.

»Ich gehe mit den Jungs über den Höhenzug rüber nach Georgien. Dort nehmen wir noch einen Gipfel mit, und dann geht's runter ans Schwarze Meer. Zwei Wochen Sonne und Meer... totale Ekstase. Kommst du mit?«

Wie? Und was ist mit Diāna? War das nicht deine Stimme, Schenja, dort, oben, in jener Nacht im Zelt, die mit betörender Süße, fast euphorisch, jede Silbe auskostend, ihren Körper gestreichelt hat: Liebste, wir haben noch den ganzen Sommer vor uns, Liebste, wir werden noch in den blauen Wellen baden, und du wirst meine Nixe sein (Verzeihung, aber bei diesen Worten mußte ich fast laut loslachen), wir werden noch gemeinsam die Sterne betrachten, Liebste, ich werde dich niemals fortlassen – hör mal, Schenjalein, sollte ich das tatsächlich alles nur geträumt haben?

»Nein, nein, sobald unser Monat um ist, verschwinde ich. Die Arbeit wartet nicht. Ich muß anfangen, für die nächste Saison zu sparen. Und du, Krümelchen?«

»Richtung Heimat. Im August arbeite ich auf einer Schweinefarm. Bei den Muttersäuen haben sich die Läuse vermehrt, wißt ihr, und die beißen die Ferkel tot. Ja, eine Plage ist das mit den Läusen, ich muß sie vergiften fahren. Sonst beißen sie alles tot, und im Winter gibt es nichts zu essen.«

Oleg lacht prustend und schenkt Wein ein. Die Tür knallt auf, und Diāna stürmt ins Zimmer – atemlos, gerötet, zerzaust.

»Lauf schnell zu den Ansteckerlingen rüber, Katrīna, hörst du, sonst stellt Wlad einen Riesenscheiß an«, keucht sie mir direkt ins Ohr.

»Und was geht mich das an?«

»Der hat sooooo ein Suffmassaker veranstaltet! Und blökt die ganze Zeit, daß er auf niemanden anders hört als auf dich.«

»Auf mich?! Was hab' ich denn mit ihm zu tun?«

»Keine Ahnung. Das mußt du selber klären. Aber beeil dich.«

»Schon gut, schon gut«, knurre ich widerwillig und verlasse mein warmes Plätzchen.

Der Anblick ist wirklich beeindruckend: das Fenster in Wlads Dreibettzimmer ist eingeschlagen, auf dem Boden liegen Flaschenscherben herum, Reste von Butterbroten sind über den ganzen Raum verteilt, eine angebissene Sardelle rutscht langsam an der Bretterwand herunter. Der Verursacher des Ganzen ist auf ein Nachtschränkchen geklettert, fuchtelt mit einem scharfkantigen Flaschenhals in der Hand herum und röhrt:

»Kommt mir nicht zu nahe, ich bring' euch alle um! Alle!«

Seine Zimmergenossen und noch ein paar weitere verschreckte Figuren stehen zusammengedrängt in einer Ecke und versuchen, Wlad zu überreden, mit dem Quatsch aufzuhören. Ein beträchtliches Grüppchen Neugieriger drängt sich ungeduldig vor der Tür – laß mich auch mal gucken, daß ich nur nichts verpasse, daß wir auch ordentlich was zu reden haben. Kusch!

Als er mich bemerkt, glimmen Wlads Augen vor böser Freude auf.

»Ah, bist du also doch gekommen, *instruktorskaja sucha*[11]«, seine Worte schießen hervor wie die Klinge eines Springmessers, »dreh dich mal 'n bißchen, zeig dich, ich will auch sehen, was Nutten für lange Beine und fette Ärsche haben.«

»Wlad...«

»Na, was ist, Schätzchen? Willst du noch ein Liedchen hören? Keine Bange, wir spielen ein Liedchen für dich, keine Bange! So 'ne Melodie hast du dein Lebtag noch nicht gehört!«

Er springt von seiner Kanzel herab, schnappt sich die in Griffweite stehende Gitarre, holt ordentlich aus und knallt sie gegen die Wand. Braune Splitter rieseln tönend zu Boden. Als eine Saite reißt, erfüllt ein schneidend-klägliches »h« die plötzlich eingetretene Stille.

»Das hat dir gefallen, oder?« Wlad stöhnt kurz auf, bricht in Tränen aus und rennt aus dem Zimmer, indem er mit den Ellenbogen die zufriedenen Zuschauer wegstößt – sie sind auf ihre Kosten gekommen, jetzt kann man sich ruhig wieder trollen.

11 instruktorskaja sucha: Instruktorennutte (russ.)

Ich will ihm nacheilen, aber Gennas muskulöser Arm hält mich auf.

»Laß ihn. Soll er laufen und sich beruhigen. Ist noch jung. Er tobt sich aus, und es geht vorbei. Geh ruhig zurück und quäl dich nicht. Es ist nicht deine Schuld.«

Ich gehe. Verlasse das demolierte Zimmer und gehe. Hier. Dort. Jung. Noch jung. Es geht vorbei. Niemals-werde-ich-dir-weh-tun. Nicht hier, nicht dort, nie ... Irgendwann, nicht hier, nicht dort, sondern wann?

Es ist die erste Nacht im Basislager, da die Betten in unserem Zimmer unberührt bleiben. Der Regen rauscht leise vor Olegs Fenstern, die Kerzen werden ausgepustet, für einen Augenblick duftet es nach Weihnachten, und das säuerlich-herbe Aroma des Weins trägt uns fort in eine Welt, wo es niemandem je in den Sinn gekommen ist, jemandem weh zu tun. Über dieser Welt bricht der Morgen an, der sich in einen Umhang aus grauem und klammem Nebel gehüllt hat.

*

Als wir noch klein waren, wollte Sofija eine Ballerina sein. Sie sah sich sämtliche Ballettvorführungen an, die im Fernsehen gezeigt wurden, und tanzte mit – sie wirbelte über den Fußboden, den Kopf zurückgeworfen, und lachte. Manchmal schloß ich mich ihr an. Wir drehten und drehten uns, erst in die eine Richtung, dann in die andere, und konnten nicht begreifen, wie es möglich war, daß sich sämtliche Möbel, Wände, Bücher, Vasen und Bilder, die bisher einzelne Dinge mit ihren eigenen Formen, Farben und Düften gewesen waren, jetzt auflösten, verschwanden, sich in verschwommene, bunte Streifen verwandelten, nichts einzelnes, nichts, was zum einen oder anderen Gegenstand gehörte – lediglich rasch kreisende, hellere oder dunklere Lichtstreifen, mal höher, mal tiefer, selbst die Musik verschmolz mit unseren Stimmen, und es war unmöglich zu sagen, wo die Violine erklang und wo Sofijas ergriffenes: »Ei, Katrīna, wenn du wüßtest, wie schön es ist zu fliegen!« Wir drehten uns so lange, bis wir das Gleichgewicht verloren und umfielen, lachend lagen wir auf dem Boden und betrachteten das Zimmer, das sich nun ebenso schnell drehte, wie zuvor wir beide uns gedreht hatten. Die Risse in der Decke verflochten sich zu nie zuvor gesehenen Mustern, ließen sich langsam auf unsere Köpfe herab und hüllten den Blick in einen bleichkalkigen Nebel. Nachdem wir uns etwas erholt hatten, rannten wir ins Badezimmer, lehnten uns über den Rand der emaillierten gußeisernen Badewanne und kotzten. Danach wieder zurück ins Zimmer, um uns erneut in die Umarmung des garstigen Karussells zu werfen.

Ich wollte nicht Ballerina, sondern Hund werden. Ich wickelte mir ein Stück Wäscheleine um den Hals, band das andere Ende am Bettpfosten oder an der Birke im Hof fest und hockte. Manchmal brachte Sofija mir eine Schüssel Wasser, und ich durfte ein bißchen schlabbern. Ein paarmal gelang es mir sogar, von den Eltern zu erbetteln, daß sie mir das Mittagessen brachten. Ich warf mich vor dem Teller auf alle viere und versuchte, das Essen mit den Zähnen oder der Zunge zu packen. Ich war sehr geduldig und glaubte fest daran, daß ich, wenn ich fleißig trainierte, eines Tages zu einem braven Hund heranwachsen würde. Ich mußte nur sehr eifrig sein und möglichst lange angebunden daliegen, insbesondere draußen – meinen Entschluß durften weder die sengende Sommersonne noch Regengüsse oder die abendliche Kühle behindern. Bei einem Gewitter sah sich Mama einmal gezwungen, mich mit Gewalt von dem Baum zu befreien und ins Haus zu tragen. »Echte Hunde liegen auch bei Regen an der Kette!« sträubte ich mich verzweifelt. »Nur deinetwegen werde ich niemals ein echter Hund!« Mama und Sofija lachten. Sie hielten das für einen Witz.

Ich war wahnsinnig wütend auf mich selber, wenn ich mich, von plötzlichem Überdruß erfaßt, von der Leine losmachte und woanders spielen ging. Ein echter Hund darf so etwas nicht. Er muß sogar vor seiner Hütte pinkeln und kacken. Manchmal, an den erfolgreicheren Tagen meiner Ausbildung, befolgte ich diese Regel und pinkelte ins Gras, so weit weg, wie es die Wäscheleine eben zuließ.

Gelegentlich war ich Cibiņš: stand um fünf Uhr morgens auf und stapfte barfuß über die betaute Wiese. Es war entsetzlich kalt, aber ich gab nicht auf – der echte Cibiņš hatte ja auch keine Wahl. Nachdem ich ordentlich umhergelaufen war, setzte ich mich am Rand der Wiese auf einen lehmigen Maulwurfshügel, öffnete Mutters alte Handtasche, die ich mir um den Hals gehängt hatte, und zog eine Schnitte Roggenbrot mit Butter daraus hervor. Im selben Augenblick verwandelte ich mich in Annele und schob mit den Zähnen einen kleinen Butterwall zusammen. Cibiņš, Annele und manchmal vielleicht Zoja. Niemandem sonst habe ich jemals gleichen wollen.

In der zweiten Klasse mußten wir einen Aufsatz schreiben: »Wo ich mich am wohlsten fühle«. Damals schrieb ich: »Am wohlsten fühle ich mich unter dem Tisch. Weil es dort dunkler ist. Weil man dort die Kerze besser sehen kann. Weil man sich dort besser mit der Kerze unterhalten kann.«

Da war schon etwas Wahres dran, aber wenn ich ehrlich bin, habe ich doch gelogen. Am wohlsten fühlte ich mich auf dem Fußboden, wenn die Nachmittagssonne in mein Zimmer schien und einen warmen, viereckigen Lichtfleck mit einem kreuzförmigen Schatten in der Mitte auf die Dielenbretter malte. Ich legte mich auf das beschienene Plätzchen, machte mich möglichst klein, damit nur kein Krümchen von mir außerhalb der streichelnden Strahlen blieb, und schlief selig ein. Die Sonne glitt langsam weiter nach Westen und ließ die Lichtinsel zur anderen Seite des Zimmers wandern, doch ohne aufzuwachen rutschte ich im Schlaf langsam mit der Wärme mit wie eine Sonnenblume, unbewußt bestrebt, so viel Liebkosung wie möglich aufzunehmen.

*

Einige Tage später nehmen wir den nächsten Gipfel in Angriff – es soll der entscheidende sein. Wenn wir ihn bewältigen, wird uns ein Sportrang verliehen, wir werden auf ein Podest gestellt und bekommen rühmende Einträge in unser »Sowjetalpinisten-Logbuch«.

Wlad hat sich mindestens schon fünfzehnmal entschuldigt. Ich habe ihm schon sechzehnmal verziehen.

Mein Sandmännchen ist stinksauer. In letzter Zeit würde ich es zu selten besuchen, behauptet es. Ich bleibe hartnäckig, lasse mich um keinen Preis überreden, und es beginnt, sich zu rächen – gießt mir mit winzigen Schöpfkellen zischendes Blei in die Beine, treibt stechende Nägel in meinen Rücken und stopft den Kopf mit gelber Glaswolle voll. Obwohl Glaswolle nicht diesem widerlichen, zotteligen Knebel aus gebleichter Baumwolle gleichkommt, den die Frauen immer als »die Sache in mir« oder »unter mir« bezeichnet haben, ist es doch eine sehr giftige Watte. Man braucht ihre scheinbar weichen, flauschigen Ränder nur ganz leicht mit den Fingerspitzen zu berühren – schon treten die fiesen kleinen Glassplitterchen ihren Siegeszug an und erobern Spanne um Spanne deine Innenwelt. Sie fressen sich in die Haut, wobei sie einen unerträglichen Juckreiz verursachen, zwängen sich in die Blutgefäße, indem sie deren dünne Wände durchbohren, was dazu führt, daß der Körper von oben bis unten mit winzigen roten Punkten bedeckt wird, sie schiffen sich im Blut ein, und schon bald gibt es im gesamten Körper keine einzige Stelle mehr, wo kein Glas herummarodiert – Glas in den Lungen, im Magen und in der Milz, Glas in den Nieren, den Gedärmen und im Gehirn, entzündete, blutunterlaufene Augen, brennende Achseln und Leisten, eine kratzige Katzenzunge. Glaswolle – schlimmer sind nur der Atomkrieg und Fencheltee. Die Milchhaut verliert ihren Rang. Aber ich bin eine Bestarrrrbeiterin und lächle auch dann noch, wenn man mich ans Kreuz schlägt oder mit eiskaltem Wasser übergießt. Zoja. Die Kosmodemjanska.

Diesmal sind wir nur sieben, Vasjka ist schon nach Hause zurückgekehrt. Oleg inspiziert meinen Rucksack – er wirft das Deo raus, das Handtuch (du trocknest dich mit dem Hemd ab!), das Stück Seife und den Aquarellkasten (diesmal wirst du nicht zum Malen kommen!). Ein anderes Tal, ein anderer Fluß, eine andere Wiese (kein einziger Ziesel!) und auch eine ganz andere Nacht. Ein kleiner grasiger Flecken am Ufer eines von steilen Moränen eingeschlossenen Bergsees, ein schmaler, steiniger Turwechsel, der sich nahezu senkrecht den Fels hinaufwindet, und der Gipfel: ein grausam kalter Berg, dessen allerhöchste Spitze in eine goldene Wolke gehüllt ist. Ha! Die kennen wir, die goldenen! Komm ihnen nur ein bißchen näher, und sie zeigen ihr wahres Gesicht – im Wind wabernder, grauer, feuchter Nebel, der nur darauf wartet, einem ins Knochenmark zu kriechen und den letzten Rest Willenskraft zu lähmen.

Ein Weilchen nach dem Abendessen verspüre ich irgendwo unter dem Brustbein einen seltsam stumpfen Schmerz. »Ich werde mir sicher einen Muskel gezerrt oder einen Nerv verkühlt haben, vielleicht habe ich mich auch einfach zu sehr vollgestopft, der Rüsselkäfer wird schon Ruhe geben«, beruhige ich mich, mache mit Oleg Löffelchen und versuche einzuschlafen.

Um vier stehen wir auf, den Felsen hinauf, rasch steigen wir um mindestens weitere fünfhundert Meter über dem Meeresspiegel, dann ein endlos scheinender Marsch über einen großen Geröllhang, und schon haben wir das Schneefeld erreicht – eine lange, leicht angeschrägte Schneezunge, an deren Ende unser heutiger Berg emporragt. Wir machen kurz Rast, trinken einen Schluck süßen Tee, Oleg überprüft, ob ich die Stiefel fest genug zugeschnürt habe. Wir werden stapfen müssen – durch metertiefen, weichen Schnee, jeder Schritt Schwerstarbeit. Bergan. Die ganze Zeit bergan. Der lahme Schmerz in der Brust denkt überhaupt nicht daran nachzulassen – mit jedem Augenblick nimmt er noch an Stärke zu, aber ich versuche, nicht daran zu denken – noch immer Zoja, noch immer ganz die Heldin, noch immer Stolz und Ehre meiner Eltern.

Wir stapfen. Stapfen und stapfen. Schritt für Schritt. Ich höre nur mein Herz. Tuck-tuck-bumm, tuck-tuck-bumm.

Im Mund taucht Blutgeschmack auf. Ich klaube ein wenig Schnee auf, lutsche kurz darauf herum und spucke ihn wieder auf den Handschuh: keine Spur von Blut. Ich werde mich wohl getäuscht haben. Einfach weitergehen. Langsam kommt Wind auf. Nein, wieso Wind, das kann nicht sein – der flauschige Schnee liegt ganz ruhig da, kein einziges Flöckchen regt sich. Ah, dieses Rauschen in meinen Ohren, ich weiß! Ich weiß, woran es mich erinnert – an die Riesenmuscheln, die ich mir im Naturkundemuseum einmal ans Ohr halten durfte. »Das sind die Erinnerungen der Muschel an das Meer«, hat die Aufseherin erklärt. O ja: Riesenmuscheln und das Meer. Ein warmes Tropenmeer. Doktor Dolittle konnte mit den Tieren sprechen, er hat sogar ein paar Brocken der Zapplersprache gelernt. »Das ist eine der schwersten Sprachen der Welt«, sagte er, das Ohr an ein Glasgefäß gelegt, in dem ein verdutzter Zappler schwamm. Wie so ein Zappler wohl aussieht? Tuck-tuck-bumm ... Was für seltsame Geräusche ... sind das Zappler-Zurufe? Vielleicht leben Zappler auch auf Schneefeldern? Bummbumm ... nein, das kommt nicht von außen, das ist irgendwo in mir ... o Gott, ich habe einen Zappler verschluckt! ... aber wann? ... nein, das kann nicht sein, ich weiß ganz genau, daß ich keinerlei Zappler verschlungen habe, zum Frühstück gab es keinen einzigen Zappler, und gestern abend haben wir Plov gegessen, ich habe ihn selber gemacht, Ehrenwort, auf den Konservendosen stand klar und deutlich »Geschmortes Schweinefleisch« ... BUMM ... BUMM ... aber vielleicht bin ich ja selber ein Zappler? BUMM ...

»Bist du in Ordnung, Krümelchen?« Oleg rüttelt mich an der Schulter.

»Sicher, sicher«, ich lächele und schaue in seine leuchtenden Augen, »weißt du, Oleg, ich bin ein Zappler! Weißt du, was ein Zappler ist?«

»Wo tut es weh, Krümelchen, raus mit der Sprache!«

»Mir? Weh? Nein, mir tut nichts weh. Ich glaube, Zappler haben überhaupt keine Nerven, ist das nicht komisch?« Ich fange an, unbändig zu kichern.

»Hier?« Er öffnet den Reißverschluß meiner Daunenjacke und legt die Hand auf meine Brust.

»Naaaaa ... vielleicht ein bißchen ... ei, tut das weh ... es tut wirklich sehr weh ... mach die Jacke zu, der Zappler kann sich erkälten ... laß uns hier ein Nickerchen machen, ja?«

»Schenja, he, Schenja!« Oleg steht auf und schreit. »Ihr geht weiter, Katrīna und ich kehren ins Lager zurück.«

»Das Herz?« erklingt aus weiter Ferne Doktor Dolittles Flüstern. »Gut. Ich komme rasch rüber und hole deine Seile.«

»Oh, Herr Doktor, endlich sind Sie da! Ich werde Ihnen sofort alles über die Zappler erzählen! Nehmen Sie mir nur diese Spinnweben von den Augen, das kitzelt sonst so!« Ich lache und fahre mir mit den schneeigen Handschuhen über das Gesicht.

»Und jetzt nichts wie runter, Oleg! Verringert so schnell wie möglich die Höhe, aber seilt euch besser zusammen an, ihr wird bestimmt schwindelig werden«, kommandiert Schenja, indem er mir den Brustgurt überstülpt und am Karabiner herumnestelt, »und du, Krümelchen, nicht weinen, alles wird gut.«

»Ich weine doch gar nicht, Doktor, ich lache! Endlich weiß ich, was ein Zappler ist. Ein Zappler – das bin ich! Und Sie, Doktor ...«

»Im Laufschritt!« Oleg stellt mich auf die Beine und zieht mich an einem meterlangen Seil hinter sich her.

»He, langsamer, langsamer«, protestiere ich, »ich bin doch kein Hund. Zappler sind sehr empfindlich und schnell beleidigt, du darfst mich . . .«

»Komm, Krümelchen, komm, bald sind wir unten, und dann kannst du sein, was du willst, jetzt ist die Hauptsache, so schnell wie möglich tiefer zu kommen, sonst wirst du nur ein kleines und totes Krümelchen sein, mehr nicht.«

»Aber, Oleg . . .«

»Also schön, kletter auf mich drauf.« Besorgt wischt er den geschmolzenen Schnee von meinem Gesicht und nimmt mich huckepack.

Oleg rennt, auf dem Rücken einen kleinen, kichernden Zappler, gekleidet in eine riesengroße, orangefarbene Daunenjacke. Nach einer Weile setzt er mich ab.

»Jetzt versuch es selber. Kannst du?«

Ich stelle mich auf den Boden und schwanke. Der Brustrüsselkäfer hat sich ein wenig beruhigt.

»Ja, natürlich. Mir ist nur fürchterlich schwindelig.«

»Das ist normal, in einer halben Stunde machen wir Rast, aber jetzt erst einmal fix mir hinterher!«

Etwa hundert Meter vor dem großen Felsen machen wir halt. Ganz in der Nähe plätschert ein Bach, eingezwängt zwischen vereisten, von vereinzelten Steinen übersäten Ufern. Wir setzen die Helme ab, um die vom schnellen Lauf ermatteten Schädel abzukühlen. Oleg seilt sich aus und verschwindet hinter einem großen Stein, um sein Geschäft zu erledigen.

»Bleib hier sitzen und warte«, wirft er mir noch zu.

Aber Halbkrümelchen-Halbzappler betrachtet sich wirklich nicht als Hund, der sämtliche Befehle seines Herrchens mit unbedingtem Gehorsam zu befolgen hat. Zoja will trinken, und sie wird zu dem Bach gehen.

Schlingernden Schrittes (mir ist noch immer sehr schwindelig) taumele ich in Richtung des kühlen Nasses. Das Ufer ist rutschig, aber ich bin ja nicht von gestern und komme auf die Idee, auf die im Eis eingefrorenen Steine zu klettern. Pardauz! Ein stechender Schmerz am Hinterkopf, und der Zappler liegt auf dem Rücken. Dieses Kieselmiststück war gar nicht festgefroren, es hat nur so getan! Teufel noch eins! Nicht genug, daß gewaltige Gipfel Theater spielen, selbst das kleinste Steinchen kann sich nicht verkneifen, ihnen nachzuäffen! Ich taste meinen Hinterkopf ab – die Finger tauchen in eine warme, klebrige Flüssigkeit. Finger an die Lippen – Blut. Ogottogott… ich bin also doch kein Zappler! Zappler haben ganz bestimmt kein Blut, das weiß ich sicher. Zoja… nein, Krümelchen… nein, Katrīna… die völlig durchgeknallte Katrīna Mūra-*dura,* die Trödelige aus der 10b… Ogottogott… das darf nun wirklich niemand erfahren, kein einziger… Nein, die wahre Heimat ist nicht nur das Land, in dem man daheim ist, die Heimat ist der Ort, der einen erwürgt, wo immer man sich auch befindet – so wie eine Mutter langsam und unablässig ihr erwachsenes Kind erdrosselt, indem sie nicht zuläßt, daß es sich von ihr löst, und sich mit ihren unsichtbaren Tentakeln an jeder Pore, jeder Hirnzelle festsaugt: Komm zurück, mein Kindchen, komm zu mir, was treibst du dich nur herum, Teufel noch eins… Ich versuche verzweifelt, auf die Beine zu kommen, und nach einigen Bemühungen gelingt es mir auch. Jetzt nur rasch zurück auf meinen Platz und gehorsam Sitz machen. Wau, wau! So, die Mütze über die Ohren gezogen, den Helm auf den Kopf, die Handschuhe angezogen, ordentlich die Lippen geleckt...

»Und, hast du dich ausgeruht? Können wir weitergehen?«

»Ja! Gehen wir! Ich fühle mich schon viel besser.«

»Freu dich nur nicht zu früh, konzentrier dich noch ein bißchen – wir müssen am Felsen hinunter. Es ist ein steiler Abstieg, aber mit jedem Meter bist du mehr in Sicherheit.«

Als wir bei den Zelten eintreffen, die am Ufer des kleinen Bergsees aufgeschlagen sind, dringt eine noch nie erlebte Müdigkeit in mein gesamtes Territorium ein: vom aufgeschlagenen Kopf bis zu den wundgescheuerten Zehen, von Ost bis West, von Nord bis Süd – Trümmer, wohin man schaut. Zoja hat schließlich doch den Löffel abgegeben. Ein kleines, vertrocknetes Krümelchen kniet vor dem Primuskocher und versucht schwankend, sich beim Benzin einzuschmeicheln:

»Geh doch an, du lieber Saft, geh an...«

»Schluß jetzt!« Oleg versetzt dem Primus-Kocher einen Tritt und fängt an, mich aus der Jacke, dem System, den Stiefeln, den Socken zu schälen, dann nimmt er mich auf die Arme und legt mich auf den vor dem Zelt ausgebreiteten Schlafsack. »Keine Widerrede, jetzt wird geschlafen. Du mußt dich ausruhen.«

Nach einer Weile bringt er mir kochendheißen Tee und ein Glas Baumwollhonig. Oh, weißer Schnodder! Mein geliebter weißer Schnodder! Als der milchigweiße, dickflüssige Baumwollhonig, den Freunde meinem Vater aus Mittelasien geschickt hatten, das erste Mal bei uns zu Hause auftauchte, mußte Sofija sofort kotzen. Seit diesem Tag versuchte ich stets den Moment abzupassen, da meine Schwester in die Küche kam, um sich etwas zu Essen zu holen. Geschickt drückte ich mich an ihr vorbei, nahm das riesige Glas mit Sofijas ach so heißgeliebtem Schnodder aus dem Regal, stellte es mitten auf den Tisch und stocherte mit einem Eßlöffel darin herum. Sofija machte natürlich ein Mordsgezeter und rannte zu Mama, um sich zu beklagen, und einmal, als Mama und Papa nicht zu Hause waren, schnappte sie sich den Besen und stürzte sich auf mich. Wir haben uns ordentlich gekloppt, daß kein Auge trocken blieb: Sofija hat mir die Stirn blutig geschlagen und ich ihre Nase. Von Blut und echtem, durchsichtigem Rotz überströmt, einigten wir uns darauf, daß ich aufhören würde, sie zu triezen, und nur dann Baumwollschnodder futtern würde, wenn sie nicht in der Nähe ist.

»Hat man euch im ersten Jahr nicht beigebracht, daß man sofort zurückgehen muß, wenn das Herz anfängt, weh zu tun?« schimpft Oleg, während er mir Honig in den Mund stopft.

»Na ja … kann schon sein … wieso? Ist das denn sehr gefährlich?«

»Das sind die ersten Anzeichen von Herzschwäche.«

»Ach so … was ist das denn, Herzschwäche? Hört sich ziemlich beängstigend an.«

»Hoch oben in den Bergen bedeutet das normalerweise die letzten zehn Minuten vor dem Tod. Danach erstickst du ganz einfach an deinem eigenen Blut … Hör mal, vielleicht reden wir besser über etwas anderes? Ich mache mir so schon schreckliche Vorwürfe, daß ich dich so hart rangenommen habe.«

»Nein, du brauchst dir nichts vorzuwerfen, du bist nicht schuld.«

»Bin ich wohl. Und wie!«

»Nein, bist du nicht.«

»Bin ich wohl!«

»Bist du nicht!«

»Bin ich wohl!«

»Mein Gott, was soll's. Also gut, du bist schuld.«

»Was? Was hast du gesagt?«

»Nichts. Nur, daß du vielleicht ein bißchen schuld daran bist, daß ich jetzt keinen Sportrang bekomme. Aber ich bin ja auch nicht ganz unschuldig. Einen kleinen Teil der Verantwortung muß ich wohl selber übernehmen«, plappere ich und kann nur mit Mühe das Lachen unterdrücken.

»Einen kleinen? Ich hab' mich wohl verhört! Hast du gesagt: einen kleinen Teil?«

»Hör auf zu labern und gib mir Honig!«

»Warst du es nicht, die mich verführt hat?« Oleg gibt mir mit dem klebrigen Honiglöffel einen Stups auf die Nase.

»Ich?!«

»Ja, genau du. Hinter deinem Rücken steht keine weitere Bergziege. Ich spreche mit dir.«

»Wie soll ich dich denn verführt haben? Daß du dich nicht schämst! Ich... ich...«

»Na klar... was kratzt es dich schon. Bald fährst du weg und kehrst zu deinen lettischen Verehrern zurück. An denen es dir ja bestimmt nicht fehlt, oder?«

»Oleg, du fängst an, ziemlich skurriles Zeug zu reden... wir haben doch noch nie erörtert, wie es bei mir aussieht und wie bei dir... Du hast mich nie etwas gefragt, und nur deshalb habe auch ich dich nichts gefragt. Aber...« Ich begreife plötzlich, daß es mir mit jedem Augenblick schwerer und schwerer fällt, Oleg in die Augen zu schauen.

»Hier, das ist HIER. Dort, das ist DORT. Zwei völlig verschiedene Welten. Und vielleicht will keiner von uns, daß jemand anders weiß, wer wir in der anderen Welt sind.«

»Und welche Welt ist die echte?«

»Du fängst an, allzu komplizierte Fragen zu stellen.«

»Kleine Mädchen sind eben furchtbar neugierig.« Ich lache, nehme Oleg das Honigglas aus der Hand und lasse den fahlen Schnodder direkt in meinen Mund laufen.

»Aber du versuchst dir doch vorzustellen, wie ich... also, wie mein Leben in der restlichen Zeit aussehen könnte?«

»Umd pdu?« mumpfle ich hervor, während mir der Honig über die Zunge läuft.

»Mit jedem Tag immer mehr.«

»Ober pdu ... hmm ... aber du ... du wirst mir doch nichts erzählen, wenn ich recht verstanden habe?«

»Offenbar sind kleine Mädchen auch furchtbar schlau.«

»Ich bin kein kleines Mädchen!«

»Du hast dich selber so bezeichnet!«

»Ich darf mich so nennen. Du nicht. Ich bin überhaupt kein Mädchen.«

»Was denn sonst?«

»Also... nenn mich am besten so, wie du mich schon die ganze Zeit genannt hast.«

»Ach, du, mein Krümelchen... Jetzt ist aber Schluß mit dem Honig, du bekommst noch Bauchweh.«

»Wenn man von Honig Bauchweh hat, muß man Meerrettich essen. Und umgekehrt.«

»Und wenn man von Krümelchen Bauchweh hat?«

»Dann braucht man eine homöopathische Behandlung – wovon man krank geworden ist, das heilt einen auch.«

Olegs Lippen schmecken nach Honig. Olegs Hals duftet nach Bienenstock. Oleg hat einen klebrigen Bauch und süße Leisten. Olegs Nabel ist eine große Wabe. Olegs Schoß ist ein zarter Nektartropfen. Oleg klebt an Katrīna fest und geht nicht mehr ab. Oleg ist Katrīnas erste ansteckende Krankheit. Oleg sagt, daß Katrīna auch seine erste ansteckende Krankheit ist. Katrīna weiß, daß Oleg ein Schmeichler ist. Aber Katrīna lächelt nur süß und sagt nichts. Katrīna mag Olegs Klebstoff. Katrīna mag es, infiziert zu sein. Katrīna schmilzt dahin von zuckrigen Impfungen. Oleg ist Katrīnas Eierbiskuit. Katrīna ist Olegs »Goldenes Schlüsselchen«. Oleg ist Katrīnas Zuckerstange. Katrīna ist Olegs Konfitüreglas. Oleg ist Katrīnas Katzenpfötchen. Oleg ist Katrīnas Katzenzunge. Katrīna ist Olegs Marzipanbärchen. Katrīna ist Winnie Pu. Oleg ist Rabbit, das Kaninchen, und sein Honig ist alle. Gele Royale gibt es auch nicht mehr. Katrīna bleibt im Kaninchenbau stecken und schläft selig ein.

»Verflixt! Was ist denn das jetzt wieder?« Olegs Hand fährt über meinen Hinterkopf.

»Äh, äh ... Propolis ist das wohl nicht, oder?«

»Das sehe ich selber!«

»Nicht so schlimm. Tut auch gar nicht mehr weh. Wird ganz schnell verheilen.«

»Also raus mit der Sprache, wo hast du dich sonst noch verletzt?!«

»Nirgendwo sonst ...«

»Du lügst.«

»Na, ein bißchen ...«

»Wo?«

»Na ja, am Rücken. Ein wenig. Sonst nirgendwo.«

»Ach, Krümelchen, Krümelchen, du bringst mich noch ins Grab...«

»Nicht böse sein. Laß uns noch ein bißchen schlafen.«

»Du mußt dich schonen, Krümelchen. Versprich mir, daß du dich schonen wirst.«

»Nein.«

»Dachte ich mir schon.«

»Schlaf jetzt.«

Seitdem habe ich keinen einzigen Gipfel mehr bestiegen.

*

»Halt den Mund!« Das ist Papa.

»Nein, du erklärst es mir!« Auch Mama kann in letzter Zeit ziemlich laut werden.

»Ich hab' doch schon hundertmal...«

»Brüll nicht so! Katrīna schläft! Sie ist krank!«

Schneidendes Geflüster zerfleischt weiterhin die Leere jenseits der verglasten Schlafzimmertür. Ich zünde eine Kerze an und warte, bis ein wenig Paraffin geschmolzen ist. Ein Tropfen des heißen Talgs auf den Finger. Die Flamme zuckt, dann rappelt sie sich hoch und lodert mit doppelter Kraft auf. Jetzt geht es schon schneller. Ein Tropfen auf die Handfläche, ein paar auf die rosig durchschimmernden Häutchen zwischen den Fingern, langsam, ganz vorsichtig auf den Bauch. Die Hand erzittert – ein ganzes Rinnsal heißer, schillernder Flüssigkeit fließt über die Bauchdecke und ringelt sich im Nabel zusammen. Es tut ein bißchen weh. Aber nur ganz kurz. Ein winziger Stich, und schon erstarrt das Kerzenwachs. Jetzt auf die Brüste. Nur nicht stöhnen, nur nicht schreien, Katrīna, das tut gar nicht weh. Ein großer Tropfen direkt auf die Brustknospe. Au, das tut doch weh! Das ist so komisch – das Paraffin wird hart, und erst dann richtet sich die rötlichbraune Knospe auf. Sie wird runzelig, ganz dunkel und wächst rasch empor, wobei sie die warme Paraffinkrempe von der Haut losreißt. Es sieht aus wie ein rasch emporgeschossener Pilz – ein dunkler, verschrumpelter Stiel unter einem milchigweißen Hut mit ausgefransten, mooszerpflückten Rändern. Die rechte Knospe richtet sich von alleine auf – meine Brüste stehen auf freundschaftlichem Fuß und eifern einander immer nach –, und so umschließt das Paraffin sie von allen Seiten. So sehen die Poller der alten Mole im Winter aus, wenn sie vereist sind. Das Meerwasser friert in dünnen Schichten an den wellenrasierten Pollerköpfen fest und zieht ihnen glänzende Eisbadekappen über. Sofija findet, daß sie an Marsmännchen oder Hatifnatten erinnern, aber ich weiß, daß nur von Paraffin umschlossene Brustknospen so aussehen. Obwohl mir diesmal mit einem aufgebrachten Hatifnatt, der mit aller Kraft seine spitzen Zähne in meinen Busen schlägt, sehr viel besser gedient wäre. Dann hätte ich wenigstens einen Grund zu schreien. Und wenn man mich fragen würde: »Na, warum weinst du denn schon wieder?«, dann könnte ich antworten, daß mich ein böser Hatifnatt gebissen hat. Und alle hätten Mitleid mit mir. Mama würde Haferschleim kochen und Eier schaumig schlagen, Papa würde am Bett sitzen, Märchen vorlesen und über mein Haar streichen. Niemand würde schreien. Wer von einem Hatifnatt gebissen wurde, dem ist ein langsames Dahinscheiden beschieden, und es käme niemandem in den Sinn, einen Sterbenden als Simulanten zu bezeichnen oder als ein von imaginären Schmerzen zerrissenes Mädchen namens »Ich-kann-einfach-nicht-begreifen-wie-du-die-ganze-Zeit-immerzu-weinen-kannst«.

Aber meine Lungenentzündung hat keinerlei Ähnlichkeit mit Hatifnatten, und Paraffin bleibt Paraffin. Am meisten tut es in den Leisten weh, aber immer noch nicht genug. Ich will zurück. In die Berge. Dort ist alles so klar. Wenn einem zufällig jemand mit dem Steigeisen auf die Hand tritt, dann ist wenigstens sicher, daß er es nicht mit Absicht getan hat. Dort tut niemand einem anderen mit Absicht weh. Nur zufällig. Oder vielleicht deshalb, weil er vergessen hat, etwas zu sagen. Oder er hat es nicht sagen wollen, aber nur deshalb nicht, weil er einem nicht weh tun wollte.

Das Kissen wird immer feuchter und beginnt, nach nassem Hund zu riechen. Ich habe noch nie Gelegenheit gehabt, an einer nassen Gans zu schnuppern. Gänse sind normalerweise nicht naß. Das Wasser perlt an den gefetteten Federn ab, so daß der Vogel trocken und glänzend bleibt. Die Daunen von toten Gänsen können sich nicht schützen. Viel, sehr viel Wasser – bald werde ich untergehen. Die Haut unter dem erstarrten Paraffin färbt sich rötlich. Ich bin naß und erhitzt, mal steigt die Temperatur, dann fällt sie wieder, ohne jede Logik. Ich werde wohl das ganze Bett vollgeweint haben. Vollgeschwitzt, vollgenäßt.

Es heißt, sie versinkt nicht im Wasser und verbrennt nicht im Feuer, Fluten können sie nicht fortspülen, und Steinlawinen stellen kein Hindernis für sie dar. Was dann, Oleg, sage mir, was dann tötet die Liebe? Und wie ist das? Dich nicht sehen, wenn du mir in die Augen schaust? Morgens das Bett nicht machen, kein Mittagessen kochen und deine Kleider nicht in den Schrank legen? Dir einen Kuß geben, ohne zu bemerken, wohin, ob auf deine Wange, auf die Augenbraue oder auf die Lippen? Vergessen, dir guten Morgen zu sagen? Ein Geschenk für dich im letzten Moment kaufen und vergessen, das Preisschild abzumachen? Deinen Namen aussprechen, ohne selber zu hören, was ich sage? Den ganzen Tag arbeiten und nicht daran denken, daß ich dich anrufen könnte? Nach Hause kommen und den Fernseher einschalten, ohne zu fragen, wie es dir heute ergangen ist? Dich nicht in deiner Teetasse erblicken, in deinem Rasierapparat, in der Haarbürste, den Schuhen, dem Notizbüchlein? Nur deshalb »ich liebe dich« sagen, um das Gespräch nicht fortsetzen zu müssen? Sag mir, Oleg, was ist das? Gleichgültigkeit?

Ich nehme das Handtuch, das am Kopfende des Bettes liegt, und versuche mich abzutrocknen. Die Stirn, die Brust, die Achseln, zwischen den Beinen ... das Handtuch wird klatschnaß. Und rot. Ich habe meine Tage bekommen. Im Haus ist wieder alles ruhig. Mein Traum von Oleg läuft in roten Rinnsalen an den Beinen hinunter.

*

Als wir ins Basislager zurückkehren, entschuldigt sich Wlad zum sechzehnten Mal und lädt mich ein, irgendwann einmal in Kemerowo vorbeizuschauen. Er würde mir sämtliche Sehenswürdigkeiten zeigen und mich ins Theater einladen.

»Kemerowo? Das ist doch irgendwo am Ende der Welt! In Sibirien, stimmt's? Wo hast du da denn Felsklettern gelernt? Und was treibt ihr da eigentlich?«

»Wir fahren in den Altai.« Energisch gestikulierend macht sich Wlad daran, seine Heimat zu verteidigen. »Und was ist das für eine Frage: Was treibt ihr da eigentlich? Bringt man euch denn gar nichts bei in der Schule? Kohle! Mineraldünger! Farben! Kunststoffe! Maschinenbau! Allerlei Chemie!«

»Und all das... all das in einer einzigen Stadt?« stottere ich, von Wlads Stolz verblüfft.

»Na klar! Wir sind doch keine Waschlappen!«

»Also gut, ich komme mal vorbei... wenn sich die Gelegenheit ergibt.«

Ja, wahrlich beeindruckend ... Kein Wunder, daß es Wlad als Krankenpfleger in einer solchen Stadt nicht an Arbeit fehlt. Ich beabsichtige nicht die Bohne, dort hinzufahren. Und kann mir nicht im Traum vorstellen, daß ich just in Kemerowo schon sehr bald zwei der alptraumhaftesten Tage meines Lebens verbringen werde.

Indem wir den letzten Augenblick ausnutzen, da es noch lächerlich billig ist, durch die Union zu reisen, und für manch einen von uns (ich will keine Namen nennen) die akute Notwendigkeit besteht, durch die panische Flucht von zu Hause wieder einmal seelische Wunden zu heilen, werden wir, ein kleines Grüppchen wißbegieriger Jugendlicher, eine Expedition auf die Kamtschatka-Halbinsel unternehmen. Die Hinreise werden wir gemeinsam machen, auf dem Rückweg jedoch zerstreuen wir uns in alle Richtungen – der eine schaut am Baikalsee vorbei, der andere macht eine Runde durch die von Sibirienletten bewohnten Dörfer, und Katrīna, die ehrliche Haut, wird das Wlad gegebene Versprechen einlösen und einen »kleinen Abstecher« nach Kemerowo machen. Als das Flugzeug die Stadt anfliegt, werde ich durch das kleine Fenster lugen und zunächst nicht begreifen, wohin die Bäume verschwinden – mit jedem Kilometer wird sich die Grünmasse immer dichter an die Erde schmiegen und sich leicht rötlich, dann gelb, dann grell orange färben. Ein riesiger, abgestorbener, apfelsinenfarbener Fleck, auf dem sich hie und da ein einsames, klappriges Baumskelett erhebt. Und dann werde ich den Fluß erblicken. Zunächst meine ich zu träumen, dann reibe ich eifrig das trübe Kabinenfenster, weiterhin unfähig zu glauben, was ich sehe. An diesem Tag ist der Tom grellviolett wie eine unreife Felsenbirne und hat erdbeerfarbene Ufer.

»Wie hübsch«, wird die geblendete Katrīna seufzen, »ich bin in einer Regenbogenstadt gelandet!«

Zu diesem Zeitpunkt kann ich noch nicht wissen, daß in der Regenbogenstadt bereits Mitte Juli kein einziger Baum mit grünem Laub mehr zu finden ist – die Blätter sind braun, grau, ocker und steinkohlenschwarz, fahle Staubwirbel toben über den raschelnden Rasenflächen, und nach einem halbstündigen Spaziergang durch die Straßen der Stadt wird mein Gesicht von klebrigem Ruß bedeckt sein. Ich laufe hastig neben Wlad her, unfähig, den Blick zu heben und den Entgegenkommenden ins Gesicht zu sehen – mir ist eingeschärft worden, die verkrüppelten Menschen nicht allzu auffällig anzustarren, denn sie können ja nichts dafür. Ja, sie können wirklich nichts dafür, und aus diesem Grund vermag ich um so weniger die Kinder anzusehen. Ich werde mich wundern und Wlad fragen, warum alle hier so jung sind. Und er wird mir seelenruhig antworten, daß es in Kemerowo wenig alte Menschen gebe, dies sei überhaupt eine sehr jugendliche Stadt – niemand würde lange hier leben.

»Wie? Ziehen alle weg?« Der letzte Rest Naivität wird noch nicht aus meinem anilin-azeton-benzol-phosphat-nitrogenisierten Hirn verdampft sein.

»Wer irgendwo anders unterkommen kann, zieht weg, alle anderen bleiben.«

»Und sterben?!«

Statt zu antworten, wird Wlad lediglich mit den Schultern zucken und mich im städtischen Hotel unterbringen. Bei ihm könne ich derzeit nicht bleiben, erklärt er – er habe den Fußboden gestrichen. Farbe, *wot,* sei hier billig zu bekommen.

»Vielleicht willst du dir ein paar Dosen mitnehmen?«

Gegen Abend wird er mich besuchen, er bringt die Gitarre mit und singt die guten alten Lieder, ich applaudiere und rufe »da capo!«, Wlad wird sehr lange dasitzen, eine Tasse Tee nach der anderen trinken, wir machen die Flasche Wein auf, die ich mitgebracht habe, er wird nervös herumdrucksen und wie angewachsen auf dem einzigen Stuhl im Zimmer hocken, aber ich werde ihm partout nicht anbieten, sich neben mich aufs Bett zu setzen. Dann werde ich anfangen, auffällig zu gähnen, und ihn bitten, mich allein zu lassen, wobei ich ihm verspreche, morgen bereits in aller Frühe ganz für ihn dazusein und bei den Gassenhauern nicht mehr »da capo!« zu rufen, sondern mir anzuhören, was er selber komponiert hat. Wlad wird eine leichte Flappe ziehen, sich dann beherrschen und zur Tür hinausstürzen. Ich werde unter die Dusche gehen, das Wasser wird eiskalt sein, aber ich überwinde mich und dusche trotzdem. Nachdenklich werde ich beobachten, wie der gräulichgelbe Schaum strudelnd im rostzerfressenen Abfluß verschwindet, dann schlüpfe ich unter die Bettdecke und schlucke vor dem Einschlafen sicherheitshalber noch ein halbes Päckchen Kohletabletten. Ein wunderbarerweise durch die verrußten Scheiben gedrungener Sonnenstrahl wird mich gegen zehn wecken, ich strecke mich und öffne das Fenster. Und dann, völlig unerwartet, beginnt hinter meinem Rücken etwas zu brutzeln. Ich pralle vom Fenster zurück. Uff! Nur der Radiotranslator, der an der Wand hängt. Und ich Dummkopf bekomme einen solchen Schrecken! Dann brabbelt es ein weiteres Mal, und draußen auf der Straße beginnen Sirenen zu heulen – haargenau die gleichen wie in den Filmen über den Großen Vaterländischen Krieg. Fünf endlos lange Heultöne, und fünftausend meiner Nervenzellen sind futsch – tot und begraben, Friede ihrer Asche. Ein Augenblick Stille. Dann wieder DAS, gleichzeitig sowohl aus dem Translator als auch aus den in den Straßen angebrachten Lautsprechern:

»Achtung, Achtung! Einwohner der Stadt Kemerowo! Gas Nummer drei ist in die Atmosphäre ausgetreten! Ich wiederhole, Gas Nummer drei ist in die Atmosphäre ausgetreten!«

Und wieder Stille. Nicht einmal Katrīnas Atem wird zu hören sein. Katrīna wird nämlich ganz aufhören zu atmen. Dann knallt sie das Fenster zu und rennt. Wieder einmal nur rennen und rennen. Etwas anderes kann Katrīna überhaupt nicht – nur schlafen und rennen. Raus aus dem Zimmer, den Gang entlang, die Treppe hinunter, durch das Vestibül, atemlos, besinnungslos, kopflos. Mit der Brust rammt sie gegen die Theke des Hoteladministrators, und nachdem sie laut und röchelnd die Lunge mit Gas Nummer drei vollgesogen hat, wird sie hauchen:

»Was bedeutet das? Was muß ich jetzt tun? Bitte, helfen

Sie mir! Ich bin aus Lettland und weiß nicht, was ich jetzt tun muß! Sagen Sie, werden wir jetzt alle sterben? Wir werden sterben, ja? Nun sagen Sie doch, wie steht es?«

Der Administrator wird mich anglotzen, ein letztes Mal an seiner Zigarette ziehen, der Rauch beißt ihm ins Auge, er wird das Gesicht verziehen, die Kippe in einer Untertasse ausdrücken, die auf sein Jackett gefallene Asche abklopfen, ein bißchen in der Nase bohren, erst im linken, dann im rechten Loch, lautstark hochziehen und abermals einen Blick auf Katrīna werfen.

»Was wollten Sie wissen?«

»Was Gas Nummer drei ist!!! Gasmaske? Gegengift? Was tun?«

»Ach, das. Das ist nicht schlimm, seien Sie unbesorgt. *Wot,* wenn sie Gas Nummer eins gesagt hätten, dann würde hier sooo ein Chaos losgehen! Da würde man noch wochenlang drüber reden. Aber Nummer drei? Pah!«

Dann wird er sich räuspern, im Ohr herumpökern, betrachten, was er daraus hervorgeholt hat, es lange untersuchen und sich dann wieder eine Zigarette anstecken, ohne der armen Katrīna noch die geringste Aufmerksamkeit zu widmen. Katrīna wird nicht auf Wlad warten. Katrīna wird ihre Reisetasche schnappen und zum Flughafen düsen. Natürlich wird es kein Ticket geben, aber diesmal hat Katrīna Glück, denn ein Passagier wird nicht erscheinen, und sie kann mitfliegen. Und erst dann, wenn das Flugzeug sich über die Regenbogenstadt Kemerowo erhebt, wird sie unvermittelt darüber nachdenken, was wohl mit dem Passagier passiert ist, der den Flug Kemerowo-Nowosibirsk verpaßt hat. Wie alt er wohl gewesen ist? Hatte er Kinder? Konnte er überhaupt Kinder bekommen? Der Tom wird an jenem

Tag die Farbe von frischem Johannisbeergelee haben, durchzogen von feinen salatgrünen Äderchen.

*

Die Fledermäuse wohnen in der alten hohlen Eiche. Der Baum kann jeden Augenblick umstürzen, und dann werden die Fledermäuse kein Zuhause mehr haben. Ich glaube, daß ich dann ganz bestimmt weinen werde. Ich weine überhaupt ziemlich oft. Besonders im Herbst, wenn Papa abgemurkste Wildenten mit nach Hause bringt. Er wirft sie vor dem Herd auf den Fußboden, und wir drei Frauen müssen uns ans Rupfen machen. Mama weint auch. Die Erpel haben an Hals und Kopf grüne, schillernde Federn, die ich gerne streichle, denn dann kann man sich vorstellen, einen Regenbogen zu berühren. Unter den Federn ist die Haut der Entenhälse noch dünner als die knisternden Seiten im großen Fotoalbum meiner Eltern. Beim Rupfen der Hälse kommt die ganze Haut mit den Federn herunter, der Glanz verschwindet und verfilzt zu blutigen Klumpen. Papa jagt gerne, aber er schießt nur Vögel und Marderhunde. Ich weiß, daß Marderhunde schlecht sind, weil sie die Uhunester plündern, deshalb flenne ich nie, wenn Papa einen Marderhund schießt. Nur letzten Sommer habe ich es nicht ausgehalten. Er hatte ein trächtiges Marderhundweibchen geschossen und schleppte es am Schlafittchen gepackt aus dem Wald. Hin und wieder fielen kleine Marderhundwelpen aus dem toten Tier heraus. Einige von ihnen bewegten sich noch.

*

»Krümelchen?« Oleg öffnet die Tür meines Zimmers.

Ich bin alleine zurückgeblieben – Schenja ist schon gestern morgen mit seinen Jungs aufgebrochen, über den Höhenzug in Richtung Georgien, und Diāna ist mitgegangen, um sie bis zur Schneegrenze zu begleiten. Sie sind wahrscheinlich noch oben am Gletscher, Schenja sonnt sich bestimmt, die braune Brille mit den dicken, dunklen Gläsern auf der Nase, am Himmel keine einzige Wolke, und rote Margeriten wiegen sich in der warmen Brise.

»Krümelchen?«

Auch das restliche Lager wird immer leerer und leerer. Die kernigen Männer, deren scharfgeschnittene Gesichtszüge plötzlich seltsam weich sind, sammeln mit matten Bewegungen ihre Sachen zusammen und stapfen langsam, ganz langsam, als würden ihre Beine noch im tiefen Schnee verharren, zum Tor des Lagers hinaus. Das Lachen bleibt den Meisterwitzereißern in der plötzlich ausgedörrten Kehle stecken, und sie ähneln nun betrübten Hofnarren – die Schellen klingen, das Herzelein greint. Junge, kräftige Mädchen drucksen herum und brauchen ewig, um ihre vollgestopften Rucksäcke auf die Schultern zu bekommen – noch vor kurzem tanzten in ihren Augen feurige Teufelinnen, die sich jetzt gelegt haben, verwandelt in stumme, ausgebrannte Waldstücke, deren bedrohliche Stille nicht einmal ein fröhlich gerufenes »ich werde dir ganz sicher schreiben«, »wir sehen uns« oder »na, dann bis nächsten Sommer« in Schwung zu bringen vermag.

»Krümelchen?«

Schon morgen wird niemand mehr hier sein. Jämmerlich werden die im Durchzug klappenden Zimmertüren in ihren Angeln winseln, die Katzen werden um Schenjas Tür streichen und vergeblich auf ihre tägliche Mahlzeit warten, und auf dem zertrampelten Sportplatz wird langsam das Gras nachwachsen.

»Krümelchen?«

»Ja?« flüstere ich mit belegter Stimme.

»Ich fahre morgen früh mit dem ersten Bus.«

»Ja, ich weiß, das sagst du mir schon zum vierten Mal.«

»Und du?«

»Erst gegen Mittag. Ich will nicht so lange in Naltschik herumhängen, da gibt es doch nichts zu tun. Auch das sage ich dir schon zum vierten Mal.«

»Du hast ja deinen Rucksack schon gepackt.«

»Noch nicht ganz. Ich will morgen noch ein bißchen malen.«

»Laß uns drüben im Wald spazierengehen.«

»Gut, warte einen Augenblick, ich packe nur noch die Socken ein...«

Er bettet mich auf warme Kiefernnadeln. Kein bißchen pieksig, zart wie Ameiseneier.

»In der Nähe ist das Meer«, sage ich zu ihm, »hörst du, wie es rauscht?«

»Das sind die Kiefern. Die Kiefernwälder und der Wind.«

»Das ist dasselbe, ein und dasselbe.«

»Hat denn das Meer nur Kiefernklang?«

»Weißt du, ich habe verschiedene Meere gesehen, aber keines hat wie Birken geklungen. Oder wie Espen.«

Und Oleg ist der Wind. Und Katrīna ist das Meer. Sonnengefunkel huscht über das Gesicht, Kiefernnadeln streicheln den Rücken, für einige Minuten ist die ganze unbelebte, unzugängliche Wüste zwischen ihnen vom dumpfen

Dröhnen des Ozeans erfüllt. Und Katrīna erkennt in Oleg IHN – einen kleinen, schlaksigen Stadtjungen, der zum ersten Mal das Meer erblickt und verwirrt den Horizont betrachtet, einen Plüschteddy in der reglosen, leicht zitternden Hand umklammert hält und die Augen vor Staunen geweitet hat.

Danach wird sie in Olegs Bett liegen, er schmiert Brote und kocht Tee. Er wird alle Augenblicke zu ihr kommen, eine Ecke des Lakens anheben und so wie noch niemals zuvor, als täte er es zum ersten Mal, ihre Brust küssen. Er wird ihr den Tee reichen und sagen: »Nicht plempern«, aber sie plempert garantiert, und dann wird er ganz unvermittelt fragen: »Warum hast du geweint?« Doch sie wird es nicht sagen. Erst später, wenn Oleg längst schon nicht mehr da ist, wird Katrīna es tausendfach aussprechen, bis zur Erschöpfung, jeden Morgen von neuem, endlos ein und dasselbe – ich liebe dich ich liebe dich ich liebe dich …

*

Genau vor einem Jahr habe ich zum ersten Mal begriffen, was Leere ist. Ich ging am Brotladen vorbei die Straße entlang und sah plötzlich Leere. Ich weiß ganz genau, daß vorher dort keine Leere gewesen ist, ich konnte mich aber einfach nicht erinnern, was da eigentlich hätte sein müssen. Und dann erinnerte ich mich, daß dort noch vor zwei Tagen eine alte, schräg über den Gehweg geneigte hohle Linde gestanden hatte. Jetzt war sie verschwunden. Man hatte sie gefällt, damit sie, Gott bewahre, nicht eines Tages jemanden erschlägt. Hunderte Male bin ich an dieser Linde vorbeigegangen und niemals auf die Idee gekommen, daß sie mich hätte erschlagen können, ich habe sie nicht einmal wahrgenommen. Und nun stand ich an dem nässenden Baumstumpf und spürte, wie die alte Linde mich mit aller Kraft zur Erde zwang.

*

Ich treffe am späten Nachmittag in Naltschik ein – hungrig, durstig und völlig entkräftet. Der von der Julihitze erschöpfte Autobus hatte unterwegs dreimal schlappgemacht, wir mußten aussteigen, wurden wieder hineingescheucht, mußten das schwere Gepäck von der einen Seite des Busses auf die andere verfrachten, der Fahrer kochte vor Wut und fluchte die ganze Strecke lauthals vor sich hin. Aber jetzt bin ich endlich angekommen und habe Zeit im Überfluß – sowohl um ein Ticket nach Mineralnyje Wody zu kaufen als auch um etwas Eßbares aufzutreiben. Ich schlendere zu den im Busbahnhof aufgebauten Verkaufsständen und suche mir eine große, saftige Weintraube aus. Der Verkäufer fuchtelt unter freundlichem Geplapper mit den Erquickung verheißenden Beeren vor meinen Augen herum und wartet, bis ich mein Geld hervorgekramt habe. Ich öffne das Vorderfach meines Rucksacks und taste nach dem Portemonnaie. Huch? Sollte ich es in der Eile in eine der Seitentaschen gestopft haben? Aber auch dort – nichts. Nachdem ich dem mittlerweile ungehaltenen Mann ein paar Worte der Entschuldigung zugemurmelt habe, trolle ich mich abseits und breite sorgfältig den gesamten Inhalt des Rucksacks auf dem staubigen Asphalt aus. Kein Portemonnaie. Nicht die geringste Spur von Geld. Au weia, Katrīna! Jetzt ist die Kacke am Dampfen. Auch wenn du es irgendwie bis Mineralnyje

Wody schaffen solltest – ins Flugzeug kommst du ohne Billett auf gar keinen Fall. Was ist das doch für ein idiotisches System bei der Aeroflot! Ein Retourbillett kann man nur kaufen, wenn man eine Reise von nicht mehr als zwanzig Tagen plant. Überhaupt kann man Flugbilletts höchstens zwanzig Tage im voraus kaufen! Das ist offener Terror gegen die Alpinisten, deren Lager mindestens dreißig Tage dauern. Miese, widerliche Aeroflot! So, Katrīna, jetzt mal ganz ruhig und nachgedacht, was zu tun ist. Du bist ein kluges Mädchen, dir wird schon etwas einfallen, dir wird schon etwas einfallen, dir wird schon etwas einfallen...

Also, ich muß jetzt auf den Bus warten und versuchen, mich beim Fahrer einzuschmeicheln – ich muß schniefen, weinen, muß das größte Häuflein Unglück sein. Ja! Ein guter Plan! Wird schon klappen! Jetzt nur die Tränen abgewischt und ein schattigeres Plätzchen gesucht. Ich lasse mich im Wartesaal des Busbahnhofs an der Glaswand nieder und sehe zu, wie die Leute in die Busse steigen, wie sie aus ihnen hervorquellen, bepackt mit Taschen, Bündeln, Kindern und riesigen, in Netze gequetschten Wassermelonen.

Und dann erblicke ich IHN. Mit federndem Schritt nähert er sich einem der Busse, eine grüngestreifte Melone in der Hand. Oleg! Mein Lieber, mein Guter, mein Einziger! Halleluja! Ich bin gerettet! Er wird ja nun garantiert nicht ablehnen, mir lächerliche fünfzig Rubel zu leihen! Ich stoße einen freudigen Ruf aus, springe auf die Beine, lasse den Rucksack einfach im Wartesaal stehen und laufe ihm entgegen, durch die Sitzreihen, zur Tür hinaus und...

»Iß schnell auf, Stasik, so läßt man uns nicht in den Bus«, treibt ein langbeiniges blondes Wesen in geblümtem

Sommerkleid einen Knirps mit dunklem Teint an, der sich von oben bis unten mit Eiscreme bekleckert hat.

»Hier, halt mal«, sagt Oleg und drückt ihr die Wassermelone in die Arme.

Dann beugt er sich zu dem Jungen hinunter, nimmt ihn auf den Arm, wischt ihm mit einem großen karierten Taschentuch das Gesicht ab und setzt ihn sich auf die Schultern.

Sie ist schön. Der dünne Seidenstoff flattert leicht im Wind und betont die weiblichen Konturen ihrer Figur. Sie hat große, runde Brüste, eine schlanke Taille und recht breite Hüften. Die Füße stecken in eleganten weißen Sommerschuhen mit hohem Absatz. Zarter Zyklamenduft hängt in der Luft. Moschussssssss...

Katrīna, die blöde, tolpatschige Katrīna in ihren abgewetzten, halblangen Alpinistenwollhosen und ausgetretenen Bergstiefeln, mit strubbeligem Haar und spröden Lippen, die Trödelige aus der 10b mit den knochigen Hüften, apfelgroßen Brüsten und spitzen Ellenbogen, versucht, sich hinter einem Laternenpfahl zu verstecken. Nur grauer sein als grau, leiser als leise, mit der abblätternden Farbe verschmelzen und sich nicht rühren. Sie preßt das Gesicht gegen das warme Metallrohr und erstarrt. Winzige, spitze Unebenheiten im Anstrich bohren sich in ihre Wange, ein großer weißer Bus brummt laut auf und schaukelt fort, nach DORT.

Eine verdorrte Weinranke löst sich lautlos von der rebenbewachsenen Mauer des Busbahnhofs, und eine verschrumpelte Weintraube läßt für einen Augenblick den Staub in die Höhe fahren. Die trockenen braunen Beeren vermögen nicht einmal die Wespen anzulocken.

Wird die Welt um die Hälfte kleiner, wenn ein Mensch auf einem Auge erblindet?

Bleibt einem Menschen nur ein Auge, wenn die Welt um die Hälfte kleiner wird?

*

»Sehr geehrte Katrīna, in Ihren Gedichten kommen zu häufig die Worte ›du‹, ›er‹, ›ich‹ und ›Liebe‹ vor. Sie sollten unbedingt an der Verfeinerung Ihres Stils arbeiten und mehr gute Lyrik lesen. Für den Anfang sende ich Ihnen meinen neuesten Gedichtband. Hochachtungsvoll, M. M.«

»Sehr geehrte Katrīna, ich möchte Sie darauf hinweisen, daß man so nicht lettisch spricht. Ihre Syntax ist dem Russischen entlehnt. Befreien Sie sich von den Russizismen und versuchen es noch einmal. Viel Erfolg. Hochachtungsvoll, G. G.«

*

»Liebes Schwesterlein!

(Mama, falls du diesen Brief geöffnet hast und ihn lesen willst, dann tu es bitte nicht. Er ist ausschließlich für Sofija gedacht.)

Ich hoffe, daß es Dir gutgeht dort und Du Dich wacker hältst. Du bist ja immer meine kleine Heldin gewesen. Ich weiß übrigens schon, daß Du Dir von dem verdienten Geld ein Fahrrad kaufen willst. Mama hat es mir gesagt. Deshalb fällt es mir sehr schwer, Dich um das zu bitten, worum ich Dich bitten möchte, aber ich kann Dir versprechen, daß wir das Geld für Dein Fahrrad auf jeden Fall zusammenbekommen werden. Ich habe schon im Frühjahr einen Abendjob im Botanischen Garten verabredet – im Palmenhaus haben sich Schildläuse über die Gummibäume hergemacht. Du weißt schon, diese harten, angeklebten, die man einfach nicht abkriegt. Sie brauchen jemanden, der sie vernichtet. Die Arbeit ist nicht schwer, man muß nur Kernseife in warmem Wasser auflösen und die Gummibaumzweige damit abwaschen. Natürlich wird das nicht so gut bezahlt wie Schweineläusevergiften, es ist jedoch viel angenehmer, und gegen Ende des Jahres werde ich genug verdient haben. Sei also unbesorgt – Dein Fahrrad bekommst Du bestimmt. Ich weiß zwar nicht, ob es für ein Tourenrad reicht, aber ein Klapprad kriegst Du garantiert. Das ist sogar praktischer, denn es ist viel schwerer, ein Tourenrad in die Tram zu bekommen, wenn Du mal einen Platten hast.

Sei bitte vorsichtig mit diesen Discos. Ich könnte Dir ein Geheimnis verraten, wenn Du mir versprichst, es Mama nicht zu erzählen. Selbst dann nicht, wenn wir uns wieder zerstreiten. Wenn Du es ausplauderst, bist Du eine Verräterin, und ich werde Dir nie wieder etwas erzählen. Das könnte ziemlich unangenehm für Dich sein, denn niemand außer mir wird Dir jemals alles erzählen.

Weißt Du noch, vor einem Jahr, als Du mit gelben Augen im Krankenhaus lagst, da waren Santa und ich auch in Winkelend – ich bei den Schweinemamas und sie im Kälberstall. Jeden Freitag sind wir nach Rubene in die Freiluft-Disco gegangen. Besonders toll war es ja nicht, wir saßen fast die ganze Zeit am Rand. Ich weiß allerdings nicht, warum. Schön, daß mich niemand zum Tanzen aufgefordert hat, kann ich ja noch verstehen – es heißt, die Schweinepflegerinnen würden stinken, obwohl ich mich jeden Tag mindestens eine halbe Stunde gewaschen habe. Höchstwahrscheinlich genau dort, wo auch Du Dich jetzt wäschst – im Vorraum des Schweinestalls mit diesem großen schwarzen Schlauch, den man einfach nicht bändigen kann, wenn man ausreichend warmes Wasser haben will. Aber warum Santa nicht aufgefordert wurde, verstehe ich nicht – die Kälber sind reinlich und duften nach Milch und Katzenpfötchen. Nächstes Jahr gehen wir beide zu den Kälbern. Falls ich nicht mit anderen, ernsthafteren Dingen beschäftigt bin.

Nun ja, ein einziges Mal wurde ich doch aufgefordert – sowohl zum ersten als auch zum zweiten Tanz. (Ziemlich bescheuert, oder? Sämtliche Lieder zweimal hintereinander zu spielen!) Und danach noch mal zu so einem Doppeltanz. Dann hat Santa darauf bestanden, daß wir nach Hause fahren, und es war Schluß mit Tanzen, denn allein hätte ich den Weg von Rubene nach Winkelend niemals gefunden. Er hat mich bis zur Straße begleitet und dann geküßt. Ich glaube, er hatte ziemlich viel getrunken und geraucht wie ein Schlot, aber ich mochte den Geschmack seiner Lippen – ich meinte, daß so erwachsene Männer schmecken. Damals wußte ich noch nicht, daß es auch ganz anders sein kann – aber davon erst, wenn Du wieder zurück bist. Man kann ja nie wissen, ob dieser Brief nicht unterwegs auf der Post gelesen wird, und das wäre nicht besonders angenehm für mich. Es ist so ähnlich wie der Grund, weshalb wir in fremden Treppenhäusern nicht Klingelstreich machen. Es bleiben doch immer Fingerabdrücke zurück, nicht? Und anhand der Fingerabdrücke ist es möglich, jeden zu finden. Vor allem, wenn man jemanden mit Klingeln und Abhauen fürchterlich auf die Palme gebracht hat.

Er sagte, daß er Māris heißt. Oder Mārcis. Es war nicht gut zu verstehen bei dem Lärm, und ich war sehr aufgeregt, in meinen Ohren dröhnte es. Ich sagte, ich sei Katrīna aus Riga. Mehr nicht. Dann sind Santa und ich weggefahren. Die ganze Nacht nach dem Ball habe ich nur von Māris geträumt. Und die ganze nächste Woche auch. Freitag sind wir nicht in die Disco gegangen, weil Santa den ganzen Abend geweint hat und sagte, sie wolle sich nicht lächerlich machen – sie hatte sich eingeredet, daß sie furchtbar häßlich sei und keiner etwas anderes im Sinne habe als sie auszulachen, weil sie nicht zum Tanzen aufgefordert wird. Ich versuchte, Santa zu beruhigen, aber es gelang mir einfach nicht, und so mußte ich eben zu Hause bleiben, denn Santa sagte, daß es mit unserer Freundschaft sonst vorbei sei. Und die ganze Zeit träumte ich von Māris aus Rubene und stellte mir unablässig vor, wie wohl die übrigen Küsse sein würden. Von einem einzigen Kuß kann man schließlich nie und nimmer besonders viel über das Küssen an sich erfahren.

Sei bitte nicht böse, daß ich mich nicht an unsere Abmachung halte und küssen statt knutschen sage. Mir ist klar, daß das Wort ›küssen‹ in Deinen Ohren ziemlich anstößig und lächerlich klingt, aber seit ich das erste Mal wirklich geküßt habe, will ich das Küssen nie mehr als Knutschen bezeichnen. So wie ich meine Männer auch niemals mehr ›Typ‹ nennen werde. Sondern nur Freund. ›Mein Freund‹ – das klingt süß. ›Mein Typ‹ – das drückt überhaupt nichts aus, jedenfalls ganz bestimmt nicht Liebe. So reden all die Mädchen, die mit ihren Kerlen vor den anderen angeben wollen. Merk Dir das. Möglich, daß Du das noch nicht verstehst, aber in ein paar Jahren wirst Du mich verstehen und mir zustimmen, davon bin ich überzeugt.

Ich träumte auch dann noch von Māris, als wir schon längst wieder in Riga waren. Ich suchte sogar die Busverbindungen nach Rubene heraus, um zu einer Freiluft-Disco fahren zu können, aber wie sich herausstellte, war das gar nicht so einfach – man braucht zwölf Stunden bis Rubene, inklusive dreimal umsteigen, und zurück nach Riga kommt man erst am nächsten Tag. Sollte Māris nicht dasein, müßte ich die Nacht unter freiem Himmel verbringen, was Mitte September nicht sonderlich angenehm ist. Deshalb träumte ich nur und schrieb Māris einen Brief. Einen langen und lieben Brief, in dem ich erzählte, wie sehr ich mich nach ihm sehnte, und ich schilderte alles, was wir machen könnten, wenn wir uns treffen würden. Natürlich habe ich diesen Brief nicht abgeschickt. Man kann doch nicht schreiben: ›An Māris in Rubene‹, wenn man nicht einmal weiß, ob er Māris oder Mārcis heißt. Ich bewahrte den Brief in meinem Schulranzen auf. Und was glaubst Du, ist passiert? Mama hat ihn gefunden. Ich verstehe zwar nicht, was sie da zu suchen hatte, denn schließlich bin ich keine Erstkläßlerin mehr, die ständig vergißt, angebissene Äpfel und unaufgegessene Pausenbrote aus ihrem Ranzen zu nehmen, aber egal. Sie nahm mir den Brief weg und begann ein langes Gespräch, in dem sie erklärte, daß es in meinem Alter noch zu früh sei, mit einem Mann in einem Bett zu schlafen, und wenn es nun trotzdem passieren sollte, dann...

Na gut, das ist jetzt erst mal nicht wichtig, und Du weißt das alles ja längst ebensogut wie ich. Das blödeste daran war, daß ich noch nicht einmal ans Schlafen gedacht hatte. Und ich konnte Mama auch nicht gestehen, daß der Brief gar nicht zum Abschicken bestimmt war. Sie hätte es sowieso nicht geglaubt. Mama warf den Brief weg und sagte, ich solle mit dem Unsinn aufhören. Danach habe ich eine ganze Woche lang jeden Tag auf dem Bahnhof gestanden und gewartet, ob Māris nicht vielleicht auftauchen würde. Aus irgendeinem Grund schien mir, daß er unbedingt nach Riga kommen müßte, um mich zu besuchen. Der Brief war, obgleich nicht abgeschickt, dennoch für ihn bestimmt, und solche Dinge nicht zu spüren ist meiner Ansicht nach unmöglich.

Aber es sollte sich zeigen, daß man eine ganze Menge nicht spüren kann. Māris kam nicht. Und deshalb sei vorsichtig mit diesen Discos, meine liebe Sofija, denn ich weiß, daß Du sehr hübsch bist und nie am Rand sitzt, wenn getanzt wird. Und Du hast ein sehr liebes Herz. Ich möchte nicht, daß Du wegen irgendwelcher fühlloser Typen weinst.

Aber was schwätze ich hier eigentlich so lange und zusammenhanglos. In Wirklichkeit wollte ich Dich bitten, früher nach Hause zurückzukommen. Laß die Schweine Schweine sein und komm her. Ich brauche Dich. Ganz dringend. Sonst werde ich verrückt. Mehr sage ich nicht. Und noch mal – keine Sorge wegen des Fahrrads. Geld werden wir haben. Und alles andere auch. Es braucht nur ein wenig Geduld. Sag Nina, daß Deine Schwester schwer krank ist, dann wird sie Dich gehen lassen. Nina ist in Ordnung, und ich glaube, sie wird sogar froh sein, wenn Du früher nach Hause fährst. Nina hat selber jedes Jahr zehn Mastschweine bei sich zu Hause, und sie müssen hungern, wenn Leute von außerhalb im Stall arbeiten. Natürlich würde ich niemandem erzählen, daß sie Kombikorm abzweigt, und ich glaube, daß auch Du nicht petzen wirst, aber Nina traut trotzdem keinem Fremden. Und schon gar nicht, wenn er aus Riga kommt.

Gut, jetzt mache ich aber Schluß. Hier ist es ja nicht möglich zu schreiben – SIE schreien schon wieder. Mir reicht's. Es widert mich an.

Ich hab' dich sehr lieb.

Deine Katrīna

PS: Sein Name ist Oleg.«

Mama schaut mir nie in die Augen. Aber ich verstehe sie und bin ihr nicht böse – wenn jemand so viele Dinge zu erledigen hat, kann er immer mal das eine oder andere vergessen.

*

Mein Plan gelingt nicht – meine ausgetrockneten Augen bringen keinen einzigen Tränentropfen zur Welt. Der Busfahrer behilft sich lediglich mit Kopfschütteln und einer raschen Handbewegung – los, geh zur Seite, mach Platz für diejenigen, die es verdient haben einzusteigen. Na gut, ich kann auch auf den Bus am nächsten Morgen warten, bestimmt wird die sternklare Nacht reichlich Selbstmitleid in mir reifen lassen. Wohlan! Am Morgen werde ich noch zerknitterter aussehen, noch ausgezehrter, und im Ranking der Schar der Stiefkinder des Schicksals um mindestens zehn Punkte steigen. Wohlan! Und schlußendlich kann ich auch versuchen, die Reise in Naturalien zu bezahlen – ich habe doch noch einen ziemlich neuen Schlafsack, eine hervorragende Jacke, gefüllt mit den allerechtesten Daunen (meine Tante vom Land hat drei Jahre zu Martini Gänse geschlachtet und die Daunen in der Ofenröhre getrocknet), ein paar von Mama gestrickte gemusterte Pullover und einen ganzen

Schwung knallbunter Wollsocken, zwar ziemlich abgetragen, aber in der Not frißt der Teufel alles mögliche.

Wenn ich nur nicht so durstig wäre. Ich schlendere zur Toilette – nichts als fürchterlich stinkende Löcher mit besudelten Metalltritten, kein einziges Waschbecken, nichts. Endlich finde ich einen Wasserhahn, der aus einer der Außenwände des Gebäudes ragt – wahrscheinlich einer von denen, die der Hausmeister benutzt, wenn er morgens den Gehsteig sprengt. Ich kralle die Finger in die verrostete Spindel des Wasserhahns und will ihn aufdrehen. Von wegen! Das Miststück rührt sich nicht! Ich drehe mit aller Kraft, vor meinen Augen beginnen farbige Sternchen hin und her zu flitzen, aber die Spindel denkt gar nicht daran nachzugeben. Vor Entkräftung kippe ich rücklings um und plumpse mit dem Steißbein schmerzhaft auf den Asphalt. Denk nach, Katrīna, denk nach! Ich schnalle meine letzte Rettung vom Rucksackgestell ab – den schönen, fast unbenutzten Eispickel, in dessen polierte Schaufelunterseite eingraviert ist: »Für mein liebes, mein einziges Krümelchen. Dein O.« Sein Abschiedsgeschenk. Ich stecke die Spitze des Stiels in die Wasserhahnspindel und versuche zu drehen. Nichts rührt sich. Ich drücke kräftiger, noch kräftiger – mit einem krächzenden Ächzen springt die Spindel vom Gewinde und klimpert die abschüssige Straße hinab. Teufel! Teufel noch eins!

Ich kehre in den Wartesaal zurück, verkrieche mich in eine Ecke und versuche zu schlafen. Der alte Weintraubenverkäufer ist längst nach Hause gegangen, der Busbahnhof leert sich zusehends, draußen vor der Glaswand fällt einem eiligen Passagier eine pralle Wassermelone aus den Händen und zerbirst in tausend Stücke, wobei Myriaden schwarzer und glitschiger Kerne über den staubigen Boden verstreut werden. Der Mann flucht herzhaft, sammelt die größeren Schalenstücke auf und wirft sie in einen in der Nähe stehenden Müllcontainer. Das schimmernd-knackige Fruchtfleisch glitzert noch eine Weile in der Abendsonne, dann wird es immer fahler und fahler, bis es sich in rötlichgraue, zähe Fetzen verwandelt. Die Lichter gehen an, und die Stadt macht sich zur Nachtruhe bereit.

»Aufwachen, Mädel, hier dürfen Sie nicht schlafen, wir schließen jetzt«, reißt mich die Stimme eines mißmutigen Mütterchens aus dem ersten Schlummer.

»Aber können Sie nicht, bitte... ausnahmsweise... mein Bus geht erst morgen früh...«

»Nein, nein, so sind die Vorschriften. Bald kommt eh die Miliz und jagt alle auf die Straße. Also gehn Sie besser im guten.«

Ich schleppe mich auf die Straße hinaus und versuche etwas zu finden, wo ich mich niederlassen kann. Ich bemerke einen kleinen Park, der mich, eng an die Seite des Busbahnhofs geschmiegt, mit rauschender Dunkelheit umweht. Er ist noch ganz klein, ein winziges Parkbaby – nur ein altes Lindenpärchen und eine seltsam verwachsene Birke mit dikkem, geschwürgeplagtem Stamm. Ich breite den Schlafsack auf dem Boden aus, decke mich mit der Daunenjacke zu und blicke zur gepunkteten Decke der Erde empor – keine einzige Sternschnuppe, selbst der Himmel scheint heute ausgedörrt zu sein und vermag kein Wunder hervorzubringen. Und ich habe so großen Durst.

Der Busbahnhof ist nunmehr gänzlich ausgestorben. Die großen Straßenlaternen schlafen eine nach der anderen ein, dräuende Wolkenballen knipsen die Himmelslämpchen aus, und die Nacht bricht an, in deren teeriger Dunkelheit lediglich die quittengelben Sukkaden zweier funzeliger Glühlampen schmelzen – nicht einmal die Nachtfalter nehmen sie ernst. Durst.

Als sich die Augen ein wenig an die Dunkelheit gewöhnt haben, mache ich bei den verlassenen Verkaufsständen die Runde – keine einzige angefaulte Weinbeere, kein angebissener Apfel, nichts. Und dann fällt mir die Wassermelone ein. Richtig! Da ist doch noch die Wassermelonenschale! Im Laufschritt eile ich zu dem großen Container, klappe den schweren Metalldeckel auf und werfe einen Blick hinein – bah!, dieser Bär hat nun wirklich ein widerwärtiges Innenleben! Für einen Moment fahre ich zurück, erschaudere und versuche, den würgenden Klumpen zu bändigen, der in schmerzhaften Wellen aus der Magengegend nach oben wandert – nein, mein Schätzchen, du wirst dich nicht erbrechen, da ist ja auch gar nichts, was du erbrechen könntest, also sei nun bitte so lieb und hör auf zu simulieren, flink hineingehüpft und alles genommen, was das Herz begehrt, na los, ein bißchen schneller, sonst kommt noch die böse Miliz und zeigt dir eine Wassermelone, und zwar eine solche Wassermelone, daß du drei Tage lang nur eine gestreifte Sonne siehst! Ich ziehe die kühle, klare Luft tief in die Brust, halte den Atem an, beuge mich über den Rand des Müllcontainers und fische ein großes Stück Schale heraus. Vivat! Da ist noch ganz viel Fruchtfleisch dran! Mit zittrigen Fingern streife ich die Zigarettenkippen und Autobustalons ab, die an meiner Köstlichkeit kleben, setze mich gleich neben dem stickigen Bären auf den Boden und nage, nage, nage, bis nur noch ein dünner, fast durchsichtiger Streifen Schale in meinen Händen übriggeblieben ist. Ich überlege einen

Augenblick, verdrücke dann auch diesen und halte nach dem nächsten Stück Ausschau. Die Wolkendecke ist wieder aufgerissen, und jetzt wird es ein leichtes sein zu peilen, wo es liegt. Mamma mia! Direkt auf den sterblichen Überresten eines verreckten Hundes! Daher also dieser Geruch! Nein, nein, dafür sind meine Innereien nun doch zu schwach, nichts wie weg von hier. Plötzlich vernehme ich irgendwo hinter mir ein eigentümliches Geknurre. Rücklings keuche ich von dem hohen Metallkasten herunter, der Pullover rutscht hoch, und die scharfe Kante des Containers ritzt rostige Streifen in meinen Bauch...

Ach du meine Güte! Hunde! Und zwar lebendige! Eine ganze Meute abgemagerter, zotteliger Hunde starrt mich mit boshaft grünen Augen an und knurrt. Es sind Hunde der verschiedensten Farben, Größen, Rassen, Unterrassen und Unrassen, insgesamt mindestens zwanzig, und ich Trantüte bin in ihr Revier eingedrungen! Ogottogott! Der mutigste Köter, offensichtlich der Anführer der Meute, ein großer weißer Rüde mit schartigem Ohr und vereiterten Augen, macht ein Schrittchen nach vorne. Ich habe nie gewußt, daß Hunde so ungeheuer die Zähne fletschen können – seine narbigen Lefzen sind zu einem ganz schmalen Streifen über dem Nasenbein zusammengezogen und haben das Zahnfleisch mehrere Zentimeter oberhalb der Linie, wo die Zahnwurzeln enden, freigelegt. Sogar die schwarze Nasenspitze scheint in unverhohlenem Haß gekraust zu sein.

Ich presse mich gegen den Container und versuche panisch, die im Gedächtnis gespeicherten Geschichten über die Begegnung einsamer Reisender mit Wölfen in verschneiten sibirischen Wäldern auszugraben – die Pferde sind durchgegangen und geflohen, der kaputte Schlitten liegt im

Graben, ein gespenstischer Mond, und ein Landarzt in dikker Wattejacke und Bärenfellhandschuhen stapft in abgenutzten Filzstiefeln den schneeverwehten Weg entlang...

Moment mal, Katrīna, du steuerst in die falsche Richtung ... Was tun? In die Augen schauen und die Zähne blecken? Zurückknurren und zum Kampf herausfordern? Ui, eine *dura* bist du, Mūra, ui, du *dura!* Wirf doch mal 'nen Blick auf diese Reißzähne! Große, gelbe ausklappbare Säbelzahntigermesser, die nur darauf warten, einen Bissen warmes, saftiges Fleisch zu reißen. Fliehe, *dura,* flieh! Das Kinn auf die Brust gedrückt, die Hände in den Scheitel gekrampft und die Ellenbogen wie einen spitzen, knochigen Schnabel vor das Gesicht gehalten, stürze ich durch die Hundemeute – nichts wie weg, zu meinem Rucksack, den Eispickel geschnappt, und dann werde ich kämpfen! Ui, und wie ich kämpfen werde! Mindestens fünf von euch werde ich fertigmachen, bevor ich blutüberströmt zu Boden gehe! Beißt nur, ihr Mistviecher, beißt! Versucht ruhig, mich zu zerfetzen, dann werdet ihr sehen, daß der Kampf sich nicht gelohnt hat – ich bestehe nur aus Knochen und Sehnen, die Zähne werdet ihr euch ausbeißen, das Zahnfleisch werdet ihr euch wundscheuern, im Halse werde ich euch steckenbleiben, und sterben werdet ihr, ihr Gierhälse, weil meine Gräten eure Gedärme aufschlitzen, auuu... Mit beiden Händen packe ich den Eispickel, fahre herum und gehe in Kampfstellung in die Hocke... Kein einziger Hund. Was denn nun? Aus dem Bauch des Containers ist zufriedenes Geknurre zu hören, gieriges Schmatzen, das ab und zu von kläglichem Gewinsel durchbohrt wird. Mein Stinkebär hat alle Hunde verschluckt! Bravo, Winnie! Bravo!

Ich setze mich auf den Schlafsack und versuche, ein

Hemd aus dem Rucksack hervorzukramen, an dem ich meine besudelten Hände abwischen kann. Ich bekomme das Deospray zu fassen und halte das wackelige Knubbelchen eine Ewigkeit gedrückt – wie auch immer, aber ein faulig stinkender Wiedehopf wird in keinen Autobus gelassen.

Es dürfte schon weit nach Mitternacht sein, es wäre sicher nicht schlecht, mich ein wenig aufs Ohr zu legen. Ich richte mich bequemer ein, gut, daß es nicht regnet – jemand da oben hat an mich gedacht. Ach, Oleg, Oleg, wo irren jetzt deine warmen und fürsorglichen Hände umher? Wer nimmt mich auf den Schoß, wer erzählt mir ... ach du Himmel! Nein! Nur nicht das! Mit gegen den Asphalt klickernden Krallen und entsetzlichem Geheule, daß es einem die Ohren verspundet, stürmt eine zweite Hundemeute auf den Busbahnhof – deren Anführer ist pechschwarz und sieht keineswegs allzu abgezehrt aus. Zwanzig, nein, mindestens dreißig bestialisch wütende Hunde schießen geradewegs auf den Abfallbehälter zu. Ein verträumtes Pärchen bildet das Schlußlicht der Bande – eine stattliche Promenadenmischung, in deren Blut ebenso etwas von einem Collie wie von einem Schäferhund auszumachen ist, versucht stolpernd und mit sich verheddernden Pfoten, eine Miniaturtöle zu bespringen. Die kleine Dame zeigt ein kokettes einseitiges Zähnefletschen und trachtet danach, ihrem Kavalier in die Vorderpfoten zu schnappen.

Und dann geht es erst richtig los! Meine, das heißt, die ... also diejenigen, die ich mit dem Eispickel ... also, sie sind entschlossen, ihre Festtafel zu verteidigen – ein lebendiger, übelriechender Strom sprudelt aus der Mülltonne hervor und stürzt sich in einen grauenvollen Kampf mit den bösen Eindringlingen, just wie in diesem Zeichentrickfilm über Mowgli – die bösen roten Wölfe gegen die guten grauen, Auge um Auge, Zahn um Zahn! Winseln, Heulen, Jaulen, Knurren. Kein einziges Bellen. Fell, Blut, Geifer, abgerissene Schwanzstücke und Ohrenfetzen.

»Weiße vor, Weiße vor!« schreie ich, »haltet durch! Ihr müßt gewinnen! Vorwärts!«

Aber es sieht schlecht aus für die Weißen – sie sind in der Minderheit und haben schon tüchtig gefuttert, sie werden nicht mehr von bestialischem Hunger getrieben, es ist ihnen heute nicht beschieden zu siegen. Weder der dicke Balu noch Baghira eilen ihnen zu Hilfe – bestimmt liegen sie irgendwo mit vollgeschlagenem Magen herum und schlafen, diese niederträchtigen Verräter! Unter lautem Gewinsel geben die »Guten« allmählich ihre Positionen auf und räumen einer nach dem anderen das Schlachtfeld – blutüberströmt, hinkend, geschunden, zerfetzt und zerpflückt. Einer bleibt zurück. Er wird nie wieder etwas fressen. Dafür wird er morgen höchstwahrscheinlich selber aufgefressen. Nein, heute nacht noch nicht – wie es aussieht, trifft frisches Fleisch nicht den Geschmack dieser Gesellschaft. Schließlich ist der letzte Feind in die Flucht geschlagen, und die »Bösen« können sich erlauben zu schmausen.

Aber es sind zu viele, im Container ist nicht Platz für alle, und ein ganzer Haufen muß mit vor Wut und Erniedrigung gesträubtem Nacken draußen bleiben. Der Kampfgeist brodelt noch in ihren Adern, und sie sind bereit, das Gefecht fortzusetzen. Nur gegen wen? Es gibt keinen einzigen Außenstehenden mehr, keine einzige Mülltonne, keinen einzigen... Katrīna! Auf dich haben sie es abgesehen! Zunächst im langsamen Trab, dann immer schneller und schneller laufen sie auf mich zu. Jetzt ist der Trab in lange, wilde Sprünge übergegangen, die Ohren flattern, zähe Geiferspritzer durchranken die Luft. Nur nicht denken, Katrīna! Nicht denken! Handeln! Handle endlich! Und Katrīna handelt – mit abbrechenden Fingernägeln und an der höckerigen Birkenrinde abrutschenden schweren Bergstiefeln klettere ich empor, so schnell ich kann. *O, alpinista! O, skalolaska!*[12] Jetzt siehst du mal, was es nützt, sowjetischer Sportmeisterkandidat im Felsklettern zu sein! Nicht umsonst ist zu Hause eine ganze Schublade bis zum Rand mit Urkunden und Medaillen vollgestopft, nicht umsonst! Nachdem ich hoch genug geklettert bin, daß die blutrünstigen Schnuten mich nicht erreichen können, richte ich mich auf einer kräftigen Astgabel ein und zeige den geifernden Widerlingen die Zunge. Aber sie, Mistviecher, elende, tun so, als würden sie nicht begreifen – springen um den Baum herum und keifen. Nur das Liebespärchen macht sich nichts aus alledem. Die beiden sind endlich zur Sache gekommen, und in unmittelbarer Nähe des Geschehens wird der Grundstock für eine weitere Schar kleiner Streuner gelegt.

»Kusch, haut ab! Glaubt bloß nicht, daß ich runterfalle wie eine Pflaume«, blaffe ich die Hunde lauthals an, um ihr Gebell zu übertönen, »lettische Felskletterinnen können drei Stunden lang durchhalten, wenn sie am Felsen kleben! Selbst an einem, wo man fast gar keinen Halt hat! Kusch!«

Aber die aufgebrachten Kläffer denken gar nicht daran zu kuschen, sie haben ein neues Objekt ihrer Begierde entdeckt – Katrīnas Rucksack. Mir bleibt nichts übrig, als zu-

12 O, alpinista! O, skalolaska!: O Alpinistin! O Felskletterin!, paraphrasiertes Zitat eines Liedes von Wladimir Wyssotzkij

zusehen, wie der Schlafsack zerfetzt wird und Socken, Slips und Pullover durch die Gegend wirbeln, selbst der Aquarellkasten bleibt nicht verschont – ein paar Hapse, und von ihm ist nichts weiter übrig als grüne Kunststoffsplitter und bunte, im Gras verstreute Farbnäpfchen. So richtig steigt die Stimmung, als sie die Daunenjacke entdecken – unter fröhlichem Gebell und gelegentlichen Luftsprüngen versuchen sie sich gegenseitig darin zu übertreffen, wer die größte Federwolke aufwirbeln kann. Für einen Augenblick wird mir sogar das Herz weich – wenn sie so spielen, erinnern sie an friedfertig herumbalgende Welpen, die nichts als lustige Streiche und eine Schüssel warme Milch zum Abendessen im Sinn haben.

Der große Schwarze schlägt gebieterisch an, die ganze Meute ordnet sich in Reih und Glied und läßt mich wieder allein zurück.

Die restliche Nacht verbringe ich damit, die übriggebliebenen Lumpen einzusammeln. Jacke, Schlafsack, fast sämtliche Socken und zwei Pullover muß ich Winnie übergeben, für mich bleiben lediglich ein Dutzend gräulicher Baumwollslips, dies und das vom Hygienezubehör und der Eispickel. Den am wenigsten zerfetzten Pulli beschließe ich ebenfalls zu behalten – er sieht zwar ziemlich angesabbert aus, und vorne auf dem Bauch klafft ein großes Loch, aber nachts ist es hier recht kühl, und der Himmel weiß, wie lange ich brauche, um nach Hause zu gelangen. Danach scharre ich mit dem Eispickel unter der Birke eine Mulde aus und begrabe den Gefallenen – er soll lieber ins Reich der Würmer eingehen als im Magen seiner Artgenossen landen. Obwohl, wer weiß, ihr Geruchssinn ist ja noch ganz in Ordnung – sie werden ihn ausbuddeln, wenn sie schlau genug sind, aber wenigstens habe ich ein reines Gewissen. Oftmals tut man ja nur deshalb etwas Gutes, weil einem der Mut fehlt, es zu lassen.

*

Die Mūra hat keine Angst vor Blut. Die Mūra geht gelegentlich mit Lardy auf die Jagd. Sir Leonard ist ein großartiger Jäger – er stellt ein Reh und jagt es noch ein Stückchen durch die Gegend. Und zwar just so, daß es dorthin läuft, wo sich sein Frauchen befindet. Dann setzt er zum entscheidenden Sprung an und bricht ihm das Genick. Lardy ist human – das Reh ist sofort hinüber. Die Mūra weiß, daß sie das Tier rasch an den Hinterbeinen an einem Baum aufhängen und ihm die Kehle durchschneiden muß, sonst ist das Fleisch nicht genießbar. Die Mūra handelt überlegt und professionell. Schweigend. Keine überflüssige Bewegung. Das Fell zieht sie zu Hause ab, denn die Kraft der Mūra reicht nicht aus, um die Beute heimzutragen – sie muß sie hinter sich herschleifen.

Die Mūra ist eine Jägerstochter. Nur ißt sie das Fleisch der von Lardy erlegten Rehe nie und verbringt die Nacht nach der Jagd seltsamerweise mit Weinen. Aber das sieht ja niemand. Während die Arbeit getan werden muß, geschieht alles so, wie es zu geschehen hat – ordentlich und präzise. »Wenn man etwas macht, dann richtig«, pflegt Vater zu sagen, »Zeit für Kinderkram hat man hinterher.« Und Weinen ist für ihn Kinderkram. Rotz und Tränen kann Vater nicht leiden. »Weibergewäsch. Damit wollt ihr den Männern nur euren Vorteil abpressen. Manipulation.« Vater ist böse auf Mama, wenn sie weint, und deshalb weint die

Mūra nie bei Tag. »Mit dir könnte man auf Spionagemission gehen«, hat er einmal gesagt und seiner Ältesten die Schulter getätschelt. Die Mūra mag es, wenn Vater ihr die Schulter tätschelt, dann lächelt er und wird fröhlich und gesprächig. Dann muß sie nicht befürchten, von einem unverhofften Anschnauzer oder einem herzhaften »Ach, was kann man von dir schon erwarten!« zusammenfahren zu müssen. Die Mūra ist ein verhältnismäßig findiges Mädchen und begreift: besser nicht sagen, daß sie nachts keineswegs das Zeug zum Spion hat, daß sie nachts bereit ist, alles zu verraten – Vater, Mutter, Heimat und sich selber dazu. Und zwar mit Genuß, und der Höflichkeit halber würde sie gestatten, ihr mit glühenden Eisen ein paar Zeichen in die schneeweiße Brust zu brennen. Der Vater ist stolz auf seine tapfere Tochter. Die Tochter ist stolz, daß der Vater sie liebt.

In Wirklichkeit hat mir nie jemand beigebracht, wie man einem Tier das Fell abzieht, wie man es zerlegt und an welcher Stelle man ihm die Kehle durchschneiden muß, damit alles Blut auslaufen kann. Als Lardy das erste Reh erledigt hatte, habe ich so gehandelt, als hätte ich mein Leben lang nichts anderes getan, als auf Jagd zu gehen und Wild zu erlegen. Die Hinterbeine zusammen, einen Strick drumherum, an einem Nagel aufgehängt, einmal mit dem Messer rund um die Fesseln und dann mit ranken Schnitten – vorsichtig, damit die Klinge das Fell nicht beschädigt – die Haut abgezogen. Den Kopf lasse ich unangetastet. Die Innereien müssen behutsam entfernt werden, um die Gedärme nicht zu verletzen oder die Gallenblase zu durchstechen, sonst wird alles, womit die dunkelgrün-gelbliche Galle in Berührung kommt, bitter und ungenießbar.

Ich weiß nicht, woher diese Fertigkeiten plötzlich in mir

auftauchten. In solchen Momenten schien es mir, daß ich im Wald geboren und aufgewachsen bin, daß ich bei Winteranbruch in der Nachbarschaft von Füchsen und Dachsen eine Höhle in einen Sandhügel graben, sie mit Vorräten anfüllen und den Frost in Wärme und Sicherheit überstehen würde. Wenn ich meine Tage bekäme, würde ich mich wie eine Indianerin auf einen Flecken Sphagnum-Moos hocken und warten, bis die Blutung zu Ende ist. Daß ich in einer Mulde unter einer Tanne Kinder gebären, selber die Nabelschnur durchbeißen und das Kleine an die Brust legen würde, nachdem ich es abgeleckt hätte. Wenn ich in einen Wald gerate, werde ich zum Wald. Das habe ich im Blut.

*

Der Bus trifft früh um acht ein. Nachdem die morgendlichen Reisenden ausgestiegen sind und die Tür wieder geschlossen ist, begibt sich der Fahrer zum Busbahnhofsbuffet, um ein Täßchen Kaffee zu trinken und ein belegtes Brot zu essen. Das ist meine einzige Chance. Ich trete an den Schrank von Busfahrer heran und schaue ihm in die Augen – so dermaßen jämmerlich, so schwermütig und traurig, daß selbst das härteste Herz in tausend Stücke zerspringen und sich in einer blutigen Pfütze zu meinen Füßen ausbreiten müßte. Sein Herz wird tatsächlich weich.

»Ein Stückchen Brot willst du, ja?« fragt er mit mitleiderfüllter Stimme und reicht mir eine angebissene Schnitte Roggenkastenbrot.

Ich schüttele den Kopf und blicke noch kläglicher drein.

»Ach, Brot willst du also nicht? Würstchen gibt's keine, Mädel. Würstchen gibt's keine.«

Ich schüttele abermals den Kopf, und als mir klar wird, daß ich schlichtweg nicht fähig bin, einen noch erbärmlicheren Gesichtsausdruck zu fabrizieren, gehe ich ans Werk.

»Nach Mineralnyje Wody will ich, Onkelchen. Nehmen Sie mich mit, Onkelchen. Nehmen Sie mich mit.«

»Dann geh und kauf dir ein Billett, Mädel. Siehst du, der Schalter ist schon seit sieben Uhr geöffnet. Und dann werden wir nach Mineralnyje Wody fahren, es wird mir ein Vergnügen sein! So schnell wie der Wind!«

»Das geht nicht, Onkelchen. Ich hab' kein Geld. Mein ganzes Geld wurde mir gestohlen.«

»Na, dann verschwinde!«

»Das geht nicht, Onkelchen. Ich muß nach Hause. Mamilein wartet auf mich. Vielleicht können wir uns irgendwie einigen?«

»Hör mal, ich bin nicht irgendein Lausebengel, mit dem man sich einigen kann. Und das, was du zu bieten hast, kann ich auch nicht gebrauchen«, grunzt er verdrossen, nachdem er mich wie ein Stück Schlachtfleisch von Kopf bis Fuß gemustert hat, »verzieh dich und stör mich nicht beim Essen!«

»Ich will mich ja nicht umsonst einigen, Onkelchen. Ich bin bereit, mich für Ihr gutes Herz erkenntlich zu zeigen, Onkelchen.«

»Ach ja?« In seinen Augen blitzt die für Südländer so charakteristische Lust am Handeln auf. »Womit willst du dich denn erkenntlich zeigen, Kindchen?«

»*Wot,* den Rucksack kann ich Ihnen geben, Onkelchen, der Sweater ist auch noch ganz passabel, er muß nur ein wenig geflickt werden, aber das ist doch eine Kleinigkeit.«

»Nu, nu, und was hast du sonst noch zu bieten?«

»Ein Deo, Seife, eine Zahnbürste. Ich gebe Ihnen alles, Onkelchen, wirklich alles, nur lassen Sie mich nicht hier! Hier streunen Hunde herum, und ich habe große Angst. Bitte, bitte, Onkelchen!«

»Warte mal, warte mal, und was hast du da?« Er beugt sich behende vor und packt mit seiner breiten Pranke meinen Eispickel.

»Alles, nur nicht den, Onkelchen!« stöhne ich auf und versuche, ihm Olegs Geschenk aus der Hand zu zerren.

Aber das Onkelchen ist kein schwächlicher Knabe – den Pickel hoch über den Kopf erhoben, nimmt er eine zufriedene Gorillapositur ein und keucht mir direkt ins Gesicht:

»*A wot* den, Kindchen, genau den! Wenn du mir den Eispickel gibst, dann bist du schon in vier Stunden in deinem Wody, und wenn nicht, dann laß ich dich als Hundefutter hier. So ist die Lage!«

Ich presse die Lippen zusammen und nicke. Wer weiß, von welchen Weltumwanderungen die Tränen endlich zu mir zurückkehren – in großen, brennenden Klößen wälzen sie sich über die ausgedörrten Lider und laufen den Hals hinab, wobei sie einen blassen, in die staubige Ebene gestapften Pfad hinterlassen.

»Jetzt lauf und warte am Bus auf mich«, kommandiert der Gorilla und mampft sein Brot weiter.

Der letzte Beweis seines Triumphs erreicht mich an der Tür des Buffets:

»*Wot,* dieses Flittchen! Auch noch widerspenstig sein!«

Ich stehe fröstelnd in den kühlen Morgenböen neben dem Bus und denke an Oleg. Nun ist er endlich gekommen, hat mich zum letztenmal auf den Schoß genommen, mich auf den warmen Sitz im Bus gesetzt, geküßt und nichts als einen flüchtigen Duft und ein Rudel warmer Ziesel in der Magengegend hinterlassen. Mehr nicht. Rein gar nichts. Und zum erstenmal öffnen sich meine Lippen, um die Worte auszusprechen – ich lie...

*

Mama ist wieder einmal nicht zu Hause. Ihr Freund, der Künstler, war eben da und sagte, er habe sie auf der Eisenbahnbrücke stehen und den Zügen zuschauen sehen.

»Ich finde, ihr benehmt euch ihr gegenüber nicht gut genug«, fügte er hinzu.

Das will ich nun wirklich nicht glauben. Ich finde, daß ich mich Mama gegenüber immer so gut verhalte, wie ich eben kann.

*

Der Flughafen von Mineralnyje Wody ist überfüllt – selbst eine vertrocknete Erbse könnte hier nur schwerlich zu Boden fallen, geschweige denn ein Apfel. Alle wollen zurück nach Hause, sowohl diejenigen, die Urlaub am Schwarzen Meer gemacht haben, als auch die Bergsteiger und diejenigen, die einfach auf Besuch bei Verwandten waren. Ganze Horden vom Schieben und Schubsen erschöpfter, aber zufriedener Leute drängeln sich um Billettkassen, Registrierschalter und Eisverkäuferkarren. Hier dürfte es wirklich nicht schwer sein, eine barmherzige Schwester oder besser noch einen barmherzigen Bruder zu finden, dem es einen Stich ins Herz versetzt und der bereit wäre, mir das Geld für ein Billett zu borgen. Meinen Paß habe ich wunderbarerweise noch, und in dem ist alles so, wie es sich gehört: Vor- und Nachname sowie die Meldeadresse – ihr könnt alles in euren Notizbüchern vermerken und mich mit den Milizpatrouillen der gesamten Sowjetunion aufspüren, wenn ich das Geliehene nicht innerhalb der festgelegten Zeit zurückgebe.

In der Menge der Schlangestehenden gucke ich mir einen Herrn aus, so um die fünfunddreißig, trete an ihn heran und beginne meine Geschichte. Fast von Anfang an. Ruhig, ohne zu schniefen oder ein weinerliches Gesicht zu ziehen, nur hin und wieder schaue ich ihm in die Augen. Nein, nicht flehend, sondern einfach so. Ich habe keine Kraft mehr zu flehen – im Kopf nichts als zerbröckelte Steine und blutgetränkte Glut. Es wird mir allmählich zutiefst gleichgültig, ob ich von hier wegkomme, ob ich jemals wieder etwas zu essen bekomme, ob überhaupt irgend etwas mit mir passiert. Nachdem er meinen Monolog bis zu Ende angehört hat, nimmt der Fremde schweigend fünfzig Rubel aus der Brieftasche und reicht sie mir, dann reißt er eine Seite aus seinem Adreßbüchlein, schreibt seine Anschrift auf und drückt sie mir in die Hand. Ich schicke mich noch an, ihm meinen Paß zu zeigen, aber der Mann schüttelt den Kopf und sagt, ich solle ihn gut einstecken, auch Pässe können gestohlen werden. Er bietet mir an, mich in der Schlange vorzulassen, und schiebt seine Tasche zur Seite, damit ich Platz habe. Nun brummt mir die Birne bereits so sehr, als wäre ein Insekt zwischen Schädeldecke und Hirnhaut eingeklemmt. Ich sehne mich nach Dichlophos.

»Darf ich mir erst noch etwas zu trinken kaufen?«

»Na, lauf, aber beeil dich, ich bin bald dran, und dann mußt du dich wieder hinten anstellen.«

Ich kaufe zwei Flaschen Borschomi-Mineralwasser und stolpere zurück, aber der Fremde ist nicht mehr da – er ist drangekommen, weggegangen, hat sich in Luft aufgelöst... ich habe kein Quentchen Kraft mehr – ein jäher Schmerz zerbröselt die Knochen, die Haut ist wie verbrüht, der Kopf wimmert mit jeder Minute erbarmungsloser. Ich habe Fieber. Mindestens schon neununddreißig null. Wenn ich den Kopf schnell schüttele, kann ich hören, wie das Gehirn wegschwappt.

Sämtliche Flüge nach Moskau und von dort nach Riga sind für die nächsten zwei Wochen ausgebucht. Die Kassiererin rät mir, direkt zur Registrierung zu gehen und darauf zu hoffen, daß sich ein Passagier verspätet. Meine Wimpern beginnen auszufallen.

Schon das dritte Flugzeug. Niemand kommt zu spät, niemand hat sich ein Bein gebrochen, niemand hat es sich anders überlegt, niemand liegt im Sterben. Außer mir. Mit jedem Augenblick gehe ich schneller und schneller dem Tod entgegen. In der Ferne sind Friedhofsglocken und Beethovens Fünfte zu hören. Aber erst das vierte Flugzeug.

Keine Kraft mehr, mich auf den Beinen zu halten, keine Kraft zu reden und zu erklären, wie dringend ich nach Hause muß, sogar das Blinzeln mit den Augen erfordert eine unsägliche Anstrengung. Vom Gehirn ist nur noch ganz wenig übrig. Ein kleiner Hoffnungsschimmer zeigt sich, als ich ein Dispatcher-Gespräch über einen Flug mitbekomme, zu dem eine ganze Touristengruppe nicht erschienen ist, doch dann stellt sich heraus, daß mit dieser Maschine auch eine Parteidelegation fliegt, die in der Kabine weitere Plätze verlangt hat, um ihre unschätzbar teuren Koffer auf ihnen zu plazieren, und abermals werde ich im wahrsten Sinne des Wortes außen vor gelassen. Tschüs und alles Gute, ciao, ciao.

»Von mir aus auf dem Fußboden oder direkt an der Tür«, versuche ich einen der Piloten am Jackett zu erhaschen.

»Das dürfen wir nicht, Kindchen, das ist verboten«, erklärt er überraschend freundlich, »wir haben unsere Instruktionen.«

Ich sinke wieder zu Boden und schrumpfe in mich zusammen. Neununddreißig fünf. Die Zähne klappern. Die Menschen sind bunte Flecken. Aus meinem Kopf rieselt Sand.

»Hören Sie mal, Fräuleinchen, wir haben hier einen Platz nach Minsk, nehmen Sie den?«

»Wie bitte?«

»Wollen Sie nach Minsk mitfliegen?«

»Du meine Güte, natürlich fliege ich mit!«

»Fünf Rubel Aufpreis, macht das nichts?«

»Macht nichts, macht nichts, wenn ich nur von hier wegkomme, nur weg von hier.«

*

Wieder bin ich an der Gauja. Ich weiß nicht, wie der Fluß andernorts ist, aber bei Murjāņi teilt er sich gewissermaßen – das rechte Ufer ist flach und sandig, dort ist die Strömung gemächlicher. Das linke Ufer ist tief und reißend, es hat sich in den zartbitteren Schnurrbärten der Silberweiden verborgen. Ich kämpfe mich durch das Gestrüpp, stoße auf einen von Anglern und Wild ausgetretenen Pfad und gehe, nur mit einem Badeanzug bekleidet, am linken Ufer flußaufwärts. Nach ein paar Kilometern mache ich halt, hole tief Luft und gleite in die Strömung hinein. Lege mich auf den Rücken und lasse mich tragen. Der Strom ist schrecklich schnell – die Wolken flitzen über dem Kopf dahin, keine Mücke, keine Fliege kann mein Tempo halten. Sogar die Bremsen, die es gemeinhin fertigbringen, auch den geschicktesten Schwimmer zu piesacken, bleiben zurück. Immer schneller und schneller. An diesem Ufer gibt es keine einzige Bucht, keine sandige Stelle, das Weidengestrüpp ist bis in das Wasser vorgedrungen und so dicht zusammengewachsen, daß man sich selbst dann nicht hindurchzwängen könnte, wenn man ein Beil dabeihätte. Ich will mich von der Strömung bis zum Inselchen tragen lassen und dort an Land gehen. Plötzlich stößt der Kopf gegen etwas Hartes. Eine tief im Wasser verborgene, glitschige Baumleiche. Ich wirbele herum und verschlucke mich. Nachdem ich eine Weile gewürgt habe, komme ich zu Atem und lege mich wieder auf den Rücken – bis zur nächsten Sandbank ist es noch ein gutes Stück, und ich muß durchhalten. Das kühle Wasser beruhigt recht bald den angeschlagenen Hinterkopf, und ich kann ungestört den Himmel betrachten. Mich dem Dahinströmen hingeben. In dem Moment, da ich vollkommen entspannt bin, spüre ich einen gnadenlos brennenden Schmerz, der sich über den ganzen Rücken zieht – es ist, als würde er mit einem stumpfen Messer aufgeschlitzt werden. Ich schreie auf und verschwinde unter Wasser. Der Baum trotzt und gibt mich nicht frei. Ein riesiger, spitzer Wurzelspeer steckt in dem Muskel unmittelbar über dem Steißbein. Danach erinnere ich mich an nichts mehr. Totaler Filmriß. Triumph des Instinkts.

Ich komme auf dem Inselchen wieder zu mir. Ich hocke

im Sand und versuche, mit einem Büschel Schilf das Blut anzuhalten. Keine Ahnung, wie ich hergelangt bin. Noch weniger begreife ich, aus welchem Grund ich hergelangen mußte.

Der Arzt im Krankenhaus von Sigulda versucht, dieses Thema zu erörtern, während er mich näht. Etwas Vernünftiges kommt dabei nicht heraus. »Gott war verliebt, als er die Gauja zur Welt brachte.« Ojārs Vācietis hat recht.

*

Minsk ist nicht Riga. Das war es nie und wird es nie sein. Trotzdem ist es dem Zuhause ein wenig näher, ein wenig verständlicher, ein wenig ... ach, was soll's, ich bin in Minsk, und wieder muß ich nachdenken. Das Fieber bleibt immer noch das alte, die Pickel hingegen sind auf die Idee gekommen, sich ausgerechnet jetzt zu vermehren. Vorläufig nur im Gesicht. Keine Bange, Katrīna, bald werden sie überall sein. Das restliche Geld reicht nur für eine Bahnfahrkarte bis Vilnius. Nach Riga muß ich zu Fuß gehen. Macht nichts, macht nichts, die litauischen Brüderlein werden schon irgendwie helfen, das Rößlein einspannen, ein Hähnchen schlachten, es wird schon werden...

Eine ganze obere Pritsche im Liegewagenabteil für mich. Über mir ist nur noch das schmale Gepäckfach. Und das Dach. Und der Himmel. Vom Himmel bin ich zwar nicht wirklich überzeugt, will es aber einmal annehmen. Heißer Tee in Granjonkas[13], die in durchbrochenen Metallhaltern stecken. Fünf Kopeken ohne Zucker, sieben mit.

13 granjonka: Trinkglas, eines der Musterbeispiele sowjetischen Industriedesigns

Stattliche weißrussische Weiber, gebratene Hähnchenschenkel, hartgekochte Eier und saure Gurken. Maiskölbchen. Fliegenpilzsalzstreuer wandern von Hand zu Hand. Muschiks[14] ziehen Flaschen mit trüber Flüssigkeit hervor, zerschneiden Zwiebeln, brechen Brot, füllen ein Glas bis zum Rand und lassen es kreisen. *Sa matuschku, sa batjuschku, sa serogo koslika.*[15] Kinder kraxeln auf den heruntergeklappten Liegen herum und kreischen.

Allmählich füllt sich der Waggon mit dem Dunst ungewaschener Socken, und Ruhe kehrt ein. Nur mein Kopf wummert abwechselnd gegen die Wand und die harte Bank – ich kann die schmutzigen Unterhosen doch nicht als Kopfkissen benutzen. Macht nichts, soll er wummern. Da ist eh nichts mehr kaputtzumachen – der Verstand ist in Naltschik geblieben, das Gehirn in Wody und das Herz im Kaukasus. Ach ja, die Nieren sind noch übrig, aber die geben auch gleich den Geist auf – ich habe keine Kraft, pinkeln zu gehen.

Gegen Morgen läßt das Fieber etwas nach, und ich bin in der Lage, mich zur Toilette zu schleppen. Die gestern abend noch so fröhlichen und geselligen Reisenden sind jetzt rätselhaft verdrossen, ein beißender Azetongeruch überlagert die Sockenausdünstungen, die Frauen schimpfen, die Männer grummeln, die Kinder quengeln. Das reinste Jammertal.

An einem kleinen Bahnhof steigt ein alter Mann in den Waggon – ganz und gar zerlumpt, mit zotteligem Haar, ein leeres Hosenbein baumelt anstelle des linken Beins. Er hum-

14 muschik: Kerl, vierschrötiger Mann (russ.)

15 Sa matuschku, sa batjuschku, sa serogo koslika: Auf das Mütterchen, auf das Väterchen, auf das graue Zicklein (russ.)

pelt zur Bank, legt die Krücken auf den Boden und setzt sich mir gegenüber. Was heißt hier Krücken – diese Bezeichnung hätten sie bestenfalls vor zwanzig Jahren verdient, jetzt sind von ihnen lediglich abgenutzte Stecken übriggeblieben, hier und da mit rostigem Draht umwickelt, und die Achselstützen sind mit alten Lumpen und blauem Klebeband umschlungen. Er schaut mir in die Augen, lächelt und fängt an, in irgendeiner mystischen Sprache zu reden. Ich versuche einzuwerfen, daß ich nichts verstehe, aber den Alten interessiert das nicht, er redet und redet, lächelt und lächelt. Ich sehe ihn an, lausche dem gleichmäßigen Fluß seiner Erzählung, und allmählich begreife ich, wie unglücklich die Menge der übrigen Reisenden neben diesem Mann aussieht. Sehr viel unglücklicher als er, der doch von einem Unglück zum nächsten lebt. Ich lächle. Der Mann beugt sich vor, tätschelt mir die Schulter und begibt sich zum Ausgang.

Vilnius. Der größte Teil der Reisenden steigt aus und wird von den nächsten abgelöst. Mein Fieber steigt. Ich bin unfähig, aufzustehen und den Waggon zu verlassen. Vor allem, nachdem eine Lautsprecheransage verkündet hat: »Verehrte Reisende, dieser Zug fährt weiter nach Riga.«

Mir ist egal, was ich bin – ein blinder Passagier, ein Maulwurf oder ein Burunduk, wenn ich nur schneller nach Hause komme. Aber wenn ich die Wahl hätte, wollte ich am ehesten ein Burunduk sein. Den wird man wenigstens nicht so leicht entdecken. Der Zug fährt an. Tuck-tuck, tuck-tuck … tuck-tuck, tuck-tuck …

»Die Fahrscheine, bitte!«

Das ist wahrscheinlich ein Traum.

»Die Fahrscheine, bitte!«

Ein seltsamer Traum.

»Die Fahrscheine, bitte!«

Also, Burunduk, zeig, was du kannst!

Ein Burunduk ist kein Passagier, den man dreimal bitten muß – schwupp!, und schon ist er im Gepäckfach unter der Waggondecke, den Rucksack vor die Augen gezogen, nur nicht runterfallen, nur nicht runterfallen, hier gibt es nichts, woran man sich festhalten kann, nur nicht runterfallen...

»Wem gehören denn diese Füßchen hier?« zerrt mich eine splittrige Stimme mit einem Anklang von Schadenfreude zu Boden. »Haben wir hier einen blinden Passagier?«

»Ich bin nicht blind, ich bin ein Burunduk«, piepse ich. Offenbar hat die Krankheit auch meine Stimmbänder angegriffen.

»Das werden wir ja sehen«, sagt der Schaffner entschieden, packt mich beim Kragen und schleppt mich hinter sich her.

Das Bett im Kabuff der Zugbegleiterin ist noch nicht gemacht. Der Tierfänger läßt seine Beute fahren, und der Burunduk purzelt in die Laken.

»Wohin?«

»Nach Riga.«

»Warum ohne Fahrschein?«

»Mein Geld wurde gestohlen.«

Der Schaffner mustert mich und grinst. Es sieht fast so aus, als würden wir gleich »Alle meine Entchen« singen: Köpfchen in das Wasser, Schwänzchen in die Höh'.

»Ja, ja, das behauptet ihr alle. Also her mit dem Geld, dann werden wir es noch im guten versuchen.«

»Ich habe kein Geld. Es wurde mir gestohlen.«

»Red nicht, her damit.«

»Ich hab' nichts. Wirklich nicht.«

»Ganz wirklich nicht?«

»Ehrenwort.«

»Was für ein Ehrenwort?«

»Das Ehrenwort einer Komsomolzin.«

»Dann leg dich hin. Na los, mach schon. Ich hab' nicht viel Zeit.«

»Was?!«

»Bist du taub? Hinlegen, hab' ich gesagt!«

»Ich will nicht.«

»Nach Riga willst du?«

»Ja.«

»Aber hinlegen willst du dich nicht?«

»Nein, will ich nicht.«

»Das wollen wir mal überhört haben. Hinlegen, sag' ich!«

»Nein. Bitte nicht. Bitte.«

»Auch noch Extrawünsche haben! Du solltest dich besser bedanken, daß ich dich nicht aus dem Zug geworfen habe.«

»Danke.«

»Ach, auch noch scharfsinnig werden! Na, los, los! Ein schneller Fick, und du kannst von mir aus bis Moskau fahren.«

»Ich muß nicht nach Moskau. Nach Riga.«

»Ich hör' wohl nicht richtig! Also, weißt du, es reicht mir mit deinen Faxen. Wenn du nicht im guten willst, dann bist du selber schuld.«

Er trägt eine Uniform. Eine dunkelgrüne Uniform. Hosen, Jackett, Mütze. Schwups! Die Mütze ist weg. Ein Arm, der andere Arm, das Jackett auf dem Boden. Ssssip... Solche Sachen sagen für gewöhnlich Reißverschlüsse. Die grünen Hosen sehen nicht mehr nach Uniform aus. Außerdem hat er eine große Hand. Sie stinkt nach Knoblauch und verbietet mir zu atmen. Verbietet auch zu schreien. Verbietet alles. Bestimmt trägt er gestreifte Baumwollunterhosen. Fast bis zu den Knien. Vielleicht karierte. Geblümte nicht. Ganz sicher nicht geblümte. Soweit ich verstehe, sind auch die weg. Und außerdem hat er eine Fratze – eine große, aufgedunsene Fratze. Diese zwei da sind auf gar keinen Fall Augen. Ich weiß genau, daß Augen so nicht aussehen. Er hat Reißzähne. Ich habe nur Fieber und Pickel. Ich bin eine Leiche.

»Sanjok, du bist ein Schwein!!!«

Das ist sicher die Stimme eines Engels.

»Ich, ich ...« Sanjok springt auf die Beine, verheddert sich in den Hosen und fällt der Länge nach hin.

»Schwein, du verdammtes!«

Der Engel beginnt, den darniederliegenden Sanjok zu treten. Der Engel ist sehr üppig, und er hat flauschigweiche Brüste. Der Engel hat platinweißes Haar und trägt eine Uniform. Eine grüne. Also tarnt er sich. Der Engel packt Sanjok beim Kragen, reißt ihn hoch in den Himmel und streckt ihn mit einem linken Haken nieder.

»Um Gottes willen, verzeih mir!«

Aha! Sanjok betet zu Gott, also will auch er zu den Engeln kommen.

»Ich werd' dir gleich zeigen, was ein Gott ist!«

Der Engel hat also nichts dagegen, wenn Sanjok ein wenig in den Himmel auf Besuch kommt. Der Engel packt Sanjok noch mal beim Kragen, reißt ihn noch mal in den

Himmel und streckt ihn noch mal nieder. Diesmal mit einem rechten Haken.

Pech gehabt, Sanjok, so leicht kommt man nicht in den Himmel, da muß man Geduld haben. Leichenfledderei ist eine große Sünde.

»Und du, was guckst du so?«

Ah, na endlich sprechen die Engel auch mit mir. Wie hübsch. Ich bin im Himmel. Ich könnte bitten, Sankt Peter zu fragen, wie weit es bis Riga ist.

»Hör auf zu glotzen und verschwinde! Und daß du mir nicht mehr unter die Augen kommst!«

Nein, es sieht nicht so aus, als wäre dieser Engel besonders gesprächig. Dann werde ich wohl gehen müssen, Riga wird schon von selber kommen.

»Stillgesessen und keinen Pieps, verstanden?«

Ganz wie du willst, ganz wie du willst. Warum sollte ich auch piepsen? Das finale Fieber hört man sowieso nicht – was hat es also für einen Sinn, mit ihm zu sprechen?

*

RIGA. Regen. Taxi. Nach Teika, bitte. Ein Rubel siebzig. Ich hab' nichts bei mir, aber ich hole es schnell aus dem Haus. Ich lasse Ihnen meinen Rucksack als Pfand da. Bin gleich wieder da. Haustür. Verschlossen. Klingel. Keiner da. Klingel. Nichts. Bei mir sind alle weg. Du hast sie wohl wirklich nicht mehr alle. Ich könnte Ihnen meinen Rucksack überlassen. Behalten Sie ihn. Ich brauche deinen Rucksack nicht. Etwas anderes habe ich nicht. Nimm deinen Rucksack, laß gut sein. Danke. Hör mal, soll ich dich nicht irgendwo hinbringen, es regnet schließlich, du wirst naß bis auf die Haut werden. Nein, vielen Dank. Mama wird gleich zu Hause sein. Wie du meinst. Danke.

Mama wird gleich zu Hause sein, Mama wird gleich zu Hause sein... Es regnet in Strömen. Wirklich. Strömender Regen. Ich könnte zu Schnecken-Irēna gehen. Nein, das ist zu weit. Und wenn sie auch nicht zu Hause ist, dann schaffe ich es nicht mehr zurück. Bei so einem Regen kommt man nicht weit. Ich warte lieber auf Mama. Irgendwann wird sie schon kommen. Ich begreife nicht, woher das viele Wasser kommt. Ein ganzer Fluß. Nu ja, vom Dach kommt es. Was willst du auch, sitzt da unter der undichten Dachrinne und wunderst dich. Wann werden sie endlich ein Vordach bauen? Ich muß irgendwo unterschlüpfen. Die Felsenbirne. Na klar, ich werde bei der Felsenbirne unterschlüpfen, da sieht es etwas trockener aus. Ja, das ist gut. So ist es schon viel besser. Mama wird gleich zu Hause sein...

*

Der August ist mein Frühling. Nachdem ich reichlich Sommerwärme aufgesogen habe, kann ich alle viere von mir strecken und bis in die Fingerspitzen süße Glückseligkeit verspüren. Ich liege am Strand, der Wind betastet von Zeit zu Zeit die Dünenkiefern und bringt den Schatten eines Riedgrases zum Schaukeln, aber bis zum Meer schafft er es nicht. Irgendwo weit, weit weg ist die Stadt, wo nur diejenigen geblieben sind, die genug Mut haben, mit von der Hitze geschmolzenem Staub, vergilbten Linden und den ungestümen Vorahnungen zurechtzukommen, von denen die sonnenermatteten Gemüter mit jedem Tag mehr erfaßt werden.

Ich will nicht zurückkehren – ich faulenze, bis das letzte Sonnenfitzelchen sich im mit Klarlack überzogenen Meer auflöst und die Dämmerung meinen gebräunten Körper allmählich zum Zittern bringt. Mir scheint, ich habe die Schuldige gefunden – sie, deren nervöses Gelächter meinen Frieden ausgemerzt hat. Meine Stadt. Ich bin eine Stadtgöre, und alles, was mir angetan wurde, gebe ich Riga zurück. Riga hat mich erschaffen, verschlungen, zermalmt und wiedergekäut. Ich kann weder mich noch jemanden anders beschuldigen, der an diesem Spiel teilgenommen hat, und für die Folgen muß ich selber die Verantwortung tragen. Schon sehr bald werde ich dorthin zurückkehren, wohlwissend, daß alles von vorne beginnt. Aber im Augenblick bin ich noch auf dem Weg, ohne daß die nackten Füße den spitzen Kiefernzapfen ausweichen.

Hier ist es friedlich. Das Schwanken der eichhörnchenbraunen Kiefernwipfel ist nur wahrzunehmen, wenn man lange mit zurückgeworfenem Kopf dasteht – und selbst dann ist nicht wirklich zu unterscheiden, ob sich die Kiefern bewegen, indem sie versuchen, ihre ranken Leiber auf dem Sand auszubalancieren, oder ich selber. Genau wie wenn ich morgens zu rasch aus dem Bett springe – das zur Ruhe gekommene Blut wallt auf, und ein plötzlicher Schwindel rollt mich zurück in die noch warmen Laken. Kein einziger Mensch. Gleich werde ich das Aufwinseln der Bahngleise hören, das matte Gemurmel der späten Sonnenanbeter, ich werde den kleinen Jungen erblicken, der mir um jeden Preis sein letztes angeschmolzenes Eis andrehen will. Aber noch ist es nicht soweit. Ich muß möglichst langsam gehen, denn Mama wird gleich zu Hause sein, und ich habe Angst, ihr in die Augen zu schauen.

*Die verlorenen Söhne, die von überall her in die väterlichen Häuser zurückkehren, haben die Erdkugel mit Spuren übersät, doch nicht einmal die Spuren von am selben Tag Geborenen kreuzen sich auf diesem Weg, selbst Zwillinge hasten aneinander vorüber und halten den eigenen Bruder oder die eigene Schwester für ein Abbild in einem am Straßenrand zurückgelassenen Spiegel.*

Edmunds Frīdvalds, *Čūska azotē* (Die Schlange am Busen)

Was ist los mit dir?« Mama unterzieht mich fast täglich einem Verhör.

»Nichts.«

»Aus dem Teeniealter solltest du eigentlich raus sein...«

»Aber, Mama...«

»Fühlst du dich vielleicht immer noch geschwächt nach dieser Lungenentzündung? Es ist erst ein halbes Jahr her, und die Ärztin hat gesagt...«

»Es ist alles in Ordnung!«

»Aber...«

»Ich schreibe einen Brief. Siehst du das nicht? Es fällt mir sehr schwer, zu schreiben und mich gleichzeitig mit dir zu unterhalten.«

»Wieder an diesen Sergej? Oder an Genna?«

»Mama!«

»In wen bist du denn nun wirklich verliebt?«

»Mama!!! In keinen von beiden! Sie sind meine Freunde, mehr nicht.«

Mama seufzt, fährt wie üblich mit der Hand über die Buchrücken und verläßt mit eingezogenem Kopf das Zimmer.

Ich schreibe und schreibe und schreibe. In jedem Absatz taucht mindestens dreimal der Name Oleg auf. Genna und Sergej sind meine letzte Verbindung mit ihm. Mit den Bergen. Ein dünnes Fädchen, aus dem ich jeden Abend nach der Schule Buchstabenmuster stricke, die ich in den Briefkasten werfe. Morgens trenne ich alles wieder auf, weiche den in sich verdrehten Faden in warmer Seifenlauge ein und hänge ihn zum Trocknen auf, um abends wieder von vorne anzufangen.

Sergejs Briefe duften nach Schnee, Gennas nach warmen Kiefernnadeln. Mit ihnen zusammen überwinde ich Zeit und Entfernung – durch Kiew und Leningrad nach Moskau. In Moskau wohnt Oleg. Ihm wage ich nicht zu schreiben. Ich habe nicht einmal seine Adresse. Ehrlich gesagt, es wäre nicht allzu schwer, sie herauszufinden, denn in diesem Land wird es ja nicht gerade Millionen von Alpinisteninstruktoren mit diesem Namen geben, ich habe nur zu große Angst. Angst, daß er nicht begreift. Daß er nicht antwortet. Und noch mehr Angst davor, daß er antwortet und Stasik seinen Vater verliert. Und Stasiks Mama ihren Mann. Meine Mama kann Möpse und Luder nicht leiden. Ich bin weder Mops noch Luder. Sondern ein Pusteblümchen.

»Pusteblümchen«, feixt Sofija verächtlich, »pah!«

Sofija bekommt eins auf den Mund. Dann zieht sie mich an den Haaren, und die Keilerei kann beginnen. Nach zehn Minuten sitzen wir jede in ihrer Zimmerecke – mit zerkratzten Gesichtern, zerrissenen Strumpfhosen und blutenden Nasen.

»Blöde Kuh!«

»Drecksau!«

»Arschloch! Das waren meine letzten dünnen Strumpfhosen!«

»Geschieht dir recht!«

»Dann zieh' ich eben deine an!«

»Ha! Das will ich mal sehen!«

»Ich zieh' sie an!«

»Versuch's nur!«

»Das werd' ich auch!«

»Versuch's doch, versuch's doch...«

»Bin schon unterwegs!«

»*Blad,* Kleine! Wenn du auch nur einen Schritt machst!«

»Selber Nutte!«

»Wie bitte?«

»Nutte!«

»Ich?! Sag das noch mal!«

»Nutte, Nutte, Nutte!!!«

»*Wot,* jetzt kannst du was erleben!«

Ich greife nach der Teetasse, die auf dem Tisch steht, hole ordentlich aus und pfeffere sie Sofija direkt ins Gesicht. Sie weicht geschickt aus, und die Tasse kracht gegen die Fensterscheibe. Das Glas zersplittert, und das Zimmer wird mit frostigem Januarschnee vollgerieselt.

»O Scheiße«, rufen wir beide im Chor und sammeln hastig die Scherben auf.

Wir stopfen die zerschlagene Scheibe mit Kissen zu, schütteln eine Weile Sofijas Sparschwein, und ab geht es zum Glaser. Die Scheibe muß wieder eingesetzt sein, bevor Papa nach Hause kommt – er kann es auf den Tod nicht leiden, wenn wir uns balgen. Dann wird er immer erst grün, dann rot, und er brüllt fürchterlich. Grün steht Papa einfach überhaupt nicht.

»Du hast es gut«, sagt Sofija, die neben mir hockt und zusieht, wie ich Glaserkitt in den Fensterrahmen schmiere, »schon wieder verreisen.«

»Was?«

»In der Schule haben sie gesagt, daß der Elitechor der höheren Klassen nach Weißrußland und in die Ukraine fährt.«

»In der Elften haben sie doch Prüfung. Wer läßt die schon weg?«

»Genau deshalb. Damit sie aufgemuntert werden.«

»Sollen sie halt aufgemuntert werden, was geht mich das an.«

»Du könntest doch Genna treffen«, murmelt Sofija.

»Ich fahre nirgendwohin.«

»Red keinen Quatsch, warum solltest du nicht mitfahren?«

»Ich bin in den Massenchor zurückgestuft worden. Der Dirigent war sauer und hat mich aus dem Elitechor rausgeschmissen.«

»Rausgeschmissen? Aber du kannst doch so gut singen!«

»Ich singe nicht mehr. Keine Ahnung, was mit mir passiert ist – ich kann die Stimme nicht mehr halten und einfach nicht hören, was die anderen singen. So eine Art Taubheit.«

»Und wenn du ganz doll bittest? So eine Fahrt ist doch ...«

»Vergiß es. Ich hab' ihm vor dem versammelten Chor gesagt, was ich von dem Gegrabsche halte. Du weißt schon.«

»Aber er hat doch nur bei Evija und Maija gegrabscht, dich hat er doch in Ruhe gelassen ... Ah, vielleicht genau deshalb?«

»Sofija, du kriegst gleich eins auf die Rübe!«

»Wo habe ich denn eine Rübe?«

»Das wirst du sehen, wenn du eins draufbekommen hast!«

»Oh, ich hab' ja solche Angst!«

»*Blin*[16], Kleine!«

»Selber *blin!*«

»Laß uns bloß nicht wieder anfangen, ja? Komm lieber her und hilf mir, den Fensterflügel einzuhängen.«

*

Ein paar Monate später geht der Elitechor meiner Schule auf Konzertreise. Ohne mich. Zu dem Zeitpunkt, als Genna, Galina und das Baby unter Galinas Kleid losziehen, um die Wiegenstange auszusuchen, sitzen sie irgendwo zwischen Kiew und Minsk im Zug.

Papa wird sagen, daß ich dem Chordirigenten dankbar sein müsse. Und außerdem wird er sagen, daß höchstwahrscheinlich keiner der Jungs, die an der Konzertreise teilgenommen haben, jemals Kinder haben könne. Auch Tom nicht. Frauen würden mehr aushalten. Nur Evija nicht. Sie wird zwei Jahre später in Moskau sterben, und alle werden sagen, wie unerwartet das gekommen sei, wahrscheinlich das Herz. Nur Papa nicht. Er wird sagen, daß Evija hoch oben in den Bergen nicht hätte Ski fahren dürfen. Dort sei die Sonnenstrahlung zu stark, und die Ärzte hätten sie davor warnen müssen. Aber sie durften ja nichts sagen. Ich

16 blin: eigentlich Pfannkuchen (russ.), jedoch als Ableitung für blad üblich (vgl. »Leck mich doch am Ärmel«)

habe wahrscheinlich Glück, daß mein Papa Arzt ist, wenn auch nur Tierarzt. Evijas Papa hat selber die Skier für sie gekauft und ist mitgefahren in die Berge. Er dachte, die frische Luft würde seiner Tochter helfen, sich von dieser rätselhaften Schwäche zu erholen.

*

Diesen Sommer fahre ich nicht in die Berge. Papa sagt, daß ich mich nach der Krankheit im letzten Jahr erholen müsse, und gibt mir kein Geld.

»Du wirst zu Hause bleiben und nirgendwo hinfahren«, verkündet er am Frühstückstisch.

»Was?« Verdattert beiße ich in mein Ei, ohne die Schale abgepellt zu haben.

»Ich meine es ganz ernst. Du mußt dich erholen.«

»Ich brauche keine Erholung!«

»Schluß, aus. Es bleibt dabei.«

»Aber, Papa!«

»Noch ein Brötchen?«

»Nein. Dann gehe ich arbeiten!«

»Ich lasse dich nicht weg. Du bleibst schön zu Hause, kümmerst dich ein bißchen um den Garten und fährst ab und zu an den Strand«, tönt Papa und beschmiert sein Brot mit einer dicken Schicht Butter.

»Bitte, Papa, bitte!«

»Dieses Mal kriegst du mich nicht weich. Schließlich habe ich in diesem Hause auch noch ein Wörtchen mitzureden. Sonst schießt ihr ja völlig ins Kraut.«

»Mein Gott, wie ich mich nach totaler Ruhe sehne … und Unabhängigkeit …«

»Dann mußt du sterben. Iß lieber«, spuckt Papa seine Weisheiten aus, und ich muß einen Augenblick überlegen, um sie zu verdauen.

»Aber die Zeit! Vielleicht werde ich nicht genug Zeit haben. Sie rennt schneller als ich«, sage ich, den Mund voll Brot.

»Willst du etwa sagen, du möchtest, daß sie auf einem Bein hüpft?«

»Wohl kaum. Denn dann würde ich von dem Geschwanke seekrank werden ... Zum Teufel, was fasele ich hier eigentlich ... Ich habe nur Angst, daß du mich völlig in der Versenkung verschwinden läßt.«

»So schlimm wird's schon nicht werden«, sagt er und geht zur Arbeit.

»Dann kauf mir endlich einen Hund«, rufe ich ihm hinterher.

*

Zu den verlausten Schweinen ist Santa gefahren. Sie hat mir verziehen und lädt mich an den Wochenenden nach Rubene in die Disco ein. Ich habe keine Lust. Ich weiß einfach nicht, worüber ich ganze zwei Tage am Stück mit Santa reden soll. Sie hat mir unter einer Bedingung verziehen – daß ich Oleg niemals auch nur mit einem Wort erwähne. Nicht, daß ich über nichts anderes quatschen könnte, aber die ganze Zeit im Kopf behalten, daß Russen tabu sind, das kann ich auch nicht. Wenn jemand ein schönes Rosen- oder Mohnblumenbeet im Garten hat, dann versteckt er es doch auch nicht hinter einem hohen Stacheldrahtzaun vor seinen Gästen. Ich hoffe nur inständig, daß ich dereinst einen Freund haben werde, dem ich alles erzählen kann. Trotzdem bin ich Santa nicht böse, denn selber bin ich auch nicht viel besser – schließlich verschlinge ich Pflaumen ja auch nicht samt Kern. Erbeeren schon – die esse ich gerne mitsamt dem grünen Blätterkragen. Und zwar nicht aus Faulheit. Ich nehme einfach alles, was die Beere mir bietet. Für Santa bin ich nur eine Pflaume.

Diesen Sommer habe ich Mutter und Vater zum ersten Mal von Scheidung sprechen hören.

»Denk an die Kinder!« Diese Worte sind bei uns zu Hause jetzt sehr häufig zu hören.

In solchen Momenten klettere ich über den Zaun und gehe bei Schnecken-Irēna einen Tee trinken. Sie legt Karten und tut so, als könne sie weissagen. Mir ist egal, ob sie es kann oder nicht, denn es ist doch sehr angenehm, wenn es jemanden gibt, der einem sagt »bei dir kommt alles in Ordnung«. Eine große Liebe, viele Kinder und Küchenkräuterbeete.

So ist das eben – viele Dinge muß man erst einmal benennen, damit man sie wahrnehmen kann. So eine Wortesorte ist der Mensch – bevor man nicht »ich liebe dich« sagt, glaubt er es nicht. Und er wartet und wartet und wartet...

Sofija meint allerdings, daß das Scheiße ist. Alles ist Scheiße. Sie nimmt eins von Vaters Hemden und schnippelt ihm die Ärmel ab. Wahrscheinlich sollte ich darauf achten, daß sie weniger fernglotzt – Kinder werden ganz fürchterlich von Filmen beeinflußt, die nach elf Uhr abends gezeigt werden.

*

Ich steige an meiner Haltestelle in der Biķernieku iela aus dem Trolleybus und schlendere langsam nach Hause. Im Hof an der Ecke bastelt Rudis Sohn an seinem Auto herum – er liegt auf einer karierten Decke darunter. Es scheint angeboren zu sein. Vielleicht wird es genetisch vererbt. Als ich noch ganz klein war, lag Rudis Vater ständig unter seinem Záporožec, dann Rudi, und jetzt sein Sohn. Nur die Automarken ändern sich. Das hier ist ein Schiguli. Ein Kombi. Ich kann garantieren, daß sein Sohn genau dasselbe machen wird. Lange braucht man nicht mehr zu warten – lächerliche achtzehn Jahre etwa. Rudis Schwiegertochter war schon kugelrund, als ich sie das letztemal beim Einkaufen am Gemüsestand gesehen habe.

»Mamilein«, werde ich zu Mama sagen...

Nein, ich weiß nicht, was ich sagen werde. Ich weiß nicht, was sie antworten wird. Im Augenblick interessiert es mich nicht. Ich gelte nicht. Ich bin nur ein Geräusch. Ein Geräusch hat keine Ohren, ein Geräusch steht für sich und füllt den Raum.

Ein Wind kommt auf und verscheucht die nachmittägliche Hitze. Das geblümte Seidenkleid schmiegt sich sanft an den Körper und kitzelt an den Beinen. Ich lächele.

»Hallo, Katrīna«, ruft Rudis Sohn, nachdem er den Kopf unter dem Auto hervorgestreckt hat.

Er winkt mir zu, ohne den Schraubenschlüssel aus der Hand zu legen. Ich winke zurück.

Und da ist ja auch schon unser Haus. Das Gartentor quietscht. Morgen sollte ich es ölen. Diesen ganzen Sommer schlafen Sofija und ich in einem Bett. So fühlen wir uns geborgener.

*

»Hard... soft... hard... soft... hard...«

»Katrīna, hör auf mit dem Quatsch«, reißt mich Sofijas verärgerte Stimme aus dem Schlaf.

»Was ist los?« ächze ich und sitze kerzengerade im Bett.

»Du sollst aufhören, sage ich!«

»Wie? Womit?«

»Komm mir nicht auf die Tour! Bitte nicht.«

»Halt, halt, vielleicht erklärst du mir das mal?«

»Siehst du, du fängst schon wieder an! Wenn es ums Zanken geht, entwickelst du ungeahnte Talente.«

Sofija wickelt sich fester in ihre Decke und macht einen ausgesprochenen Buckel – falls ich nicht begriffen haben sollte, daß mir »der Rücken zugewandt wurde«. Na großartig! Wenn ich nein sage, dann heißt das niemals nein. Sofija behauptet, in meinem Vokabular gebe es ein solches Wort nicht. Mein Nein sei gleichbedeutend mit »das Spiel kann beginnen«, »los geht's!«, »mach weiter, bitte, mach weiter!« oder schlichtweg »ja!«. Wenn Sofija nein sagt, dann bedeutet das auch nein. Wenn sie etwas nicht tun will, dann läßt sie es ganz einfach. Ohne große Erklärungen. Aus unerfindlichen Gründen wird von mir immer eine Erklärung gefordert. Und artig mache ich mich ans Erklären. Je mehr ich erkläre, desto mehr klingt es nach einer Rechtfertigung. Je mehr ich mich rechtfertige, desto kindischer werde ich. Kinder sind angeblich rührend. Ich bin rührend. Das hat rein gar nichts mit einem Nein gemein. Das Spiel beginnt gerade erst. Sofija markiert die wahnsinnig Kluge und Erwachsene.

»Womit soll ich aufhören?«

Schweigen.

»Nein, du erklärst mir das jetzt.«

Schweigen.

»Ich gebe keine Ruhe, bevor du es mir nicht erklärt hast.«

Schweigen.

»Glaub nicht, daß ich dich einschlafen lasse, das kannst du vergessen. Man darf mich nicht im ungewissen lassen, sonst kann ich nämlich nicht einschlafen.«

»Na, hör mal«, stößt Sofija hervor, »ich habe dir doch schon einmal gesagt, daß ich müde bin!«

Und dann ganz kläglich: »Laß uns doch schlafen, bitte...«

»Wie bitte?! Was faselst du da? Ich habe geschlafen, und du hast mich aufgeweckt mit deinem ›hör auf, hör auf‹! Womit soll ich aufhören? Ich hatte so einen schönen Traum...«

»Was du nicht sagst! Ein hübscher Traum, kein Zweifel! Du bist sexsüchtig, *blin!* Ich hör' immer nur ›hard, soft, hard, soft‹!«

»Jetzt mal halblang«, schnaufe ich, lache und sinke in die Laken zurück, »das ist nicht so, wie du denkst.«

»Ist es also nicht. Aha.«

»Ich hatte einen Traum.«

»Ja? Und wer war es diesmal? Wieder dein Oleg, Pusteblümchen?«

»Sofija! Hör auf!«

»Was ist überhaupt los mit dir in letzter Zeit?«

»Das hatte absolut nichts mit Sex zu tun. Ich habe einfach geträumt, daß ich einen Gedichtband verfaßt und nun überlegt habe, wie er erscheinen soll – als Hard- oder Softcover. Das ist alles.«

»Hast wohl ziemlich lange nachgedacht, was?« gibt Sofija trotzig zurück, dennoch entspannt sich ihr Rücken ein wenig.

»Es ist wahr. Und so ist es auch in Wirklichkeit.«

Stille tritt ein. Ich rutsche ein wenig in Sofijas Richtung und sie in meine. Vorsichtig lupfe ich ihre Bettdecke und kuschele mich an sie. Mein Rücken an ihrem Rücken, mein Hinterkopf in ihrem Nacken, meine Füße zwischen ihren Waden.

»Wie bitte?!« rufen wir beide wie aus einem Mund und fahren hoch.

»Du?!«

»Ich?!«

»Du schreibst Gedichte?!«

»Ich spreche im Schlaf?!«

»Machen wir uns einen Tee?«

»Machen wir!«

»Und, schon lange?« fragt Sofija und sieht mich mit gähnfeuchtem Blick an.

Eine der Glühlampen an der Küchendecke liegt in den letzten Zügen und blinzelt nervös.

»Schraub sie bitte raus, sonst werde ich verrückt«, sage ich, um Zeit zu gewinnen.

Daß ich mich auch verquatschen mußte. Jetzt wird sie mich mein ganzes restliches Leben damit triezen.

Sofija steigt auf einen Stuhl und packt die heiße Lampe mit den Fingern. Ihr Aufheulen ertönt zugleich mit dem hohlen »Poff«, mit dem heiße Glühbirnen zerspringen. Leise klirrend rieseln matte Glassplitter auf uns herab. Sofija bleibt auf dem Stuhl stehen – die Finger der einen Hand kühlt sie am Ohrläppchen, die der anderen hat sie in den Mund gesteckt.

»Ich blute.«

»Ich hole schnell Wasserstoffperoxyd.«

»Nein, nicht nötig, bring mir lieber meine Latschen und feg das Glas auf.«

»Gut, ganz, wie du willst«, flöte ich brav und schnappe mir den Besen.

»Nein, bring mir erst die Latschen, fegen kannst du hinterher.«

»Wenn ich zuerst fege, dann brauchst du die Latschen gar nicht. Oder du kannst sie dir selber holen. Ich weiß doch gar nicht, wo sie stehen.«

Sofija hält es für ratsam, gegen meine logischen Erwägungen nichts einzuwenden, und bleibt artig auf ihrem Stuhl stehen, bis ich die Splitter aufgekehrt habe.

»Also, schon lange?« wiederholt sie mit erstaunlicher Beharrlichkeit ihre Frage.

»Willst du einen Tee?«

»Tee? Nachts um drei?«

»War ja nur so eine Frage... Na ja, wie soll ich sagen... ein halbes Jahr... vielleicht... ungefähr...«

»Gut, koch einen Tee. Und worüber?«

»Ich weiß nicht. Über mich wahrscheinlich.« Ich zucke mit den Schultern und setze den Wasserkessel auf.

Die Küche füllt sich mit Summen, und wir müssen lauter sprechen.

»Darüber, wie schwer dein Leben ist?« bohrt sie weiter.

»Warum fängst du gleich so an?«

»Du tust doch nichts anderes als jammern, wie schwer du es hast.«

»Du hörst dich unausgeschlafen an. Sei doch nicht miesepetrig, weil ich etwas gefunden habe, das mir gefällt.«

»Ich sag' ja gar nichts. Im Prinzip ist es mir egal. Ich bin nur sehr müde.«

»Ja, im Prinzip ist es dir egal.«

»Was ist los mit dir, Katrīna? In letzter Zeit bist du unerträglich seltsam.«

»Ich wiederhole nur, was du selber gesagt hast.«

»Entschuldige, so hatte ich es nicht gemeint. Es ist schon nach drei.«

»Pfefferminz oder Grünen?«

»Halbe-halbe.«

»Mehr Pfefferminz oder mehr Grünen?«

»Kann denn eine Hälfte größer sein als die andere?«

»Merkwürdig, nicht? Daß eine Hälfte manchmal viel mehr Raum einnehmen kann als die andere.«

Sofija erhebt sich von ihrem Stuhl, nimmt mir die Tüten mit dem Tee aus der Hand und kippt sich nur Pfefferminz in die Tasse.

»Das ist nicht möglich«, erwidert sie, während sie Wasser aufgießt.

»Ich dachte an die beiden Hälften eines Apfels. An Mama und Papa ... Früher war es doch ganz anders. Jetzt kommt es mir so vor, als ob Papa ein Pfirsich ist und Mama eine Quitte. Wo ist der Apfel geblieben?«

»Du redest wieder wirres Zeug. Komm, sag mir trotzdem, was in letzter Zeit mit dir los ist.«

Sie steht auf, läßt ihren Tee auf dem Tisch stehen und geht wieder zurück ins Zimmer. Ich folge ihr. Ich möchte ihre letzte Frage so gern beantworten, aber ich weiß nicht, was ich sagen soll.

Die Laken sind noch warm. Ich schmiege mich an Sofija und drehe ihren Kopf in meine Richtung.

»Ich weiß es nicht«, flüstere ich leise.

»Ich weiß es auch nicht. Ich verstehe überhaupt nichts mehr. Ihr habt alle den Verstand verloren.«

»Ich habe Angst, Sofija.«

»Ich auch.«

»Gib mir einen Kuß.«

Sofijas Lippen sind trotzig sanft. Sie duften nach unausgetrunkenem Pfefferminztee und Schlaf.

*

Mein letztes Schuljahr. Ich leiste es mir zu glauben, daß zu Hause alles in Ordnung ist – die Eltern fetzen sich nicht mehr so oft. Durchaus möglich, daß ich es einfach nicht mitbekomme, weil ich jeden Nachmittag nach der Schule entweder Gitarrenstunde oder Nachhilfe in Chemie habe. Ich beabsichtige, nach dem Abitur an die Landwirtschaftsakademie zu gehen, und in Chemie hinke ich hinterher.

Der Gitarrenlehrer hat sich in mich verknallt. Er schreibt mir Briefe auf Seidenpapier. Ha! Was bildet der sich ein! Wann soll ich mich denn bitteschön auch noch mit Liebe befassen? Meine gesamte von Unterricht und Lernen freie Zeit nimmt mein Briefwechsel mit Sergej in Anspruch. Seine letzten Briefe beunruhigen mich, sie sind immer schwerer zu entziffern.

Der Gitarrenlehrer wird jedesmal eifersüchtig, wenn ich ihm ein von Sergej komponiertes Lied mitbringe. Aber da kann man nichts machen, er muß einräumen, daß die Melodien wirklich gut sind. Ehrlich gesagt, er tut mir leid, aber das ist auch alles. Ich würde niemals wollen, daß jemand so über mich denkt, wie ich jetzt über ihn denke. Es ist abscheulich, wenn dir jemand alles geben möchte, aber dir ist es sogar um ein einziges Lächeln zu schade.

*

»Sofija … schau mal, was ich gefunden habe«, flüstere ich und reiche meiner Schwester Mamas fliederfarbenes Büchlein mit dem silbernen Schloß.

Es ist fast vollgeschrieben. In der Mitte steckt ein sorgfältig gefaltetes Blatt Karopapier, auf dem nur vier Worte stehen: »Verzeiht mir. Ich gehe.«

Sofija wirft einen blitzschnellen Blick auf das Blatt und geht zu Mamas Nachttisch. Sie öffnet die obere Schublade, fischt ein braunes Pillenfläschchen heraus und kippt die weißen Tabletten auf das Laken.

»Geh in die Küche und bring mir die Hausapotheke«, kommandiert sie sachlich.

Ich gehorche. Sofija kramt lange zwischen den Päckchen, Döschen und Fläschchen herum, bis sie erleichtert aufatmet.

»Die hier sind harmlos. Gegen Husten. Und sehen so ähnlich aus«, sagt sie und kippt die Hustenpillen in Mamas Schlaftablettenfläschchen. »Und die hier spül ins Klo. Aber mach fix, Mama wird gleich zu Hause sein.«

Mama wird gleich zu Hause sein, Mama wird gleich zu Hause sein …

Sofijas Vernunft macht mir angst, deshalb sage ich nichts. Ich nehme den Umschlag mit dem Geld aus dem Nachttisch, hole zwei Fünfer heraus und stürze zum Bahnhof. In fünfzig Minuten fährt der Zug nach Leningrad ab, und die Fahrkarte kostet genau neun Rubel.

Sergejs letzter Brief war exakt in der gleichen Handschrift geschrieben wie die Notiz auf dem Karopapier. Eins zu eins.

*

»Guten Tag.«

»Guten Tag.«

»Könnte ich Oleg sprechen?«

»Oleg! Irgend so eine *djewka*[17] für dich. Hat einen Akzent.«

»Ja, ich höre.«

»Hallo, Oleg. Hier ist Katrīna.«

»Katrīna?«

»Na... Krümelchen.«

»Ach, Krümelchen! Nett, daß du anrufst! Wie geht's dir denn?«

»Gut. Und dir?«

»Großartig! Ich bereite mich auf die nächste Saison vor.«

»Und wie steht's mit der Familie?«

»Alles in Ordnung. Und bei dir?«

»Auch alles in Ordnung.«

»Dann ist ja gut.«

»Sicher. Eigentlich wollte ich dir etwas sagen...«

»Dann schieß los, aber mach es kurz, wir waren schon fast zur Tür hinaus.«

»Ich kann nicht mehr ohne dich.«

»Was? Was hast du gesagt? Entschuldige, ich hab' es nicht verstanden, die Leitung ist schlecht, es knackt ständig.«

17 djewka: Mädel (russ., abwertend)

»Ich liebe dich.«

»Sprich lauter, Krümelchen, ich kann dich nicht verstehen.«

»Sergej ist gestorben.«

»Wie bitte, wer ist gestorben?«

»Sergej. Sergej ist gestorben. Mir geht es ziemlich drekkig. Ich liebe dich. Ich muß dich sehen.«

»Entschuldige, aber ich kann wirklich nichts verstehen. Laß uns ein andermal telefonieren. Ich muß jetzt los. Tschüs!«

»Aber...«

Tut, tut, tut...

*

Ich sitze nackt auf dem Sofa und gehe mein Biologiebuch durch. Übermorgen beginnen die Aufnahmeprüfungen. Sir Leonard kommt ins Zimmer getrabt, springt mir mit seinen Krallenpfoten auf die Schultern und leckt mein Gesicht ab.

»Aus, Lardy, aus!« lache ich, aber er gibt keine Ruhe.

Und dann sehe ich DAS – direkt vor meinen Augen baumelt ES. Ein großes, dunkelviolettes und feuchtes Glied mit schmaler Spitze im weißen Fell zwischen den Hinterbeinen. Lardy ist wahrscheinlich kurz vor dem Durchdrehen – Schnecken-Irēnas Hündin ist läufig. Und dann bekomme ich einen Schreck – plötzlich kommt mir in den Sinn, daß Lardy eine Krankheit haben könnte. Eine unheilbare. Eine, die man sich nur bei Hunden holen kann. Dem Gynäkologen wäre sofort alles klar. Das Hundeglied näßt. Seine Oberfläche ist widernatürlich körnig – möglicherweise ja von dieser unheilbaren Krankheit. Ich stoße Lardy weg und wickle mich in die Decke. Ich halte es nicht mehr aus. In den nächsten drei Tagen werde ich mir wünschen, nicht geboren worden zu sein – mir wird scheinen, daß sich ein unheilbarer Verderbtheitsvirus in mein Gehirn eingenistet hat, und ich habe angefangen, vom Kopf her zu faulen.

*

»Papa, meinst du nicht, daß ich einen kleinen Bonus verdient hätte? Ich habe doch die Aufnahmeprüfung bestanden...«

»Also, du wirst mich noch in den Ruin treiben! Wieviel brauchst du?«

»Na ... so ... ein bißchen ... Ich würd' gern auf die Kamtschatka fahren und auf dem Rückweg einen Abstecher nach Kemerowo machen... nur ein klein bissel...«

»Waaas?«

»Du hast selber gesagt, daß es bald vorbei ist mit dem billigen Reisen.«

»Und du meinst, daß ich das Geld drucke, oder wie?«

»Geht das also wieder los... Wenn du französisches Parfum für vierzig Rubel kaufen mußt, dann...«

»Unsere Mama hat es verdient.«

»Na... wie man's nimmt. DAS Parfum, das in deiner Tasche war, habe ich nie in Mamas Schrank gesehen...«

»Du wirst frech.«

»Nein, ich will nur wegfahren und finde, daß Eltern ihre Kinder unterstützen müssen. Natürlich nur dann, wenn sie gute Eltern sind.«

»Katrīna!«

»Katrīna, Katrīna! Ich höre immer nur: Hock zu Hause rum, mach dieses, mach jenes! Wie ich das satt habe! Wenn ihr wenigstens selber wüßtet, wie man es richtig macht, aber nein! Ihr spinnt rum, zieht euch gegenseitig in den Dreck und bewerft euch mit Konfitüregläsern!«

»Es sieht aus, als hätte sich die Pubertät bei dir verspätet – mit achtzehn Jahren sollte das eigentlich vorbei sein.«

»Pfui, nimm dieses Wort nicht in den Mund! Das ist widerlich. Ich habe nie Pickel gehabt. Adoleszenz – das klingt viel besser. Und, was ist jetzt?«

»Na gut, na gut, du bekommst etwas. Irgendwie muß ich dir ja zur bestandenen Aufnahmeprüfung gratulieren. Schließlich trittst du in meine Fußstapfen.«

»Du bist klasse, Papilein!«

»Nenn mich nicht so! Ich habe noch keine Glatze!«

»Küßchen!«

»Ist ja schon gut, schon gut.«

*

Eines Abends holt Mama Sofija und mich in ihr Zimmer, sagt, wir sollen uns neben sie aufs Sofa setzen, und schweigt. Wir warten. Mir scheint, ich weiß, was sie sagen möchte, und kann es kaum erwarten, wann das alles zu Ende ist und ich schlafen gehen kann.

»Wir... Kinder, ich muß euch etwas sagen.«

»Ja, Mama?« Sofija räuspert sich mitfühlend.

Ich ziehe die Knie an die Brust und lege meine Arme um die Beine. Ich bin ganz klein und schaukle vor und zurück.

»Wir... Ich wollte sagen, daß... Papa wird nicht mehr bei uns wohnen.«

›Gott sei Dank!‹ juble ich im stillen. ›Dann ist endlich Ruhe, und man kann abends ungestört lernen.‹

»Nein?« Sofija spielt die Erstaunte.

Mama fängt an zu weinen.

»Nur nicht weinen«, schnieft sie, »euch wird er nicht vergessen. Ihr könnt ihn besuchen.«

›Wahnsinn, was bin ich doch für ein Miststück‹, brabbele ich weiter in mich hinein, ›mir ist überhaupt nicht nach weinen. Das ist wahrscheinlich widerwärtig.‹

»Macht doch nichts, Mama, es wird schon alles wieder gut«, beruhigt Sofija und legt Mama ihren Arm um die Schulter.

Ich schaukle weiter vor mich hin.

»Er hat euch beide sehr lieb, aber unter Erwachsenen kommt das eben vor, daß sie nicht mehr zusammenleben können... und...« Mamas Worte ertrinken in Schluchzern, und ich rücke ein wenig näher an sie heran.

›Himmel, warum hältst du uns immer noch für Kleinkinder! Es ist mir so peinlich, mir anzuhören, was du sagst. Ich schäme mich. Mama, ich schäme mich... Ich bin wahrscheinlich das widerwärtigste Geschöpf auf der Welt...‹

»Papa ist ein Schwein!« kräht Sofija und fällt Mama buchstäblich um den Hals.

»Nein. Sag das nicht. Euch hat er doch lieb.« Mama schluchzt noch immer, nun aber bereits weniger heftig.

Ich schweige weiter. Papa wird ja nicht aus der Welt sein. Er wird einfach aufs Land ziehen. Und das ist gar nicht mal so weit.

»Wie schrecklich das alles ist, meine Mädelchen, wie

schrecklich … Vielleicht versteht ihr mich jetzt noch nicht, aber in ein paar Jahren …«

›Ach, Mama, Mama … seit Jahren schon verstehe ich dich nicht, und ich schäme mich dafür, daß ihr euch erst jetzt voneinander trennt. Aber ich kann dir doch nicht sagen, daß ich dich erst jetzt verstehe. Das kann ich doch nicht, oder? Das wäre noch schlimmer. Laß uns bitte rasch zum Ende kommen …‹

»Es wird alles gut, Mamilein, soll der Papa sich verpissen!« Sofija wuschelt durch Mamas Haar.

Ich beneide meine Schwester. Sie bringt eine Menge Dinge fertig, auf die ich nicht einmal im Traum kommen würde. Außerdem könnte ich wetten, daß sie momentan nicht nur so tut als ob. Ich reibe mir lediglich die Augen, damit sie gerötet und tränengefüllt aussehen. Ich hab's nun mal nicht so mit dem Heulen.

»Sei nicht so grob, Sofija … Aber er … er soll … er soll sich wirklich verpissen!« jault Mama mit der heuchlerischsten Stimme, die ich je aus ihrem Mund gehört habe.

Endlich fange auch ich an zu weinen.

*Sumpurnis: Wird bisweilen mit einem Beine dargestellt, weshalb zwei Sumpurni einander beim Laufen gefaßt halten. Diese sollen außerordentlich böse sein, in großen Wäldern leben, sich mit Laub bekleiden und Menschen fangen, die sie gefesselt halten bis zur Mahlzeit, da sie sie schlachten und ihr Blut trinken.*
Lettische Enzyklopädie (Stockholm: 1953–55), 3. Band

Hiermit erkläre ich, Katrīna Mūra, daß ich ein neues Leben beginne.

Punkte des neuen Lebens, die unverzüglich in die Tat umzusetzen sind:

1. Bücherverbrennung,
2. Exmatrikulierung von der veterinärmedizinischen Fakultät der Landwirtschaftsakademie,
3. Suche nach dem Sinn des Lebens.

Ich bin der Ansicht, daß es nicht normal ist, Bücher zu schreiben. Bücher muß man verbrennen. Das ist die einzig vernünftige Art der Verwendung von Büchern. Denn andern- und jedenfalls geht von Büchern nur Übel aus.

Ich begann im Alter von vier Jahren zu lesen. Mit neun begriff ich, daß ich Bücher begehre. Sofija war damals sechs, und sie schlief häufig mit dem kleinen braunen Plüschteddy zwischen den Beinen ein. Mir nützte er nichts, ich war ja kein kleines Kind mehr, und außerdem kam auf uns beide nur ein Teddy. Die Puppen aus Kunststoff wirkten zu leblos und hart. Zudem kam es mir ausgesprochen aufdringlich und unhöflich vor, mit jemandem Liebe zu machen, der die Augen schließt, sobald man ihn auf den Rücken legt.

Insbesondere, wenn dieser Jemand verzweifelt »Mam-ma!« plärrt.

Außerdem besaßen Sofija und ich ein großes Schaukelpferd. Es war wirklich riesig, mit Sägespänen vollgestopft und mit echtem Falbenfell bezogen, hellbeige mit einem dunklen Mausepfad über den ganzen Rücken, sogar die Mähne und der Schweif waren aus echtem, dunkelbraunem Roßhaar gemacht. Pilcis. So nannten wir es. Pilcis hatte große Glasaugen samt Iris, ranke Beine und gebogene, grün gestrichene Schaukelkufen. In dem leicht geöffneten, rosigen Maul schimmerten weiß angepinselte Holzzähne. Wir fütterten Pilcis mit diesen ekligen Sojaschokoladeriegeln namens »Badmintons«, die im Mund partout nicht schmelzen wollten und an den Zähnen klebenblieben wie das Fett einer kaltgewordenen Lammsuppe. Nachdem wir mit der hellbraunen Masse, die sich wie in Sand gewälzte Knete anfühlte, sorgfältig das Pferdemäulchen vollgepappt hatten, gingen wir zu Großvater, um ihm das leere Badmintons-Papier vorzuzeigen. Großvater freute sich, daß es uns schmeckte, und kaufte noch mehr. Wir hingegen freuten uns, daß es dem Pferdchen schmeckte – jedesmal, wenn wir mit einer weiteren Süßigkeitendosis bei Pilcis auftauchten, war sein Maul leer und das Gebiß sauber.

Und dennoch, trotz seines vorbildlichen Benehmens und der Tatsache, daß Pilcis im Unterschied zu dem Teddy sogar einen eigenen Namen hatte, vermochte er nicht wirklich unser bester Freund zu werden. Erstens war es nicht möglich, Pilcis mit ins Bett zu nehmen und unter der Decke zu verstecken. Zweitens konnte man sich nur auf ihn setzen, wenn man Hosen anhatte, andernfalls scheuerten das stachelige Deckhaar und die störrische Mähne die Schenkel bis aufs Blut. Zwar hatte ich die Mähne ganz kurz geschnitten, aber das machte alles nur noch schlimmer – die Borstenspitzen piekst̲en durch den dicksten Stoff, und selbst ein unschuldiges kurzes Geschaukel geriet zu einer harten Prüfung. Damals hatte ich noch nicht gelernt, durch Schmerz Lust zu empfinden.

Wenn Papa von der Arbeit nach Hause kam, fragte Mama ihn immer:

»Was hast du gekauft?«

»Ein Buch«, sagte Papa.

Das galt als mächtige Errungenschaft, und es war vollkommen einerlei, um was für ein Buch es sich handelte.

»Was hast du gekauft?«

»Ein Buch.«

Besonders gute Bücher mußte man im Doppelpack kaufen – das eine gute und eines, das Papa sogleich in die Brennholzkiste zum Einheizen warf. Mithin war es Lenin nicht beschieden, mein erster Mann zu werden.

Mein erster Mann war Don Quijote. Noch heute ist auf dem Leineneinband des ersten Bandes ein ausgeblichener kleiner Blutfleck zu erkennen. Ein ganz winziger. Ich bekam nicht einmal einen Schreck. Es war viel weniger Blut, als wenn mir ein Milchzahn ausfiel. Viel weniger als am Zeigefinger beim Blutabnehmen.

Bücher haben mir die Unschuld geraubt, und sie nahmen mir meine Mama weg.

Deshalb müssen sie verbrannt werden. Allesamt. Nur Don Quijote lasse ich übrig, denn das ist meiner Meinung nach ein sehr nützliches Buch – man kann es nicht nur zwischen die Beine nehmen, es sind auch viele gute und wertvolle Ratschläge darin enthalten. Schon ganz am Anfang gibt es ein hervorragendes Kapitel über eine Bücherverbrennung. Noch weiter vorne wird lehrreich beschrieben, was das Lesen bei Don Quijote angerichtet hatte – er wurde verrückt. Sein Hirn trocknete aus. Es trocknete so sehr aus, daß er in aller Gemütsruhe unter der heißen spanischen Sonne mit einem Ritterhelm auf dem Kopf herumreiten konnte, ohne Angst zu haben, daß sein Hirn schmelzen würde. Ich glaube, wenn man sämtliche Bücher dieser Welt verbrennen würde, wären die Menschen viel glücklicher.

Ich bin überzeugt, daß Mama niemals auf die Eisenbahnbrücke gegangen wäre, wenn sie nicht Anna Karenina gelesen hätte.

Ich finde, es ist ziemlich schwer, wenn du weißt, daß deine Mama in Richtung Eisenbahnbrücke rennt. Deshalb kann ich einfach nicht entscheiden, auf wen ich wütender sein sollte – auf Mama, die rennt, oder auf das Buch, in dem sie gelesen hat, daß man rennen kann.

Von allein würde es einem Menschen wohl kaum in den Sinn kommen, sich vor einen Zug zu werfen.

Ich glaube, wenn man alle Bücher auf der Welt verbrannt hätte, dann würde Mama mir immer noch Haferschleim kochen und Windbeutel backen.

*Dies war nicht tauben Ohren gepredigt; denn die alte Jungfer hatte ohnehin noch größere Lust, die Bücher zu verbrennen, als ein ganzes Stück Leinwand für den Weber zurechtzumachen, und wäre es auch noch so groß und fein; sie ergriff etwa acht auf einmal und warf sie zum Fenster hinaus.*

*

Ich bin überzeugt, daß dereinst der Tag kommen wird, da ich den Ort entdecke, wo sämtliche Geheimnisse dieser Welt gelüftet sind. Ich weiß allerdings nicht, ob es mir gelingen wird, dorthin zu gelangen, denn es hat ja niemand gesagt, daß er sich auf der Erde befindet. Obgleich mir scheint, daß er nirgendwo sonst sein kann – der Schlüssel zu den Geheimnissen der Welt kann sich nur innerhalb dieser Welt befinden. Andernfalls hätte er keinerlei Sinn, denn was können jene, die nicht in unserer Mitte leben, über dasjenige wissen, was mit uns vorgeht?

*

»Katrīna! Katrīna! Können Sie mich hören? Katrīna!«

»Was?«

»Hören Sie mich, Katrīna?«

»Ja, ich höre Sie.«

»Ist gut, ich verstehe. Werden Sie nur nicht wieder ohnmächtig.«

»Mir drehte sich plötzlich der Kopf.«

»Das ist ganz normal. Sie müssen jetzt stark sein.«

»...«

»Und beruhigen Sie sich. Alles wird gut. Ich gebe Ihnen jetzt eine Spritze und verschreibe Ihnen etwas.«

»Danke. Vielen Dank, Doktor.«

»Ich lege die Rezepte hier auf den Tisch. Hier neben die Lampe. Hören Sie, Katrīna? Gleich neben der Lampe.«

»Was?«

»Noch ein wenig Riechsalz?«

»Nein, es geht schon wieder.«

»Sie sollten noch einen Moment sitzen bleiben. Legen

Sie sich besser hin. Die Krankenschwester wird gleich hiersein.«

»Danke, Doktor. Ich rufe Sie in einer Woche an.«

»Sicher, sicher, schonen Sie sich. Also bis dann. Auf Wiedersehen.«

»Ah so, ja. Auf Wiedersehen. Bis dann also.«

Der Arzt zieht meine Schwester aus dem Zimmer, und ich bleibe allein. Sofija schwankt nicht einmal. Sie weint nur. Große, glanzlose Tränen kullern lautlos eine nach der anderen über ihre entzündeten Lider.

Sie hat versprochen, Papa anzurufen. Ich könnte es nicht. Ich bin zu absolut gar nichts fähig. Sofija schafft alles. Sie fährt jetzt zur Identifizierung, obwohl auch so alles klar ist. Mama hatte ihren Paß eingesteckt. Bestimmt wollte sie nicht, daß wir zu Hause tagelang auf sie warten und vergebliche Hoffnungen hegen.

»Idiotin! Du Vollidiotin!« höre ich mich schreien.

Ich stürze zu Mamas Kleiderschrank und reiße ihre Kleider von den Bügeln.

»Du Idiotin!« röhrt Katrīna. »Du hattest so schöne Kleider! Was für Parfums! Wie konntest du es wagen? Wie?«

In der hintersten Ecke des Schrankes finde ich gut versteckt ein Päckchen Zigaretten und Streichhölzer. Mama dachte, daß sie unbemerkt geraucht hat. Erbärmlich. Als ob wir es nicht gewußt hätten. Unbemerkt rauchen, unbemerkt leiden, unbemerkt weinen. Vorgeben, vorgeben, vorgeben. Daß alles im Lot ist. Daß die Liebe existiert. So viele laute Gefühle rund um die Stille. Damit nur niemand die Leere hört. Damit Sofija und ich nur nicht auf SOLCHE Gedanken kommen. Wenn sie geglaubt hat, daß wir blind und taub sind, warum hat sie uns dann nicht zum Arzt gebracht? Dachte sie vielleicht, wir sind blöd?

Oben auf den Kleiderhaufen lege ich Mamas Büchlein. Ein Streichholz reicht, um es anzuzünden. Niemand wird jemals erfahren, warum Mama so schön war, wenn sie sich die Haare schneiden ließ. Soll die Miliz denken, was sie will. Ich werde nichts sagen.

Sofija kommt mit einem Eimer Wasser ins Zimmer gestürmt. Kippt ihn über den brennenden Kleiderberg und macht auf dem Absatz kehrt, um den nächsten Eimer zu holen. Den bekomme ich ab. Dann zwingt sie mich zu Boden, zieht mich ins Bett und legt sich auf mich.

Sofija ist schwer und naß. Ich kann kaum atmen. Sofija atmet gar nicht. Sie weint nur.

»Wir müssen uns zusammenreißen«, haucht sie, »gleich kommt Papa, und du kannst dir denken, was dann hier los ist.«

»Er hat Mama doch gar nicht geliebt.«

»Eben deshalb. Wer nicht liebt, der ist noch schwächer.«

*

Sofija ist in der Küche zugange, schneidet Wurst und Gurken in kleine Stückchen, vermischt Schmand mit Senf, nimmt Salzheringe aus. Im einen Topf kochen Eier, im anderen Kartoffeln, ein riesiges Stück Schwein brutzelt im Backofen. Wir haben uns darauf geeinigt, daß keine Möhren in den Rossol kommen. Die fanden wir schon immer eklig, besonders die kalten Möhrenröschen auf dem Gipfel des Salatbergs – und in der Mitte eine leicht verschrumpelte grüne Erbse. Jetzt dürfen wir auf die Möhrenröschen verzichten.

Ich sitze auf dem Schemel am Fenster und schnipsele Zwiebellauch. Das halbe Fensterbrett ist mit aufgeschnittenen Milchkartons vollgestellt, in denen Zwiebeln austreiben, halb ins Wasser getaucht. Vom Spätherbst bis zu dem Zeitpunkt, da die Erde im Gemüsegarten angetaut und für die ersten Frühjahrsarbeiten bereit ist, hängt der Geruch angerotteter Zwiebeln in der Küche. Ich bin daran gewöhnt, normalerweise bemerke ich ihn nicht einmal, aber aus irgendeinem Grund überdeckt er gerade heute morgen sogar das Aroma des knoblauchgespickten Bratens. Bis zur Übelkeit.

»Du könntest wenigstens den Pilz waschen«, sagt Sofija, die sich für einen Augenblick von ihrem Tun losgerissen hat, vorwurfsvoll, »sonst geht er kaputt.«

Ich stehe auf. Keine Kraft. Das einzige, wozu ich derzeit fähig bin: mich in einer Ecke des Sofas ganz klein machen, die Arme verschränkt, die Fäustchen geballt, die Stirn an den Knien. Mich ganz klein machen und wimmern.

»Es hätte alles ganz anders sein sollen«, quäle ich hervor und lange nach dem Drei-Liter-Einmachglas, in dessen bräunlicher, etwas trüber Flüssigkeit das riesenschneckenähnliche, vielschichtige Geschöpf dümpelt.

»Denk besser nicht daran«, versucht Sofija möglichst sanft zu sagen, »immer in Bewegung bleiben, das hilft.«

Der süßsaure Geruch von Gärung schlägt mir in die Nase, und indem er mit den fleischigen, ungleichmäßigen Rändern flattert, läßt der Teepilz Luftblasen ab, als würde er rülpsen. Ich schüttele mich. Widerlich.

»Na los, wasch ihn«, kommandiert Sofija.

Ich trete ans Spülbecken, das Einmachglas mit der linken Hand gegen die Hüfte gedrückt. Mit der rechten versuche ich, den Wasserhahn aufzudrehen. Sofija hat ihn sehr fest zugedreht, weil er sonst tropft. Es gibt nichts Schrecklicheres als das Geräusch von Wassertropfen, die gleichmäßig in ein Emaillebecken fallen, insbesondere in Augenblicken, da die Gedanken versuchen, ihre eigenen Wege zu gehen. Das monotone »tuck, tuck, tuck ...« nimmt sie in seine Gewalt und führt einen Schritt für Schritt näher an die Wesenlosigkeit. Wasser gegen Metall – selbst im Ticken von Uhrenzahnrädern ist mehr Leben. Es gibt nichts Leichteres, als aufzustehen und den Hahn zuzudrehen, sich aus der Benommenheit herauszureißen, dann zum Fenster zu gehen, eine Brise frische Luft hereinzulassen und zu schauen, wie sich die Zweige der Felsenbirne bewegen oder der Wind ein verdorrtes Blatt des Apfelbaums vor sich hertreibt. Aber nein. Tuck, tuck, tuck – das ist ein Befehl. Reglos dazusitzen, zuzulassen, daß die Gereiztheit in träge Gleichgültigkeit übergeht, daß die Entscheidungskraft einen hypnoseähnlichen Tod stirbt. Zuzulassen, daß man geführt, unterworfen, fortgelockt wird. Dort am Ende ist Dunkelheit, kein einziges Fenster, der Triumph der Willenlosigkeit: Ich heiße Katrīna – das Leben ist sinnlos – alles ist vollkommen sinnlos – die kurzen Augenblicke des Glücks reichen nicht aus, um mein Dasein zu rechtfertigen – Freude ist etwas Lächerliches, denn sie belegt nur ein weiteres Mal, wie sehr ich mich fürchte, hysterisch fürchte – ich hasse mich dafür, daß ich nicht fähig bin, etwas zu verändern – ich leide, weil ich weiß, daß sich nichts ändern wird – ich heiße Katrīna – das Leben ist sinnlos – ich habe keine Kraft mehr zu schmerzen...

Mama hat den Wasserhahn nie fest genug zugedreht. Stundenlang saß sie am Küchentisch, die Stirn in die Hände gestützt, und lauschte dem Getropfe. Vielleicht taten ihr einfach die Hände weh, und sie hatte nicht genug Kraft. Ich habe Papa schon vor Ewigkeiten gesagt, daß die Dichtungen ausgetauscht werden müssen, er hat es immer wieder versprochen und dann wohl vergessen. Aber ich mache ihm keinen Vorwurf deswegen – man kann ja nie wirklich wissen, welche Kleinigkeiten die wichtigeren sind und welche tatsächlich nur Kinderkram. Nichts als Kinderkram.

»Na los, Katrīna, beweg dich«, schreckt Sofijas Stimme den eingeschlafenen Teepilz auf. Das Einmachglas macht einen Satz, rutscht von meiner Hüfte und zerspringt. Der bläßliche Klumpen schlägt lautlos ein paar ungeschickte Purzelbäume und rutscht unter den Tisch, wobei er eine lange, schleimige Spur hinterläßt.

»Gut«, seufzt Sofija, »wirf ihn weg. Wirf alles weg. Vielleicht beruhigt dich das.«

Ich mache mich ans Aufräumen der Küche. Raus damit. Mama hat nie etwas weggeworfen. Beim Aufziehen der unteren Schublade des Küchenbuffets steigt der eigentümlich scharfe Geruch mehrfach ausgewaschener Plastiktüten auf – ein bißchen nach angeranzter Milch, ein bißchen nach Kleidung, die zu lange in ungelüfteten Räumen zum Trocknen gehangen hat. Gleich daneben ein Schuhkarton, halb voll mit Seifenresten. »Mit den kleineren kann man Schnittmuster auf Stoff übertragen«, sagte Mama, obwohl sie selber nie etwas genäht hat. »Die größeren braucht man nur ein wenig in Wasser einzuweichen und zusammenzuquetschen, schon hat man ein ganz gutes Stück Seife.« Vom Seifenquetschen verstand sie etwas und versuchte, es auch mir beizubringen, allerdings ohne Erfolg – die glitschigen Stücke flutschten mir zwischen den Fingern hindurch und entwischten in alle Richtungen.

Weg damit. Ich kippe den gesamten Schubladeninhalt in den großen Plastiksack, der zum Sauerkrautmachen benutzt wird. In der nächsten Schublade Hunderte kleiner, unansehnlicher Kerzenstummel. Ein grünes Karoheft, in das aus Zeitungen ausgeschnittene Ratschläge eingeklebt sind. In denen wird berichtet, wie man etwas nochmals verwenden kann, das schon einmal benutzt worden ist. Oder auch, was man mit verdorbenen Lebensmitteln machen muß, damit sie wieder eßbar werden.

Alles weg. Die alte, schäbige Bratpfanne, die verbeulten Aluminiumpötte mit den schwarz eingebrannten Böden, leere Zuckertüten, unterschiedlichste ineinander verhedderte Gummis, Schnüre und Bänder, angeknackste Wäscheklammern, eine ganze Batterie leerer Liepāja-Instantkaffeedosen – als wir klein waren, erlaubte Mama uns, sie auszuspülen, wenn der Kaffee alle war. Wir gossen ganz wenig heißes Wasser hinein und schüttelten die Dose kräftig. Heraus kam ein Schluck durchaus passabler Kaffee.

*

Ich habe es nie gemocht, meine Mutter zu berühren. Seit ich mich erinnern kann. Ich war vielleicht sechs Jahre alt, als sie mich bat, ihr ein wenig den Rücken zu massieren. Mir wurde übel, und ich war fürchterlich verlegen. Blasse Sommersprossen auf welker Haut und ein seltsamer Duft – damals bildete ich mir ein, daß Mutter einer Milchhaut ähnelt. Die größten Alpträume meiner Kindheit: Fencheltee, Milchhaut und der Atomkrieg. Meine Mutter zu berühren schien mir damals schrecklicher als im Luftschutzkeller neben dem Dailes-Theater mit einer Haut überzogenen Fencheltee zu trinken und dabei durch das runde Ventilationsloch Atompilze zu betrachten. Ich habe mir nie Illusionen darüber gemacht, daß meine Eltern mich vor der Strahlung retten könnten – in unserem Bücherregal stand ein großartiger Bildband mit dem Titel »Hiroshima und Nagasaki«. Haufenweise Kinder, Mütter, Väter, Hunde und Esel – mit Verbrennungen, schmerzverzerrten Gesichtern und mausetot. Ich bringe es nach wie vor nicht fertig, meine Mutter zu berühren.

*

»Entscheide selber, was du behältst und was du wegwirfst«, sagt Sofija verdächtig beiläufig, »schließlich mußt du ja hier zurechtkommen.«

»Was willst du damit sagen?« Ich begreife nicht ganz, was meine Schwester mir sagen will.

»Ich verschwinde. Gleich nach der Beerdigung.«

»Was?«

»Ich gehe weg. Übermorgen früh.«

»Zu Papa aufs Land?«

»Nein. Ganz weg. Erst mal nach Polen, dann will ich versuchen, nach Deutschland zu kommen. Hier kann ich nicht bleiben.«

»Sofija...«

»Versuch bloß nicht, mich abzuhalten.«

»Aber es hat sich doch alles verändert, alles wird anders werden, du wirst schon sehen. Schon bald ist alles ganz anders – wir werden frei sein und können genauso leben wie dort, und...«

»Ja ...« sagt Sofija enttäuscht, »du denkst jetzt nur an

dich selber... Mich hält hier nichts. Nicht mehr. Höchstens du vielleicht. Ja, ich weiß, Oleg ist nicht da, und er wird auch nie dasein. Aber ich habe den Eindruck, daß du schon längst darüber hinweg bist. Schließlich hast du ja Andrejs ... Übrigens, sag Papa nichts davon. Er wird nur ausflippen, und bringen tut's gar nichts.«

»Papa wird in ein paar Stunden hiersein.«

»Ja. Und Mama nicht mehr gesehen haben. Der Sarg wurde schon heute morgen zugenagelt.«

»Da gab es ja auch nichts mehr zu sehen...«

»Trotzdem.«

»Weißt du, Sofija... in Wirklichkeit gibt es gar keinen Andrejs...«

»Red keinen Quatsch. Na schön, er macht seinen Wehrdienst, aber kürzlich hieß es doch, daß alle Studenten nach Hause dürfen. Bald ist er zurück, sag ihm, er soll bei dir wohnen, jetzt bist du doch allein hier. Platz ist genug.«

»Es gibt keinen Andrejs. Wirklich nicht, Sofija... Ich habe ihn mir ausgedacht.«

»Wie meinst du das?«

»Wörtlich. Ich hab' ihn mir ganz einfach ausgedacht. Nein, in Wirklichkeit gibt es diesen Andrejs, nur... nur habe ich nie etwas mit ihm gehabt... Weißt du, Oleg hat mir mal gesagt, daß Einbildung gelegentlich die beste Medizin ist.«

»Moment mal, und wem hast du die ganzen Briefe geschrieben?«

»Andrejs. Geschrieben habe ich sie an den ausgedachten, aber erhalten hat sie der reale. Gestern hat er zurückgeschrieben, daß er genau hundert bekommen hat. Jeden Tag einen. Und nun hat er beschlossen zu sagen, daß es keinen Sinn hat. Er würde sowieso nichts begreifen von dem, was in meinen Briefen steht. Ich sei zu kompliziert. Er wird Madara heiraten, wenn er zurückkommt.«

Sofija stöhnt auf. Ich habe nie begreifen können, was für die Angehörigen schlimmer ist – glatte Lügen, halboffenbarte Wahrheiten oder banales Verschweigen. Sowieso kommt alles irgendwann ans Licht, und es ist ziemlich schwer abzuschätzen, welche Verteidigungsstrategie deine Lieben letztendlich am gelassensten aufnehmen werden. Du willst nur ihr Bestes und bewahrst sie vor deiner Monatsregel, deinen eingerissenen und abgebrochenen Fingernägeln, vor Achselgeruch und dem beharrlichen Gefühl der Einsamkeit, das dich verfolgt, unabhängig davon, ob du allein bist oder dich traulich ins familiäre Mohairmuster eingewoben hast. Du sperrst deine Wespen in undurchsichtige Marmeladengläser, besorgst haufenweise Raumsprays und Räucherstäbchen und fütterst deinen Schweinehund allabendlich mit Schlaftabletten, damit er nachts Ruhe gibt und nicht gen Himmel heult. Und das alles nur, damit es sie nicht ebenso schmerzt wie dich selber, nur, damit dein eigenes mondsüchtiges Gestöhne nicht ihre Ruhe stört. Und das Ergebnis? Tödliches Beleidigtsein darüber, daß du zur Offenheit unfähig warst. Die Distanz wächst – der Atem verwandelt sich in Meter, die Meter in endlose Stunden, die Stunden in Verbannung. Und schließlich gibt es nicht einmal mehr einen warmen Rücken, an den du dich anschmiegen kannst, um kurzfristig Trost zu finden.

Sofija steht mit offenem Mund da, und ich kann sehen, daß sie keine einzige Plombe hat. Die Zähne hat sie von ihrem Vater. Und ihren Liebreiz ebenfalls.

Madara ist auch hübsch. Ein kräftiger, gesunder Körper,

schelmische Augen und ein herzhaftes Lachen. Wegen dieses Lachens war sie der Liebling des ganzen ersten Tierarztsemesters. Andrejs scharwenzelte schon vom ersten Tag an wie kopflos um sie herum, aber Madara lachte nur. Denn es scharwenzelten ja alle, aber nur wenige waren aus einem solchen Holz geschnitzt, daß sie beim Anblick der Pferdekastration während der ersten Chirurgielektion nicht ohnmächtig wurden. Andrejs hielt lange durch, aber dann zuckte der Hengst – wahrscheinlich war die Narkose zu schwach dosiert –, der Stauschlauch lockerte sich, und ein Strahl warmen Blutes schoß quer durch den Operationssaal. Der Dozent fluchte laut und rief Andrejs: »Hier, halt mal, bis ich die Staubinde wieder angelegt habe! Nicht fallen lassen, die brauche ich im Labor.« Er reichte dem Jungen einen warmen roten Klumpen. Andrejs legte sich auf den weißen Bodenfliesen flach, ohne die soeben abgeschnittenen, rohen Pferdehoden auch nur berührt zu haben. »Hab' ich mir ja denken können«, grummelte der Arzt. »Mūra, würden Sie vielleicht so nett sein und mir helfen?«

Madara mochte keine Männer, die ohnmächtig werden. Ich verliebte mich in Andrejs, während er bewußtlos umkippte. Exakt in diesem Moment hatte er Olegs Augen.

Andrejs war auch wirklich ein Lieber – er machte sich nie über Mädchen lustig und wartete morgens auf dem Bahnhof Jelgava-Zuckerfabrik immer auf die Studentinnen, die aus Riga zur Akademie gefahren kamen. Jeden Morgen ein paar Minuten vor neun stand er genau an der Stelle auf dem Bahnsteig, wo der zweite Waggon hielt, und half allen Kommilitoninnen aus dem Zug. Madara ebenso wie mir.

Wer in Riga gemeldet war, hatte keinen Anspruch auf

einen Platz im Studentenwohnheim und mußte jeden Tag die knapp einstündige, entnervende Bahnfahrt nach Jelgava in Kauf nehmen. Das war ermüdend, vor allem morgens, wenn man sich in den überfüllten Waggons nicht hinsetzen konnte, um ein Buch zu lesen oder die Notizen aus den Vorlesungen durchzusehen. Völlig unerwartet und beinahe gleichzeitig wurden zwei meiner Kommilitoninnen, die zudem noch im selben Wohnheimzimmer wohnten, schwanger und gaben nach kurzer Zeit das Studium auf, um nach Hause zurückzukehren. Die Kommandantin des Studentenwohnheims für Veterinärmediziner war nicht besonders streng, also packten Madara und ich die Gelegenheit beim Schopf und ließen uns dort nieder, nur zwei Minuten Fußweg von der Klinik entfernt.

Von diesem Tag an kam Andrejs fast täglich zu Besuch in unser Zimmer, bewirtete die Damen mit Eclairs, Schweineöhrchen und Sandkringeln, kochte eigenhändig Tee und spielte Gitarre. Je später der Abend, desto trauriger wurden die Lieder, die er sang. Ich rollte mich im Bett unter der Decke zusammen, schloß die Augen und lauschte Andrejs' tiefer, leicht zittriger Stimme. Madara kicherte hin und wieder, durch die halbgeschlossenen Lider nahm ich umherhuschende Schatten wahr, gedämpftes Stöhnen strich an meinen Ohren vorüber wie Spukgestalten, die aus einer anderen, mir fremden Welt gekommen waren, dann wieder Madaras Lachen, und zum Schluß stets ein und dasselbe: »Jetzt geh aber!« Manchmal ging Andrejs sofort, manchmal wiederholte er vor dem Weggehen unablässig: »Ach, bitte... bitte ... Madara, ich bitte dich ... ach, bitte ...«, aber Madara schüttelte nur den Kopf, fuhr rasch mit der Hand unter den Rock und zupfte den unteren Rand ihrer Bluse zurecht.

»Ich liebe dich«, flüsterte Andrejs, während er die Tür hinter sich zuzog.

Dann wurden alle Jungs unseres Semesters zum Wehrdienst eingezogen.

Am Abend vor der Abreise veranstaltete Andrejs in unserem Zimmer ein Abschiedsfest. Nur für Madara und mich. Er versprach, um acht mit Wein, Kuchen und Zigaretten zu erscheinen. Wir sollten für belegte Brote sorgen. Mittags gegen drei fuhr Madara ins Zentrum von Jelgava und durchstreifte auf der Suche nach etwas Eßbarem die Geschäfte. Ich richtete derweil das Zimmer her, indem ich versuchte, möglichst viele Kakerlaken zu erlegen, und machte mich an die Zubereitung der in unserem Kühlschrank befindlichen Köstlichkeiten, die wir von zu Hause angeschleppt hatten.

Um Punkt acht war Andrejs zur Stelle. Madara war immer noch nicht wieder aufgetaucht. Wir saßen lange schweigend da und warteten auf sie, aßen Butterbrote, schlürften Wein, Andrejs versuchte auf der Gitarre zu klimpern, aber die Finger gehorchten ihm nicht, sie sprangen einen Halbtakt früher oder später als nötig von der einen Saite auf die andere, bebende Seufzer brachen immer öfter aus den angespannten Nasenflügeln hervor, und gegen Mitternacht schimmerten in seinen Augen feuchte Schatten.

»Das kommt vom Gähnen«, gab er vor und hielt sich rasch die Hand vor den Mund.

Ich zückte eine Flasche Ebereschenlikör aus meinen geheimen Reserven.

Andrejs redete lange. In Augenblicken, da er Atem schöpfen mußte, erzählte er auch, wie gut ich sei, wie einfühlsam, und was für eine schöne Seele ich habe. Ganz direkt, geradeheraus: »Du bist so gut.« »Du hast eine so schöne Seele.« »Du bist sehr feinfühlig.« Als würde er sich rechtfertigen, als wolle er seine Schuld für die plötzliche Offenheit wettmachen, die sich über mich ergoß, randvoll erfüllt mit sich selbst und Madara.

Seltsamerweise tat es mir gar nicht weh. Ich legte Andrejs' Kopf in meinen Schoß, zwirbelte zärtlich sein weiches Haar, knubbelte sein Ohrläppchen und wiederholte unablässig wie ein trommelnder Aufziehhase: »Alles wird gut, alles wird gut, alles wird gut...«

Ich verließ meinen Körper und beobachtete, wie Andrejs ihn auszog. Langsam glitten seine Hände über die Schultern, wobei sie sich hin und wieder in den Falten des Stoffes verhedderten, preßten sich an die Brüste, umfaßten die Hüften. Ich stand hinter einer Glaswand und sah zu. So wie jemand, der ein Bein verloren hat, vor dem Schaufenster eines Schuhgeschäfts steht und mit starrem Blick die zahllosen Schuhpaare in der erleuchteten Auslage betrachtet.

Andrejs legte sich auf Katrīna, wodurch sie meinem Blick gänzlich entzogen wurde, nur zwei dürre Ärmchen zwängten sich unter dem breiten Rücken des Jungen hervor, umfaßten ihn und krallten sich mit den kleinen, stümperhaft lackierten Fingernägeln in seine Haut, die noch die von der Sommersonne hinterlassenen Spuren wahrte.

Ich sah Katrīnas Gesicht nicht, ich spürte ihr Herz nicht klopfen, ich hörte ihren Atem nicht.

Andrejs stand auf, setzte sich umstandslos mit halb heruntergelassenen Hosen an den Tisch, trank das halbleere Glas Wein aus, saß einen Moment lang einfach da und betrachtete sein Spiegelbild in der Fensterscheibe, dann ging er. Vor dem Hinausgehen warf er einen kurzen Blick auf

Katrīna, die auf dem Rücken lag und mit weit aufgerissenen Augen an die Decke starrte. Ihre Brustwarzen waren noch immer hart, der flache Bauch von winzigen Gänsehautkegelchen übersät, die feinen Finger zu festen Fäustchen geballt, so fest, daß die durchsichtige Haut der Unterarme über und über von bläulichen Venenhügeln bedeckt war.

Am nächsten Tag fuhr Andrejs fort. Am nächsten Tag schrieb Katrīna den ersten Brief. Mit schwarzer Tusche auf Seidenpapier.

Sie verstand, daß das keine Liebe war. Nicht einmal Glaube. Lediglich Hoffnung, und diese noch flüchtiger als die zarte Seide der Sonnenstrahlen auf den ersten Knospenspitzen des Frühjahrs.

*

»Ich bin aufgewacht und im selben Moment gekommen«, sagt Katrīna, wobei ihre Mundwinkel in einem unterdrückten Lächeln zucken. »Ich hatte einen Traum. Ein hünenhafter Mann trieb mich lange durch irgendwelche Labyrinthe, ich konnte nicht rennen, du weißt ja, im Traum stolpert man meistens über die eigenen Beine, und dann fiel ich hin – prallte gegen eine Wand und fiel hin. Er zog einen Revolver aus der Tasche und schoß auf mich. Dann wachte ich auf. Er gab mir genau das, was ich mir am meisten gewünscht habe.«

»Den Tod?« fragt Sofija befremdet und preßt die Lippen fest aufeinander. »Wie kannst du mit jemandem Liebe machen, der dich umbringt?«

»Nein. Ich weiß nicht, wie ich es bezeichnen soll. Das ist wie jemanden durch einen Schuß in den Bauch wiederbeleben. Es ist kein Umbringen. Ich glaube, es gibt noch kein Wort dafür. Er hat mir all seine Kraft gegeben. Und das hat gar nichts mit Liebe zu tun, Sofija, absolut nichts.«

*

Ich habe mir die Beerdigung meiner Mutter schon hundertfach ausgemalt, als ich noch ganz klein war und Mama noch nicht in ihr Notizbuch schrieb. Das war einer von diesen Gedanken, die helfen, besser einzuschlafen, in die tiefste Dunkelheit zu gehen, tiefer noch als die Nacht – in meine Angst. Ein stacheliger Schmerzenskloß (später nenne ich ihn Zyankali-Igel) sticht auf Höhe der Mulde über dem Brustbein in die Kehle, das Herz wimmert kläglich auf, die Finger schlafen ein, werden ganz kalt und gefühllos. Der Körper befreit sich gewaltsam von den Erschütterungen des Tages, verstrickt sich in den Labyrinthen endloser Phantasien, bis der Schmerz unerträglich wird, so furchtbar, daß der einzige Ausweg die Hingabe an den Schlaf, das Sterben, die Flucht ist. Es war gar nicht einmal die Beerdigung selber – die Vorstellung spielte ein viel subtileres Spiel mit mir. In den Wachträumen vor dem Einschlafen berichtete ich einer imaginierten Gestalt, was ich bei Mamas Beerdigung empfunden habe. Unter Tränen, mit versagender Stimme, mich an die kurzen Augenblicke des vergangenen Glücks erinnernd, in schmerzlicher Traurigkeit versinkend. Dann umarmte mich dieser Jemand, nahm mich auf den Schoß und streichelte mein Haar. Ein Phantom ohne Gesicht, ohne Stimme, ohne deutliche Konturen – nur große, fürsorgliche Hände, ein warmer Schoß und ein leise gurrender Klang, der in seiner Brust summte: summm, summm, summm... Ich schlief ein, die Tränen rollten über die Schläfen, und nur selten riß mich ein blitzlichtartiges Aufflackern von Schamgefühl aus den beruhigenden Vibrationen wohliger Hingabe heraus. Es war mir peinlich, Mama nur deshalb sterben zu lassen, um Genuß daraus zu ziehen – aber die Verlockung war allzugroß, und nachdem ich »verzeih mir« geflüstert hatte, stürzte ich zurück in jene Scheinwelt, wo der Schmerz über den Verlust eines Menschen viel wichtiger war als dieser selbst.

Jetzt, da Mama tatsächlich tot ist, kann ich fast nichts spüren. Leere. Ich stehe neben ihrem Sarg und weine darüber, daß das tatsächliche Leid nicht im entferntesten jenen Emotionen der Kindheit gleicht, die mich in ihre Gewalt nahmen, ohne den geringsten Raum für anderes zu lassen. Keine Spur von Verbitterung, Bedauern, Zorn, kein bißchen Schuldgefühl. Nur unendliche Leere und ausgedörrter Wind in der Kehle. Die zartherbe Bitterkeit von Beifuß breitet sich im Mund aus, und aus unerfindlichen Gründen fällt mir ein, daß ich heute nichts gegessen habe.

*

Spät in der Nacht, als die Gäste schon gegangen sind und Sofija sich schlafen gelegt hat, kommt Papa in mein Zimmer. Ich wollte eben zu ihm gehen, mich neben ihn auf die Bettkante setzen, gegen seine Schulter lehnen und mit ihm sprechen. Ihn um Rat bitten, was ich jetzt machen soll, ihm die Wahrheit über Andrejs erzählen, davon, daß ich angefangen habe, Gedichte zu schreiben, und fragen, weshalb es mich nicht so sehr schmerzt, wie es sollte. Aber Papa kommt mir zuvor. Er wirft sich vor mir auf die Knie, legt den Kopf in meinen Schoß und weint. Ich solle ihm verzeihen, sagt er, ich solle verzeihen. Er wisse, daß es seine Schuld sei, aber ich müsse verstehen, ich müsse versuchen zu verstehen. Einen Augenblick lang wird Papa von Schluchzen geschüttelt, mit ungeschickten Fingern kraule ich seinen leicht ergrauten Hinterkopf, dann hält er inne, die Schultern erzittern, ein Schluchzer wird hinuntergeschluckt, und blaue, flehende Augen erheben sich zu den meinen.

»Kindchen«, setzt Papa an, dann verstummt er, fährt sich mit der Hand über das Gesicht, die trockenen, rauhen Finger reiben ein wenig die Nase, pressen sich gegen die Lippen und kommen, nachdem sie das Kinn umfaßt haben, zur Ruhe. »Kindchen«, sagt er, »ich weiß, das ist nicht der richtige Augenblick, aber... Kannst du mir nicht vielleicht helfen... Verstehst du, ich hab' da eine... na, du kennst sie doch...«

Er bittet mich um Rat. Mein Papa. Ich versuche ihm zu helfen. So gut ich kann.

Dann gehen wir schlafen. Ich habe niemanden mehr. Ich bin ganz allein. Die Leere in mir fließt mit einer absolut leeren Welt zusammen – kein Baum, kein Haus, so weit das Auge reicht. Ich schaue nach unten und sehe nur die Spitzen meiner schwarzen Schuhe. Sonst ist unter mir nichts.

*Misunderstandings are the best – they are the essence of language. Language is born by misunderstandings. You become creative only when you don't understand.*

Eino, ein finnischer Dichter

(Nachdem er dies gesagt hatte, kotzte er die Stadtbibliothek voll. Das ist keine Metapher – es kann schließlich jedem mal passieren.)

Papas Anruf reißt mich aus dem Schlaf. Er erzählt etwas von einem kranken Herzen und daß er niemanden habe, der ihm Brot vorbeibringt und die Hunde füttert. Er müsse mindestens ein paar Tage im Bett bleiben, und ich – ich müsse aufs Land kommen, um ihm zu helfen.

»Nur nicht jetzt, nicht ausgerechnet jetzt«, murmele ich leise in den Telefonhörer, wohlwissend, daß er mich nicht hört, »Lettland ist ein Pulverfaß, gleich ist hier die Hölle los, ich muß in Riga bleiben, hier ist mein Platz... nur nicht jetzt...«

Vater klingt wirklich krank. Die Hunde können nicht ungefüttert bleiben. Das ist sein neues *Business,* und ganz ehrlich gesagt, springt auch für mich ab und zu etwas dabei heraus – damals beim Hausputz habe ich ein bißchen übertrieben, und als ich anfangen mußte, allein zu wirtschaften, stellte ich fest, daß ich eine ganze Menge nützlicher Dinge leichtfertig weggeworfen habe. Wenn auch nicht die ausgewaschenen Plastiktüten, so hätte ich wohl doch ein paar Töpfe, Nägel und Schraubenzieher übriglassen sollen. Nun kehre ich jedesmal, wenn ich Vater besuchen fahre, mit einer vollen Reisetasche zurück – Polsternägel, Fensterkitt, eine Handvoll Blähton für einen Blumentopf, hin und wieder auch ein Paket Kaffee oder Zucker, geräucherter Bauernspeck, Eier, Mehl. Manchmal gibt er mir auch Geld. Hundegeld. Die Lebensmittel resultieren aus der Arbeit mit dem Vieh. Die Bauern haben nur selten Bargeld zur Hand, um die Geburtshilfe beim komplizierten Kalben der besten Kuh der Herde oder das Behandeln der Hufrehe von unsachgemäß getränkten Pferden entgelten zu können. Für mich ist Papa noch immer der beste Veterinär der Gegend, in der Tierklinik der Kreisstadt hat er sein eigenes Behandlungszimmer, und sogar aus Riga kommen die Leute angereist, um seinen Rat einzuholen. Trotzdem bilden die Hunde seine Haupteinnahmequelle. Drei Freilaufgehege, beheizbare Zwinger, der ätzend scharfe Atem der Welpen und ständiger Lärm.

Ich sage Vater nicht, daß ich manchmal einen Griff in die große Tüte mit Waschpulver tue – nur ein paar Meßbecher voll. Obwohl er sehr praktisch ist, versteht er nichts vom Wäschewaschen und überhaupt davon, was es heißt, ein Haus in Schuß zu halten. Waschpulver, Zucker, Mehl und Nudeln kauft er sackweise – das sei billiger. Daß man nach einem halben Jahr, wenn höchstens ein Drittel verbraucht ist, den Rest wegwerfen muß, weil alles entweder verschimmelt ist oder hart oder feucht geworden, betrachtet er nicht als Verschwendung. Ein großes Herz, so nenne ich das. Er läuft sogar so, wie es für freigebige und unbedachte Leute typisch ist – mit großen Schritten, wobei er die Arme weit in alle Richtungen schlenkern läßt wie Flügel mit noch nicht ausgewachsenen Flugfedern. Es sieht aus, als würde er sich sogleich in die Lüfte erheben, aber der Gegenwind erweist sich als zu rauh, die weichen Federkiele knicken um, und der verdatterte Vogel findet sich im Schneeballstrauch wieder, wo er verdutzt den zerzausten Schopf schüttelt.

Ich weiß, daß es Papa nicht schwerfallen würde, eine zu finden, die ihm hilft, während seiner Bettlägerigkeit mit dem Haushalt zu Rande zu kommen – Herr Mūrs ist ein Leckerbissen für die heiratslustigen Weiber der Umgebung. Aber auch für die flinken Zungen der Klatschbasen. Gewöhnlich macht er es auch genau so – holt sich eine »Halbpächterin« ins Haus und jammert hinterher, daß ihm kein ausreichend triftiger Grund einfällt, um das in Fahrt gekommene Mädel zurück in ihr eigenes Heim zu bekommen.

›Die Liebe ist eine Unterart der Schizophrenie, die nur durch Heirat geheilt werden kann‹, pflegt er zu sagen, und mir scheint, daß er diesen Spruch irgendwo geklaut hat, ›aber mir gefällt es, mich dauerhaft wie ein Schizo zu fühlen.‹ Dann lächelt Papa schelmisch und sieht mich mit so unschuldigen Augen an, wie eigentlich nur zeichentrickige Tierchen sie haben können. Sein letzter Anruf jedoch klang ernst – keine Spur von dem listigen ›ach, Kindchen, komm doch her, bitte, ich hab' hier so eine ...‹, sondern nur eine leise, etwas knarzende Stimme, die alle paar Augenblicke vom hohlen Ozeanrauschen der Telefonleitung unterbrochen wird – zwischen uns befinden sich unendliche, unüberwindbare Wasserweiten, nur zwei Busse täglich, denen trotzdem nicht beschieden ist, uns einander auch nur um eine einzige Seemeile näher zu bringen.

Ich packe ein paar Sachen zusammen, schließe die Haustür ab, rufe Schnecken-Irēna, die um den Blaubeerstrauch herumwuselt, zu, daß ich in ein paar Tagen wieder da bin, und mache mich auf den Weg.

Als der überfüllte Bus Riga hinter sich läßt, verringert er das Tempo, statt wie erwartet Gas zu geben, und die Fahrgäste drängeln sich unter leisem Wehklagen und Seufzen vor den Fenstern auf der linken Seite. Ein ältliches Weiblein fängt laut an zu weinen, ihr Schluchzen wird jedoch von einem dumpfen, dröhnenden Geräusch unterdrückt. Auf der Gegenfahrbahn der Landstraße fährt eine Kolonne Panzerfahrzeuge in Richtung Riga.

Einige Fahrgäste bitten den Busfahrer anzuhalten. »Wir fahren nicht weiter, unser Platz ist dort«, schreien sie durcheinander.

Der Bus hält an. Ein Grüppchen Leute purzelt auf den Straßenrand hinaus und begibt sich im Gänsemarsch zurück nach Riga.

Ein bislang recht redseliges junges Pärchen ist plötzlich verstummt – sie halten einander bei den Händen, rücken dicht zusammen und starren ein wenig erschrocken zu Boden. Noch vor einem Augenblick habe ich sie sich auf russisch unterhalten gehört. Jetzt meinen sie offenbar, daß es klüger sei zu schweigen.

Vater ist gesünder denn je. Vor Zorn schlage ich mit meinen kleinen Fäusten gegen seine breite Brust, während Sir Leonard, der einzige freigelassene Hund, um mich herumspringt und vor Begeisterung versucht, sich in den Schwanz zu beißen. Papa krampft sich sanft, aber eisern in meine Unterarme. Ein kurzer, ungleicher Kampf, und meine zusammengepreßten Finger lassen locker, dann erstarren sie in der Bereitschaft der Pfote einer gereizten Katze, augenblicklich die Krallen zu gebrauchen. Ich fauche.

»Begreif doch«, erklärt er, indem er meine Arme langsam an meine Seiten hinunterdrückt, »du mußt jetzt hierbleiben. Es ist sicherer auf dem Land.«

Lardy winselt leise auf und verzieht sich unter den Tisch.

Abends sehen wir fern. Auf dem Schwarzweißbildschirm schwört ein Staatsmann – tief hinter Schlieren versteckt, in Sicherheit und unantastbar –, daß wir jetzt mal sehen werden, was eine Harke ist. Niemand, der es wagt, den Mund aufzumachen, wird ungestraft bleiben. Kurz darauf löst ihn ein anderer ab und erläutert mit ruhiger Stimme, daß sich nichts geändert hat und ändern wird. Aber auch er ist hinter Schlieren, viel weiter weg als die heulenden Hunde vor dem Fenster. Ich schäme mich ein wenig dafür, daß ich gleichgültig bleiben kann. Vater rutscht unruhig hin und her, seufzt, stöhnt, fuchtelt mit den Fäusten, kocht starken Kaffee und begießt sich mit Kognak. Mir ist es egal. Ich empfinde weder die Bedeutsamkeit der Stunde noch Wut oder Angst. Einfach gar nichts. Eine amorphe, formlose Masse, ein Hefeteig, für den der schartige Rand einer Tonschüssel kein Hindernis darstellt. Als hätte ich weder eine Vergangenheit noch den winzigsten Gedanken an ein Morgen. Es kommt halt, wie es kommt. Wir müssen uns darein fügen.

Für mich bedeutet Freiheit etwas vollkommen anderes. Sie ist entweder in mir oder aber nirgendwo. Ich brauche mich nicht in einen Bus oder ein Flugzeug zu setzen, um nach Paris zu gelangen. Wenn ich es möchte, bin ich bereits dort, selbst wenn ich auf der kleinen Sandinsel inmitten der Gauja in der Sonne liege. Und wenn ich ehrlich bin, dann habe ich wohl kaum den Wunsch, wirklich nach Paris zu kommen. Es lockt mich lediglich deshalb, weil es üblich ist, sich nach Paris zu sehnen. Zu seufzen, die Augen zu schließen und leise die erste Refrainzeile eines französischen Chansons vor sich hin zu murmeln.

Wer weiß, ob die Menschen dort glücklicher sind. Absolute Freiheit ist eine allzu große Prüfung, und ich habe niemanden gesehen, der sie auf sich nehmen wollte. Papa ist aufs Land gezogen, um die Stadtmöpse loszuwerden, und hat sich Hunde angeschafft. Die Hunde binden ihn. So wie mich die Angst davor fesselt, daß ich nicht weiß, was ich will. Wenn ich mich in den Fluß gleiten lasse, habe ich Angst vor allem – Angst zu schwimmen, weil ich irgendwann schlichtweg ermüden und gezwungen sein werde, aufzugeben und die Schmach einzugestehen; Angst, mich der Strömung hinzugeben, weil ich nicht weiß, wohin sie mich tragen wird; Angst, auf den Grund zu sinken, weil ich mir nicht vorzustellen wage, wie die Neunaugen sich an meinem gebräunten Körper festsaugen und die Gründlinge mit ihren flatternden, schnurrbärtigen Mäulern an meinen Ohren herumfummeln.

Indem ich die Freiheit von etwas suche, binde ich mich an ein anderes Etwas, und sämtliche Träume vom Fliegen enden in einem Schneeballstrauch. Eine Freiheit um ihrer selbst willen könnte die einzige sein, an die ich noch glaube, aber das hört sich zu schön und zu mühsam an, als daß irgendeine Mūra sich erkühnen würde, daran zu rühren.

Das einzige, worüber ich mich derzeit freue, ist, daß ich keine Kinder habe. Ich kann mir einfach nicht vorstellen, was ich mit ihnen machen würde, wenn jetzt ein Krieg ausbräche. Solange ich allein bin, schreckt er mich nicht – ich kann schnell rennen, Purzelbaum schlagen und auf dem

Bauch kriechen. Ich bin klein genug, um mich unter dem Wurzelballen eines Windbruchs einzuwühlen oder zwischen saftigem Kartoffelkraut in einer Ackerfurche zu verstecken, und in Riga gibt es Hunderte von abgelegenen Winkeln, in denen man mich nie und nimmer finden würde, wenn ich nur still dasitze und beim Anblick von Ratten nicht kreische. Aber einem kleinen Kind kann man doch nicht Stille beibringen, wenn es durch das Kellerfenster ein junges Kätzchen auf dem Hof herumtollen sieht – ein freudiges Jauchzen, und schon rennt es los. Zu dem Kätzchen, zu den Pusteblumen, zu den ausgetretenen Soldatenstiefeln und dem Maschinengewehrstahl. Danach wäre es auch mit mir vorbei. Ein kleines Kind kann schließlich nicht begreifen, daß die Arme seiner Mutter zu zerbrechlich sind, um es vor der ganzen Welt zu beschützen.

Verantwortlich zu sein ist die größte Abhängigkeit überhaupt, die zugleich jedoch das verlogenste Sicherheitsgefühl der Welt bietet – »schlaf, Kindchen, schlaf«, und schon scheint es einem, daß die beruhigende Melodie sich in alle Ewigkeit fortsetzt. Vor einem Jahr stieg hier in der Nachbarschaft ein Vater auf den Traktor, der vor dem Haus stand, und gab im Rückwärtsgang Gas. Er hatte nicht bemerkt, daß sein zweijähriger Sohn auf den Hof hinausgekommen war. Der Kleine versuchte, einen Kieselstein aus dem Profil des Traktorreifens zu pulen.

Mein Vater ist erleichtert, daß wenigstens eine seiner Töchter bei ihm ist und sich nicht anschickt, irgendwohin zu fliehen.

Aus irgendeinem Grund sprechen diejenigen, die sich als Patrioten bezeichnen, immer vom Sterben für die Heimat, erwähnen aber nie, daß sie bereit sind, ihretwegen zu töten.

Ich bin weder zum einen noch zum anderen bereit. Mir kommt das unendlich töricht vor. Das Töten ist die Simplifizierung des Lebens in seiner primitivsten Form. Mich haben stets kompliziertere Lösungen gelockt, verschlungene Geheimpfade, Labyrinthe, Kreuzworträtsel und Krimis mit gut konstruierten Plots. Der Protagonist muß doch am Leben bleiben, nicht sterben. Patriotismus ist zu primitiv und zu langweilig.

Die heimlichen Gespräche und unser gemeinsames Geheimnis der »großen Freiheit«, das mich in der Kindheit an Vater gebunden hatte und beizeiten eine unklare Ahnung erzeugte, daß dies das einzige ist, was uns einander näherbringen könnte, gerät jetzt zum beinahe einzigen, was uns trennt. Seine Unfähigkeit, so zu lieben, wie ich die Liebe verstehe, stellt alles auf den Kopf, was uns verbunden hat.

Wir starren weiterhin auf den Bildschirm, unsere Hände ineinander verkrampft, so verwirrt und einsam, daß wir unfähig sind, ein aufrichtiges Wort hervorzubringen. Die Strömung trägt uns in Richtung Strudel, aber wir halten uns weiter aneinander fest, als würden wir nicht begreifen, daß wir untergehen, wenn wir uns nicht sofort voneinander lösen. Ewig verirrt, mit fest zugekniffenen Augen, greifen wir in unserer Bestürztheit nach allem, was uns in die Quere kommt, um es dann ebenso rasch und nervös wieder wegzustoßen. Ohne Haltestellen, Endstationen, Bahnhöfe. Schon lange werden in Treppenhäusern keine Bänke mehr für erschöpfte Treppensteiger eingebaut.

Papa flucht leise, kippt noch ein Gläschen hinunter und geht nach den Hunden sehen. Ich richte mich bequemer auf dem Sofa ein, decke mich mit dem karierten Plaid zu und stecke die Hand in den Slip. Das ist die beste Medizin gegen

Schuldgefühle. Die beste Medizin gegen alles, was mich bedrückt.

Die Finger schlängeln sich durch das behaarte Hügelchen und tauchen in die schlüpfrig warme Feuchtigkeit. Ich gleite tief in mich hinein und streiche mit der benetzten Hand unter der Nase vorbei. So könnte es im Schoß meiner Mutter gerochen haben – zart, berauschend und sicher. Ich schließe die Augen und erlaube der Hand, für alles zu sorgen. Sie ist klug und fragt nicht um Rat – ich kann mich Phantasien hingeben und die Existenz des Körpers gänzlich vergessen. Der Körper als Mittel, um den Körper selber zu vergessen. Eine Art Selbstauslöschung. Die Männer, die in diesen Wachträumen auftauchen, haben niemals Gesichter. Die gewesenen sind bereits gleichgültig; die begehrten, aber noch nicht eroberten zu weit weg und zu ungewiß. Und von dem Unbekannten Prinzen Auf Dem Weißen Roß kann ich mir lediglich das Pferd vorstellen, das mit vergoldeten Nieten verzierte Zaumzeug aus rotem Leder und den Duft des Ritters. Er reißt sein Hemd in Streifen, fesselt meine Hände an den Heizkörper und taucht, nachdem er die Zügel ein paarmal auf die Brüste niederschwirren ließ, mit dem Kopf zwischen meine Beine. Das weiße Roß tritt unmittelbar neben uns unruhig auf der Stelle, und große, durchsichtige und brennende Tropfen fallen aus seinen geweiteten Nüstern direkt auf meine geschundenen Brustknospen. Tote Gestalten. Ich mache Liebe mit Gespenstern. Ihnen ein Gesicht zu geben wäre das gleiche, wie mir das meine zu nehmen.

Ich möchte fliehen.

*

Ja, ich weiß: Ich bin ein Monstrum. Aber ich mußte es sagen. Ich muß alles sagen, was ich bisher niemandem zu sagen gewagt habe. Nicht einmal mir selber.

Ich bin eine ganz normale Frau – alles an mir ist völlig okay. Sogar mehr als das. Vielleicht deshalb? Aber ich MUSS es sagen. Geschehe, was wolle. Danach wird es mir egal sein. Daran möchte ich ganz einfach glauben. Ich fürchte mich nicht vor dem, was ich beim Namen genannt habe. Vielleicht. Ich versuche mir nach wie vor einzureden, daß das keine Paranoia ist. Ich würde meine Mutter jetzt liebend gern an allen nur erdenklichen Stellen streicheln. Wenn sie nur am Leben wäre. Ich bedauere, es mir nicht früher eingestanden zu haben – vielleicht hätte ich ihren Tod dann leichter verwunden. Würde nicht bedauern, daß etwas ungesagt geblieben ist. Würde nicht jedesmal die polierte Granitplatte mit Rotz und Tränen bekleckern, wenn ich ihr Grab pflegen gehe. ›Mama, Mama, warum, warum nur haben wir nie genug Mut gehabt, einander in die Augen zu schauen...‹

*

»Hättest du doch nur mal ein ordentliches Mannsbild an deiner Seite, Kindchen.« Beim Abschied räuspert Vater sich und mustert die ausgebeulten Knie seiner Hosen. »Wie lange willst du dich denn noch mit diesen Dünnbrettbohrern abgeben.«

»Aber, Papa...«

»Nicht, daß es da niemanden gäbe... Guck mal, der, na, wie heißt er doch ... na, dieser ... dieser Künstler ... Vor einer Woche war er da, hat ein paar Tage hier gewohnt...«

»Und?«

»Was – und? Um deine Hand hat er angehalten!« sagt Papa, so ernst er kann, aber das Wort ›Hand‹ zögert einen Moment in der Kehle und entwischt dann mit einem heiteren Glucksen. Ich allein weiß, was das zu bedeuten hat – gleich geht es los.

»Dieser alte Knochen?« Ich tue so, als hätte ich nicht begriffen. »Dem schimmelt doch schon das Stroh im Oberstübchen!«

»Na, na, jetzt mal halblang, er ist immerhin zehn Jahre jünger als ich!« Papa spielt den Beleidigten.

»Schon gut, laß stecken! Du wirst wenigstens hin und wieder von einer zurechtgestutzt, trockengelegt, und das Köpfchen wird dir gewaschen. Aber der ist doch ein ewiger Junggeselle. Und, was hast du ihm geantwortet? Hab' ich da nicht ein Wörtchen mitzureden? Vielleicht hättet ihr mich vorher fragen können, hä?«

»Ich hab' gesagt, daß du mit diesem, na, wie heißt er doch, na mit diesem Kristaps zusammen bist, er soll es gar nicht erst versuchen«, kichert Vater.

»Was für ein Kristaps? Wo hast du den denn hergezaubert?«

»Na, entschuldige, entschuldige, ich kann mir doch nicht die Namen von all deinen Kavalieren merken, Fräulein Springinsfeld!«

»Du Doofkopp, da ist nichts mit Kavalieren, sag' ich dir, rein gar nichts, und Punkt«, ich lache und versuche, ihn in die Seite zu knuffen. »Und, hat er den Schwanz eingezogen?«

»Der und den Schwanz einziehen! Ich mußte ihm unter die Nase reiben, daß du keinen Bedarf an Kerlen mit leeren

Taschen hast. Da war er dann doch eingeschnappt und hat den halben Tag den Mund nicht aufgemacht.«

»Na toll! Mich zu einem berechnenden Raffzahn machen! Sehr schmeichelhaft. Insbesondere in den Augen eines Künstlers. Du bist wirklich ein Scheusal ...«

»Na, na, na, ist das denn so schlimm – wenigstens hält er jetzt die Klappe und kommt kein zweites Mal angekrochen«, beschwichtigt Vater.

»Und er dachte natürlich, daß du die Wahrheit sagst.«

»Was interessiert es dich denn, was er denkt?«

»Es interessiert mich halt.«

»Ist es dir wichtig?«

»Nein, aber ich will nicht, daß so ein Eindruck von mir entsteht.«

»Du machst dir zuviel daraus, was andere denken. Sogar diejenigen, die dir gleichgültig sind. Allen kannst du es sowieso nicht recht machen.«

»Das will ich doch auch gar nicht«, versuche ich zu protestieren.

»Klar willst du das, ich kenn' dich doch.«

»Ach, was soll's, laß mich doch in Ruhe damit. Begleite mich lieber bis zur Landstraße und fang an, dir die Namen von meinen Kerlen zu merken.«

»Das Alter, meine Liebe, das Alter. Und wenn heute wieder kein Busverkehr ist?«

»Dann fahre ich per Anhalter. Ich habe einen Kurs belegt und darf nicht zu spät kommen.«

»Was für einen Kurs?«

»Ach, das verstehst du nicht, sprechen wir besser nicht davon. Hat was mit Geistesgesundheit zu tun. Mit Psychologie, sagen wir mal.«

»Du hast recht, erzähl es mir besser nicht... Vielleicht bleibst du doch noch ein bißchen?«

»Also, Papa! Bei dir wär's auch mal an der Zeit, daß du dir dauerhaft jemanden ins Haus holst, du kannst doch nicht ewig so rummachen... Übrigens... dieser Künstler hat Mama geliebt... falls ich überhaupt etwas von Liebe verstehe...«

»Wenn du fahren willst, müssen wir uns beeilen.«

Die in den Gehegen eingesperrten Hunde begleiten uns mit ihrem aufgeregten Gewinsel. Mit jedem Schritt wird es leiser, nur Lardy rennt die ganze Zeit vor meine Füße und schaut mir flehend in die Augen – er kann sich einfach nicht mit dem Gedanken abfinden, daß sein geliebtes Frauchen schon seit Jahren der Rehjagd entsagt. Wir sind alle alt geworden.

*

Vorgestern habe ich beim Umpflanzen der Rosenstöcke ein in der Erde vergrabenes Drei-Liter-Einmachglas mit Rubeln gefunden. Glatte zweitausend in Fünfrubelscheinen. Ein Glas absolut wertlosen Papiers. Nicht einmal einen müden Lat würde man dafür bekommen. Ich veranstaltete ein kleines Geldverbrennungsfest und streute die Asche in die neuen Rosenmulden. Ich beschloß, Vater nichts davon zu sagen – er hat auch so oft allen Grund, seine Zerstreutheit zu bereuen.

*

In Schnecken-Irēna ist plötzlich ein Verlangen nach Vergeistigung erwacht. Ich begreife nicht ganz, warum, aber ich werde den Braten bestimmt bald riechen. Sie nimmt an einem Workshop teil. Hat erzählt, sie habe im Himalaja gehockt und »Ommm…« gesummt. Seit wann kennt sie sich in Geographie aus? Meine liebe Frau Nachbarin, die Tramführerin, die ihr ganzes Leben lang nur auf der Strecke Hauptbahnhof-Zoologischer Garten gefahren ist. Noch vor kurzem mußte ich ihr lang und breit erklären, wie man zum Kongreßgebäude kommt. Da sei sie noch nie gewesen. Und jetzt auf einmal der Himalaja, schau an!

*

»Aller Kummer kommt aus dem Kopf, Katjka. Was bringen deine Schulweisheiten schon«, pflegt Schnecken-Irēna zu murmeln, wenn ich gelegentlich versuche, ihr ein Buch anzudrehen.

»Aber wenn im Kopf nur Kopflosigkeit herrscht, was dann, Irentschik? Wie bei mir, weißt du, ich bin weder wirklich klug noch wirklich bescheuert, aber…«

»Du mußt weniger denken, Katjka, einfach weniger denken. Wenn ich so viel denken würde wie du, dann würde die Schlagsahne klumpig werden. Weder würden dir meine Windbeutel schmecken noch sonst irgendwas. Schau dich doch mal an – das Gesicht ganz bleich, die Augen eingesunken… das ist doch kein Leben! Und Kuchen? Wie sieht's mit deinen Backkünsten aus, Katjka, hm? Ich könnte wetten – wenn wir beide am Herd stehen und das gleiche in die Töpfe rühren, dann käme bei dir nichts als Pampe raus, aber meine Kuchen würden sie im ganzen Viertel loben.

Man kann ja kaum mit ansehen, wie du in deinem Garten hockst, die Beinchen eingezogen wie so ein Spatz, und auf einen Punkt starrst.«

Schnecken-Irēnas Stimme ist weich und flauschig. Am liebsten mag ich, wie sie »Katjka« ausspricht – sanft und schnurrend, als würde sie meine nackten Schultern mit großen, mehlbestäubten Händen streicheln. Ich würde mich so gerne die lieben langen Tage diesen Liebkosungen hingeben und abends den Märchen lauschen, die sie erzählt. Wenn Schnecken-Irēna spricht, dann schwinden die Gedanken dahin. Es gibt nur Wellen, warme, kosende Wellen in Pastelltönen: nelkenwurzrosig, lindenblütengelblich, rauhreifig brechnußviolett.

*

Das einzige, was Oleg sagte, als ich nach langem Zögern wieder den Mut aufgebracht hatte, ihn anzurufen, war: »Verzeih mir!« Eine geschlagene Stunde schniefte ich ins Universum, küßte den Telefonhörer und versuchte ihm zu erklären, wie leer mein Reich ohne seine Wärme sei, wie unerträglich ich mir wünschte, mich auch nur ein einziges Mal in ihn zu verkriechen, an seinem Ohrläppchen zu knabbern und gemeinsam mit ihm über all das zu schweigen, was uns einander nahebringt. Eine ganze Stunde. Als Antwort nur ein kurzes ›verzeih mir‹ und ›tut-tut-tut‹.

Tut-tut-tut ... Die ganze Zeit tyrannisiere ich mich, indem ich versuche herauszufinden, was mit mir nicht in Ordnung ist. Sogar Schnecken-Irēna lasse ich nicht in Ruhe. Sie sagt, dieses »Ommm« würde helfen. Möglich ist es.

Ich habe es auch probiert mit diesem »Ommm«. Also:

Ich lag am Ufer eines Bergsees, ringsumher flatterten Millionen weißer Schmetterlinge... dann Licht, unendlich viel weißes Licht, warmes Licht, ich stieg zusammen mit den Schmetterlingen in die Lüfte empor ... so viel Wärme in mir... vor lauter Glück hatte ich sogar Tränen in den Augen.

*

Mitten in der Gauja gibt es eine kleine Insel. Was heißt Insel – eine Sandbank mit einem üppigen Schilfschopf auf dem Scheitel. Jedes Frühjahr taucht sie aus dem Wasser auf, und wenn das Schilf sich ungefähr bis zum Nabel hochgestreckt hat, kann man gefahrlos hinüberwaten. Im Flußbett beidseits des oberen Endes der Insel gibt es tiefe Gruben voller Baumstümpfe – die Gauja ändert jedes Jahr ihren Lauf, aber die Gruben bleiben stets, wo sie waren. Der hurtige Strom versteinert buchstäblich über ihnen, die gekräuselte Oberfläche glättet sich, und mitten im strömenden Fluß faulenzt ein unbeweglicher Wasserspiegel – ohne Strudel, ohne Wirbel.

Dort wimmelt es von Barschen, groß wie Ferkel, dunkel gestreift und räuberisch, aber nur den geschicktesten Anglern gelingt es, ab und zu einen der scharfflossigen Fische herauszuholen. Ich mag keine Barsche – sie sind viel zu rauh und stachelig, das Schuppmesser bleibt ständig an den zähen Schuppen hängen und hat nichts anderes im Sinn, als die scharfe Seite der Klinge nach oben zu drehen, die Flossennadeln reißen einem die Hände blutig. Viel leichter ist es, eine latschengroße Brachse aus den Rückströmungen an den buschigen Ufern zu angeln oder sogar die an den raschfließendsten Stellen hausenden Döbel zu täuschen – man läßt einfach eine auf den Haken gespießte Heuschrecke ein gutes Stück die Strömung hinab, und schon kurz darauf zappelt ein glänzender und erstaunlich aufmüpfiger Fisch an der Schnur. Und doch sitze ich viel lieber stundenlang da, im Schilf der Insel versteckt, und angle Barsche. Ich habe Angst, sie zu berühren, und die paar Male, da welche angebissen haben, schrie ich wie am Spieß. Ich wage es nie, über die Barschgrube hinwegzuschwimmen. Niemals.

*

Wenn ich ein Buch über mich schreiben würde, müßte ich dann erzählen, wie blöd und ungeschickt ich bin, daß ich mit keinem Mann eine längere Beziehung aufrechterhalten kann, daß Oleg mich verlassen hat, daß ich weder schlafen noch essen kann, seit er nichts anderes zu mir sagt als »verzeih mir, verzeih mir, verzeih mir«? Daß das einzige, was ich Mutters Grabstein erzählen kann, eben dieses hoffnungslos abgedroschene »verzeih mir, verzeih mir, verzeih mir« ist? Ohne Echo. Man wirft einen Stein ins Wasser, und nichts regt sich – ein lautloses Gebet an einen Watteschneemann. Ich kann doch nicht zugeben, daß ich ein schwaches, willenloses Wesen bin, ohne Selbstbewußtsein, ohne Vertrauen in meine Fähigkeiten. Dann würde doch jeder erfahren, wie ich noch gestern vor meiner Haustür stand, im blühenden Spierstrauch versteckt, und darauf wartete, daß Mamas Geist von der Arbeit nach Hause kommt, um ihn zu einer Aussprache zu zwingen, und wie sehr ich mich wegen irgendwelcher eingebildeter Schmerzen erniedrigen kann. Wie ich heulte, in die Klinke des Gartentors verkrampft, wie ich flehte und wie ich auf der Hausschwelle hocken blieb, gelobend, dort ewig sitzen zu bleiben, bis ich sterbe, bis ich meinen Geist ausgehaucht habe, und erst dann, erst dann wird Oleg erscheinen. Erst dann wird er begreifen, was für eine großartige Frau er verloren hat, welchen Fehler er begangen hat, doch dann ... dann ist es zu spät – ich werde bereits tot sein, und mein durchsichtiger Geist wird Oleg sein ganzes Leben lang begleiten, wohin er auch geht, egal, mit welcher...

*

Um einen Barsch zu töten, muß man ihn mit dem dicken Ende der Angelrute erschlagen. Die lange Haselrute ist schon längst blutbesudelt, aber der zähe Fisch ist noch immer in der Lage, seine tödliche Rückenflosse aufzurichten. Solange er nicht völlig reglos daliegt, solange der letzte Sonnenreflex nicht von den feuchten Schuppen verschwunden ist, werde ich ihn nicht berühren.

*

Keine Sofija, kein Sandkasten. Allein ein riesiger Oleg schwebt über meinem Kopf und wartet grinsend darauf, daß ich mein schmachvolles Geständnis beginne.

Hier kommt Katrīna, die graue Maus. Die Haare von der Farbe einer grauen Maus. Der Himmel von der Größe einer müden Maus. Das Leben von der Gestalt einer verlorenen Maus. Der Sex von der Länge einer verschreckten Maus.

Hier watet Katrīna herum, die warm stinkende Sumpfbewohnerin, schlammbesudelt und zum ersten Mal in ihrem

Leben überzeugt, daß sie nicht gewillt ist, sich am eigenen Schopf herauszuziehen.

*

Krotow mochte mich. Jedesmal, wenn ich mich nackt auf dem Inselchen sonnte, stürzte er sich wagemutig in den Strom, durchschwamm ihn und legte sich neben mir in den Sand. So konnte er stundenlang faulenzen – mir in die Augen schauen, die Zähne zu einem leichten Lächeln gebleckt, hin und wieder einen Seufzer ausstoßend. Wenn ich mich auf die andere Seite drehte, erhob er sich brav, ging um mich herum und legte sich so hin, daß er wieder meine Augen sehen konnte. Der Frau in den Trainingshosen gefiel das gar nicht. Weder konnte sie es leiden, daß ich mich nackt herumräkelte, noch daß Krotow so gerne seine Zeit in meiner Gesellschaft verbrachte. Die Weiden an der Uferböschung teilten sich, zwischen ihnen tauchte ein errötetes Geschöpf in einem schmuddeligen Zentralmarkt-Adidas-Trainingsanzug auf und keifte:

»Krotow, du Miststück, komm nach Hause! Marsch nach Hause, Krotow!«

Widerwillig rappelte Krotow sich auf, sah mich schuldbewußt an, leckte mir zum Abschied rasch über das Gesicht und sprang in die Fluten, um nach Hause zu trotten, wo er in der verwahrlosten Wirtschaft wieder Maulwürfe und Ratten jagen mußte. Eigentlich mag ich ja Foxterrier nicht, aber Krotow war besonders. Ein bißchen göttlich vielleicht.

*

Gut möglich, daß just diese Widersprüche einen inspirieren und glauben lassen, daß jeden Augenblick ein neues Leben beginnen wird. An einem Abend hüpfe ich im Polkaschritt nach Hause, bereit, den ersten Passanten zu vernaschen, der mir entgegenkommt, und sei es in der nächsten Toreinfahrt, doch schon am nächsten Tag suche ich mit leuchtenden Augen meinen Einzigen und Erwählten, ihn, der geneigt ist, endlos lange Stunden neben mir zu liegen und nichts anderes zu tun, als in die Augen zu schauen und zu streicheln. Und erst dann einzudringen. Langsam. Und am besten, ohne zu kommen.

Bislang ist allerdings kein geeigneter Kandidat in Sicht. In keinem der Jungs, die ich in letzter Zeit kennengelernt habe, vermag ich den göttlichen Funken auszumachen. Es sind graue und müde Figuren, jeder versunken in die eigenen Probleme. Anfangs habe ich versucht, ihnen zu helfen – ich schaltete mich in mein Videoüberwachungssystem ein und begann zu analysieren. Manch einer suchte das Weite, sobald er meinen speziellen Videoblick bemerkte – um besser wahrzunehmen, muß ich ein wenig den Kopf neigen, die Augen verdrehen und die Brauen möglichst weit hochziehen. Andere konnten meine Offenherzigkeit nicht ertragen. Ich kann sie verstehen. Wer mag es schon, wenn irgendein blondes Mädel, das er für ein dummes Mäuschen gehalten hat, schon beim zweiten Date so ernste Dinge angeht wie das Ausweiden der Vergangenheit.

Das heißt nicht, daß ich blonde Mäuschen nicht achte – was würden wohl die wieseligen, allzeit scharfsinnigen Homo-sapiens-Männchen machen, wenn sie nicht diese netten, dummen Geschöpfe namens Frauen im Hintergrund hätten? Ich bin nur einfach keine von diesen Heiligen, die dazu geschaffen sind, das labile – und drum denn auch zu stützende – Selbstbewußtsein der scharfsinnigen Homo-sapiens-Männchen zu erhöhen. Viel Erfolg denen, die das können – es ist ein großes Talent... Der Hof erschafft den König, aber aus irgendwelchen Gründen lockt mich die Hofdamen- oder Favoritinnenwürde nicht. Ich brauche keinen König – ein Prinz auf weißem Roß reicht mir. Schlimmstenfalls täten es auch Ken und Barbies Pferdchen mit dem rosa Plastiksattel.

Ich habe angefangen, mich mit Mülltonnenkatzen und streunenden Hunden zu unterhalten. Manche kommen meinem Haus schon gefährlich nahe. Wenn das so weitergeht, werde ich in der Blüte meiner Jugend zur Katzentante.

Katrīna hat Fragen ohne Ende, ein ganzes Körbchen voll:

»Woran denkst du gerade?«

»Bedrückt dich etwas?«

»Hast du Probleme?«

»Möchtest du nicht darüber sprechen?«

»Weißt du was, Katrīna, ich habe allmählich den Eindruck, daß du nicht ganz normal bist. Wenn wir jetzt in eine Striptease-Bar gehen, dann siehst du dir wahrscheinlich nicht die Show an, sondern die Zuschauer, weil du begreifen möchtest, warum sie hergekommen sind. Komm doch mal runter und sei locker!«

»Aber ich will dir doch nur helfen...«

»Hör mal, Mutter Theresa, ich kenne dich erst seit drei Tagen, vielleicht sollten wir uns lieber mit angenehmeren Dingen beschäftigen?«

»Aber...«

»Wieviel macht zwei mal zwei?«

»Wie?«

»Zwei mal zwei.«

»Vier. Warum?«

»Hm, also doch normal. Ich dachte, du würdest sofort anfangen zu ergründen, warum zwei mal zwei nicht vier macht.«

»Sehr witzig.«

*

Mārtiņš ist endlich bei Schnecken-Irēna eingezogen – das eifrige »Ommm« und der Himalaja haben das Ihre bewirkt. Die Gedanken sind materialisiert, die Wünsche in Erfüllung gegangen.

»Hör mal, Irentschik«, versuche ich sie zu verführen, »vielleicht wünschst du dir noch etwas? Ein bißchen Geld für eine neue Hütte oder wenigstens zum Renovieren, bei dir ist doch schon seit drei Jahren das Dach undicht. Wenn doch bisher alles so prima geklappt hat...«

»Hör mal, Katjka, eins nach dem anderen. Man probiert, sich die ganze Welt zu krallen, aber die Patschehändchen sind so klein, nicht? Da sitzt man dann mit nacktem Arsch, ganz allein auf weiter Flur. Und was bringt's? Ich hab' meinen Mārtiņš, alles andere später, es wird schon werden.«

»Ach so, Schnaps, Hering und statt Klopapier zerschnittene Zeitungen auf einem Nagel – viel brauchst du ja nicht.« Irēnas ›Katjka‹ bringt mich diesmal auf die Palme.

Der erwartete Zwist bleibt aus. Irentschik kichert glucksend und streicht über ihre ausgeblichene Baumwollschürze.

»Vergiß es, Katjka, der Schnaps muß warten. Die Papirossi hab' ich auch eingemottet.«

»Aha, wieder der Himalaja, ja?«

»Von wegen Himalaja. Mārtiņš, niemand sonst. Aber vom Himalaja hältst du vor meinem Besten die Klappe, ja?«

»Mārtiņš? Was quatschst du denn da? Der hat doch selber...«

»Ach, Katjka, Katjka, du kannst aber auch schwer von Kapee sein. Eigentlich 'n ganz brauchbares Weibsbild, alles bestens, aber manchmal strohdoof. Ich kriege ein Kind, Katjka, ein Baby«, seufzt sie, tätschelt mir die Wange, nimmt den Schneckensammeleimer zur Hand und geht hinaus.

Mārtiņš kalkt im Garten die Stämme der Apfelbäume. *Wot,* so ein Idiot – im Herbst!

*

Heute ist es sonnig. Die Straßen sind ganz durchsichtig – Chiffonhäuser voller nackter Figürlein, Glastierchen trippeln die geleeartigen Gehsteige entlang und lassen die Glasketten klimpern, die Leute haben sich in leichte Gasanzüge gekleidet und weiße Tülltüten auf die Köpfe gestülpt. Wasser hat sich in Eis verwandelt und Eis in Wasser.

Am liebsten möchte ich in die Zeit zurückkehren, als Santa und ich »Vetriks! Miglinieks! Krapikas!« brüllten und fast die Stimme dabei verloren. In eine Zeit, als es nur ein, na schön, höchstens drei Idole gab, und zwar solche, die man knuddeln konnte, die zu berühren nicht verboten war. Sie waren greifbar – wir konnten ihnen Socken stricken und Blumen kaufen oder nächtelang vor der Kasse der Basketballhalle frieren und uns eine Lungenentzündung holen. Wenn wir sie berührten, bedeckten uns güldener Tau und ein Glücksgefühl, das sich keineswegs anschickte, im selben Augenblick zu verfliegen, da es eingetreten war.

Heute verwandelt sich ein jedes Idol zu Staub, sobald ich es berühre. Eine Sackgasse. Gras, das gegen die Asphaltdecke stößt und um keinen Preis weiterwächst. Von heute an existiere ich nur noch als Asphalt.

*

Die Hauptsache ist, darauf zu achten, daß die Laken immer sauber sind. Die vergangene Nacht soll der Vergangenheit angehören – jeder Abend muß von neuem begonnen werden. Deshalb wechsle ich die Laken selbst dann, wenn ich mir sehnlichst wünsche, die gestrigen Düfte noch ein wenig zu genießen. Ich beseitige alles, was ich hatte, und werfe es in den großen Weidenkorb in der Badezimmerecke.

*

»Was bist du für ein Sternzeichen?« hat Oleg mich einmal gefragt.

»Ein Tier.«

»Was für ein Tier?«

»Schmetterling.«

»Das gibt es gar nicht!«

»Bislang noch Raupe. Ein grüner, behaarter Wurm. Bis zum Ende ist es noch lange hin.«

»Hab' ich mir schon gedacht.«

*

Ich habe wieder angefangen zu lesen. Eines Abends stellte ich mir vor, bei einem Autounfall mein Augenlicht verloren zu haben. Plötzlich tat es mir leid, daß nun so viele Bücher ungelesen bleiben. Sie werden in den Regalen stehen und traurig sein, weil sie begreifen, daß ihr Leben vergebens war.

Wie in den Kindermärchen, wo die Spielsachen im Geschäft miteinander wetteifern. Jede Puppe will die beste sein und ihr Zuhause finden. Zuerst werden alle Prinzessinnen verkauft. Dann sind die Aufziehpuppen an der Reihe. Die letzte, unansehnlichste Puppe kommt zu einem Waisenkind. Ein Herr mit silbergrauem Haar schenkt sie ihm – er hat Mitleid mit dem armen Mädchen, das am Weihnachtsabend traurig vor dem hellerleuchteten Schaufenster des Ladens steht. Es erübrigt sich zu sagen, daß die letzte Puppe die glücklichste ist. Die Letzten werden die Ersten sein. Waisenkinder sind die besten Spielgefährtinnen, die fürsorglichsten Mütter. Die Töchter reicher Mütter haben ihre Lieblinge schon nach ein paar Tagen vergessen.

Ich weiß, daß man jederzeit blind werden kann – jeder Erblindete hat ein »davor« und »danach«, und dazwischen ist nur ein winziger Augenblick. Deshalb muß man möglichst viel lesen, damit es auf der Welt keine traurigen Bücher gibt.

Die wichtigste Erkenntnis eines jakutischen Schamanen: »Jeder lebt ein Leben, wie er es verdient hat.«

*

Ich wähle Olegs Telefonnummer. Er nimmt ab. Beide schweigen wir. Fünf Minuten, zehn.

»Gut, Liebling, ich muß jetzt los, vergeude nicht dein

ganzes Geld«, sagt er nach einer Weile. Dann wieder Stille, ein kurzes ›verzeih mir!‹ und ›tut-tut-tut‹.

Gut, gut. Gar nicht gut! ›Du kannst nicht einfach so Schluß machen!‹ will ich schreien. ›Wir haben gar nichts besprochen! Ich halte diese Stille nicht mehr aus! Ich kann mit dir erst dann reden, wenn du nicht da bist! Leise brabbele ich endlose Monologe vor mich hin und stelle mir vor, was du antworten könntest. Wenn ich dich anrufe, verschluckt sich sogar das Radio an unserem Schweigen – es hickst ein paarmal und verstummt gänzlich. Der Klöppel der Windglocke vor dem Fenster fällt ab, der Hund der Nachbarn verkriecht sich in seiner Hütte, ohne auch nur zu winseln.‹ Sieh an, ich unterhalte mich schon wieder mit Oleg, ohne daß er da ist.

Ich stecke mir noch eine Zigarette an. Ich muß diesen widerlichen Kloß unter dem Zwerchfell abtöten, muß ihn im Rauch ersticken. Der ganze Tag war klumpig. Zu Gallert sind die letzten Wochen geronnen – vom einen Anfall in der Magengrube bis zum nächsten nur ein paar Stunden fiebrigen Aufatmens. Nur so viel, daß die Spasmen des Sonnengeflechts mich nicht umbringen können, bevor Oleg es getan hat.

Ein Verdacht sirrt und nervt mit der schwirrenden Hartnäckigkeit einer zwischen die Fensterflügel verirrten Fliege – summ, summ, egal, was du tust, dieses Geräusch hört nicht auf, es saugt dein Gehirn immer weiter aus, bis du dich darauf besinnst, sie zu zerquetschen oder in die Freiheit zu entlassen. Es gibt noch eine dritte Möglichkeit – die Fliege fangen, in ein Spinnennetz werfen und zuschauen, wie sie sich in das staubige Gespinst verstrickt, wie die Spinnwebmeisterin aus einer Ecke hervorgekrochen kommt und das Opfer ganz allmählich aussaugt, um nichts als eine raschelnde Chitinhülle übrigzulassen.

Seit Schnecken-Irēna ihren ersten Sohn zur Welt gebracht hat, stampft sie keine Schnecken mehr. Vorgestern hat sie ihren zweiten aus dem Geburtenhaus nach Hause gebracht, aber ich nenne sie nach wie vor Schnecken-Irēna.

Liebes Hündchen, auch dich bitte ich: Schlag an! Bell wenigstens für einen Augenblick, nur ein einziges Mal, reiß ein Stück meiner Stille heraus, sonst habe ich Angst, daß ich zugemauerte Fenster erblicke, wenn ich die schweren Vorhänge aufziehe. Wumm, wumm, der Kopf prallt gegen Ziegelsteine, und die Stirn wird mit frischem Mörtel vollgeschmiert – jemand hat soeben meine Jungfräulichkeit in seine Festung eingemauert und sich eingeredet, daß das Glück bringt. Nein, ich brauche nicht viel, nur ein einziges ›Wau‹!

Die Rauchschwaden werden immer dichter. Ich bin ein Igel, inmitten des Qualms zu einem kleinen Knäuel zusammengerollt, aus jedem Stachel lugt ein winziges Teleskop, ein mikroskopisch kleines Hörgerät heraus – ich spioniere, während ich mich totstelle. Mit einem leisen Puffen brennt eine Glühlampe durch – der schlaue Fuchs kullert mich ins Wasser, und ich bin gezwungen, mich zu entrollen, um nicht zu ertrinken. Oleg, Oleg, schlag wenigstens du an!

Ein kalter Lauf in meinem Mund – jedesmal empfinde ich seine kalte Berührung an der Zunge. Die Zähne vereisen. Die Verlockung, sich auf der anderen Seite zu spüren. Außen vor. Verbannt zu sein. Vielleicht ist dort Ruhe. Leicht, unendlich leicht. Ich sehe keinen Sinn mehr darin, zu kämpfen. Wenn mir jemand sagen könnte, und zwar überzeugend, daß nach dem Kampf die Erleichterung kommt, dann würde ich mich bestimmt noch ein paarmal ins Zeug legen. Bisher sind alle meine Gefechte ziemlich ähnlich ausgegangen – die Hysterie der Ruhe, auf die sich das hölzerne Kreuz eines zum Tode Verurteilten legt. Ohne Namen, nur mit einer Nummer, die Hinterbliebenen haben kein Interesse an den sterblichen Überresten.

Ich schalte den Fernseher ein, bläulichweißes Flimmern schlägt mir ins Gesicht. Die Zähne frieren. Nur ein kurzes Klicken. Nein, Schätzchen, schau dir dieses Drama bis zum Ende an, abschalten kannst du immer noch ... Sehnsucht nach einer froststarren Zunge. Anstelle des Laufs eine Margarita – viel, sehr viel Eis. Ebenso erstarrt bin ich mit meinem jetzigen Liebhaber. Ebenso kühl, wenn er wieder und wieder damit anfängt, mein Hirn zu zermanschen. Nein, nicht mein Hirn. Lediglich die Wärme. Er, die Magnum meiner Wärme. Oder die Makarow. In dem bläulichweißen Geflimmer leckt ein Junge ein Mädchen ab – oh, die Liebe! Nein, es ist nur Reklame für Eiscreme. Magnum ... Ja! Magnum ... Makarow!!! Paff!

Was haben ein Magnum-Eis und eine Magnum-Pistole gemeinsam? Beide lassen gleichermaßen gut die Zähne gefrieren.

Beiß dich wenigstens nicht selber, sage ich mir. Aber ich beiße. Diese idiotischen blauen Flecken an meinen Oberarmen ... Du denkst: Eine Liebesnacht? Irrsinnige Lust? Er rächt sich an mir für jeden Verzicht, für jedes meinetwegen gebrachte Opfer. Opfert sich und verwandelt mich in das Opfer. Jede Frau, die er nicht bekommt, verwandelt sich in einen blauen Fleck auf meinem Körper. Blau, violett, gelb, Haut. Hautfarbene Haut. So vergehen die Tage. Die blauen Flecken verschwinden ebenso wie die Opfer, die er brachte. Die Haut heilt. Lediglich blaues Flimmern vom Fernsehbildschirm – die Phantome seiner Opfer auf meinem Antlitz.

*

»Du denkst zuviel darüber nach, was in dir vorgeht. Wie kannst du so leben?« fragt Oleg mich einmal, als er Zeit hat zu reden. »Vielleicht wäre es an der Zeit, vom Opfer zum Jäger zu werden?«

»Der Jäger bist du – red nicht!« erwidere ich harsch und halte die Luft an.

»Vielleicht ist das Jagen ja mein Beruf?«

»Vergiß es. Ich lege mich nicht vor deinem Lauf lang. Laß das Töten.«

»Du bist ja schon vor meinem Lauf. Ganz nah.«

»Und dein Schalldämpfer?«

»Mein Frieden, mein Zuhause.«

»Der Schalldämpfer wird kurz vor dem Mord aufgeschraubt.«

»Du bist mein Verbrechen.«

Erschieß mich nicht, Hündchen. Schlag nur an. Schlag nur an.

*

Ich verabscheue mich, denn von irgendwoher ist die Angst in mich zurückgekehrt. So als ob zwischen Kindheit und heute nichts gewesen wäre. Alle Bemühungen sind verwittert und im Handumdrehen weggefegt wie mit einem Hasenschwanzbesen – ein unter der Nase hängengebliebenes feines Haarbüschel ruft ein lautes »Hatschi!« hervor.

Da drinnen hockt der Schwarze und Klebrige. Alles Positive, das ich ersinne, reißt er an sich, wälzt es in Schleim und verschlingt es. Er saugt meine Füße in seine Sumpflöcher und zieht in die Tiefe. Je mehr schöne Gegenwart mir aufzubauen gelingt, desto tiefer sind seine Abgründe. Ich verstehe sehr gut, weshalb ich so töricht handle, kann jedoch nichts dagegen tun, weil es mir einfach nicht gelingt, den Ort aufzuspüren, woher der Schwarze und Klebrige stammt. Um ihn dann mit Stumpf und Stiel auszumerzen, mit Gift zu überschütten, abzuhacken, ihm das Wasser abzugraben. Ja, sicher, der Verstand ist schlau – er verweist höchst präzise auf die tatsächlichen Ursachen, eines allerdings vermag er nicht: dieses Verstehen auf meinen Körper zu übertragen. Ich kann meine Hand nicht auf die Leber oder den Finger auf den Nabel legen und beschließen: Ja, hier bist du, meine Unsicherheit. Oder Unliebe? Unachtsamkeit? Unzeit? Kann schon sein, und so ist es auch, ich weiß es, aber das reicht nicht. Ich vermag die Unliebe, die Unachtsamkeit und alle übrigen Un-Un-Un- in meinen Gefühlen nicht zu finden, und solange das nicht gelingt, wird der Schwarze und Klebrige bleiben, wo er ist.

Aber warum ausgerechnet jetzt? Meine Einbildungen werden mich eines schönen Tages ans Kreuz schlagen und mir Pfefferspray in die Augen sprühen.

Ach, Paranoia, Paranoia, gebäre mich zurück, hol mich weg, saug mich ein in deinen saftig warmen Bauch und versuch es noch einmal. Nimm deine Vögel, deine Tiere, Blumen und Insekten, nimm die Schnecken, Fische und Algen.

Nimm sie und versuch es noch mal. Tauche die Hände in anderen Lehm und gewähre mir nicht so viel, so verdammt viel Zeit. Mit dem Verstand, den du mir zugedacht hast, vermag ich die Freiheit nicht zu nutzen – sie ist so verblüffend groß, so grauenhaft groß, daß ich nicht weiß, an welchem Ende ich anfangen soll, ich bekomme es mit der Angst zu tun und beginne mich zu langweilen, weil es besser ist, gar nichts zu tun, als sich bewußt zu werden, daß es nicht möglich ist, alles zu bewältigen.

Die Spielregeln sind sicherlich dazu gedacht, daß ich meine Probleme lösen kann. Der einzige Haken ist, daß ich nichts von den Regeln weiß – wo sind sie aufgeschrieben, wo in der weiten Welt sind sie zu finden? Ich kann nur weiterstapfen, mich in den unendlichen Schneewüsten der Berge verirren, den weniger steilen und sichereren Weg suchen – hinauf oder hinunter, ganz egal, Hauptsache, es gibt einen Weg, weiter und weiter stapfen, die Augen im Gegenwind und Frost zugekniffen, um irgendwann mit bestialischem Entsetzen zu realisieren, daß kein Grund mehr unter den Füßen zu spüren ist – da ist nur noch der hohle Widerhall von Gesteinsbrocken, die in eine Kluft kollern, und das gedämpfte Winseln einer Steinlawine. Eine solche Angst, daß man zu atmen vergißt. Dann preßt sich der Leib instinktiv an den abgesteckten Pfad, und man geht weiter, von diesem Moment an mit einer so verzweifelten Kummerlast bepackt, daß es nicht den geringsten Zweifel gibt – viel leichter wäre es gewesen, nicht zu erschrecken und zu stürzen. Das Tor zur Hölle steht weit offen, Katrīna! Wie? Wolltest du denn nicht genau dort hingelangen, Schätzchen?

*

Heute habe ich beschlossen, zum Hausarzt zu gehen, um mich zum Psychiater überweisen zu lassen. Oder zum Psychologen. Oder zum Psychoanalytiker. Oder um vielleicht eine anständige Pille gegen Panikattacken verschrieben zu bekommen. Mich im Garten an die Birke zu binden und einfach dort zu bleiben.

Sofija ist in der Schweiz an der Seite eines Malers vor Anker gegangen, ihr gehört ein kleines Café, in das sich selten Touristen verirren. Letzten Sommer habe ich sie besucht. Ein riesiges zweigeschossiges Haus, bis zum Dach vollgestopft mit Gemälden. Auf allen Bildern ist einzig und allein Sofija zu sehen. Ihr Mann hat sich übrigens nicht sehen lassen, um mich zu begrüßen – er brauche niemanden sonst als meine Schwester. Ich habe ausgezeichneten Rotwein getrunken, Sofijas Lächeln gelauscht und bin abgereist, ohne mir darüber klargeworden zu sein, ob wir uns jemals darauf einigen können, was Glück ist.

*

Gelegentlich kam es vor, daß die Mäuse gewitzt genug waren, die an das Beinchen gebundene Schnur durchzunagen und aus dem Nest zu flattern (ach, wieviel wiegen sie denn schon – sie werden sich beim Sprung von der Kiefer ins Knaulgras schon nicht den Hals gebrochen haben), um den fürsorglichen Adlermüttern zu entfliehen. Diejenigen, die mitsamt der Schnur sprangen, blieben an einem Bein hängen, verzweifelt nach Luft schnappend und piepsend. Meine Knöchel sind derart gespannt, daß es scheint, gleich reißen die Sehnen, und ich purzele ins Laub vom letzten Jahr. Die Füße der Größe achtunddreißig bleiben zusammen mit den

Stöckelschuhen aus Schlangenleder, die Sofija mir zu Weihnachten geschickt hat, im Baumwipfel hängen.

In mir ist wahrscheinlich zu viel Muttererde, um mein Leben zu vergeuden, indem ich in den Träumen eines Dichters erscheine. Ich habe nicht genug in Erfahrung gebracht, um noch etwas lernen zu können.

Du wirst zusammenhanglos, Katrīna, völlig zusammenhanglos.

*

Ich hebe die Hand und berühre das Telefon. Das ist Oleg. Er geht heute morgen unrasiert zur Arbeit, und die stachelige Wärme der Bartstoppeln verweilt bis zu dem Augenblick in der Handfläche, da Schnecken-Irēna mir den kleinen Mischa in die Arme drückt – winzig klein und splitternackt.

»Hier, Katjka, halt mal, bis ich meine Brüste durchgeknetet hab'. Für dich wäre es auch höchste Zeit, mal zur Sache zu kommen.«

»Leck mich doch!« Bei Irēna erlaube ich mir mit Genuß, ein wenig grob zu sein.

»Guck doch nur, was für ein Prachtkerl er ist!« lacht Irēna. »Nebenbei gesagt, mein Bester war bei der Geburt dabei. Hat zum Schluß zwar gekotzt, aber vom Stengel hat's ihn nicht gehauen.«

Sowie er sich an der Brust festgesaugt hat, läßt Mischa eine lange Wurst direkt auf Irēnas Bauch plumpsen. Ich versuche, einen Lappen zu finden, aber Irēna winkt nur ab:

»Nur keine Panik, Katjka, ich komm' schon allein zurecht, erledige ruhig deinen eigenen Kram und schau abends noch mal vorbei. Ich mach' Pflaumenmus – du kriegst frischen Schaum zum Abendessen und ein Glas Mus dazu. Aber nicht gleich wegnaschen, heb's dir für den Winter auf, ihr habt ja einen guten Keller.«

Ihr. Ich habe es einfach nicht geschafft, mich an dieses Wort zu gewöhnen: ihr. Wir. Jedes Mal grummelt es in der Magengrube. Wer »ihr«? Ich und mein leeres Haus? Der nicht existierende Hund, der Fliegenschnäpper unter dem Dachvorsprung, der Kohlweißling? Oder vielleicht ich und Oleg, der lediglich im Telefonhörer existiert? Vielleicht jener Oleg, der sich zwischen die Seiten meines entstehenden Buches gezwängt hat und jemand völlig anderer ist als der Oleg aus den Bergen? Nur ein Ende für diesen Roman kann ich mir einfach nicht ausdenken.

*»Wir bekommen ein Kind«, wird sie sagen und mit dem Augenwinkel heimlich seine Hände beobachten.*

*»Hast du gesehen, wo ich meine Tasse hingestellt habe?«*

*»Sie ist im Regal, wie immer. Ich habe sie gestern schon abgewaschen.«*

*»Trinkst du auch einen Tee?«*

*»Ja. Pfefferminz.«*

*»Mit dem Rauchen ist jetzt aber Schluß, abgemacht?«*

Oder vielleicht auch anders.

*Ich will nur unbedingt verstehen, warum Oleg seine Telefonnummer geändert hat. Warum er sich entschieden hat, Schluß zu machen, ohne mir etwas zu sagen. Ich werde es niemals von ihm selber erfahren. Deshalb muß ich als erste aufhören anzurufen.*

*Damit ich es bin, die ihn verläßt. Wenigstens für einen Augen-*

*blick. Ich verstehe wirklich nicht, weshalb ich mir eingebildet habe, daß Oleg mich umbringen wird, wenn er eines Tages sagt, ich solle nie mehr anrufen.*

*Eigentlich wird's ja weder gegeben, noch wird's genommen... es ist nur dieses Gefühl... ich habe irgendwo gelesen... du lebst die ganze Zeit in dir selber... wie eine geballte Faust... und dann sagt plötzlich einer zu dir, daß du nur noch ein paar Tage zu leben hast... du begreifst, daß du die zusammengekrampften Finger lösen möchtest... daß du die Welt berühren willst... aber es ist zu spät... deine eigene Faust hat schon alles zertrümmert ... und vor allem hast du nicht die geringste Ahnung, wann, in welchem Moment, und weshalb du es nicht bemerkt hast... eigentlich warst du die ganze Zeit dabei, mittendrin, im Warmen... und dann hast du plötzlich nichts mehr...*

Natürlich habe ich mir auch das lediglich ausgedacht.

Seit ich begonnen habe, ein Buch zu schreiben, kann ich mich selber erfinden. Das Gestern, das Heute und das Morgen. Spielen und die Bauklötze nach eigener Lust und Laune umstellen. Die ganzen letzten Jahre habe ich in Phantasien gelebt, die überhaupt nichts mit der Realität zu tun haben. Ach, Katrīna, Katrīna, du hast dich auf ein Spiel eingelassen, von dessen Regeln du nicht die geringste Ahnung hast. Es ist dem Menschen nicht gegeben, Schöpfer zu sein, überlaß das doch Gott, selbst dann, wenn du an seine Existenz nicht zu glauben vermagst. Ein jedes menschliche Wesen kann lediglich aus dem Bestehenden etwas errichten, ein Mosaik aus Erfahrenem, flüchtigen Momenten, Visionen, Erinnerungen und Gesehenem zusammensetzen, indem es sie dreht und wendet, aufeinanderpackt, ableckt, beschnuppert, mit längst erfundenen Farben anpinselt, vernichtet und von neuem aufbaut. Und wenn bei diesem teuflischen Spiel auch zufällig einmal etwas zustande kommt, wenn die Puzzleteile unerwarteterweise präzise ineinanderpassen und Leben in deine Phantasien einströmt, dann verhüte Gott, Katrīna, daß du dir einbildest, du hättest etwas noch nicht Dagewesenes erschaffen, und dich Schöpfer nennst. Selbst dann, wenn du der Wahrheit ganz nahe kommst und alle einschließlich dir selber rufen: »Ja, das ist es! Wie treffend!«, dann sei dir darüber im klaren, daß es rein gar nichts von DEMJENIGEN ist – du hast nur Gelegenheit gehabt, dich DEMJENIGEN ein wenig zu nähern. Demjenigen, das schon seit Urzeiten die Grundlage von allem ist, aus dem die Welt geboren wurde, irgendeinem allgemeinen Schema oder Plan. Dich ein wenig zu nähern, ein Eckchen des Vorhangs anzuheben und hineinzulugen, um schon im nächsten Augenblick einen kräftigen Schlag vor die Stirn zu bekommen: Verzieh dich! O ja, und danach werden dich noch lange verschwommene Erinnerungen an das verlorene Paradies verfolgen, zerbrechlich und unerträglich vergänglich, die dich unablässig drängen, es wieder und wieder zu versuchen, indem sie dein ganzes restliches Leben mit doppelschneidiger Sehnsucht erfüllen. Aber sosehr du dich auch anstrengst, Katrīna, es wird dir nicht gelingen, dich dem Göttlichen auch nur um einen einzigen Schritt anzunähern – der Schöpfer ist furchtbar eifersüchtig und erlaubt niemandem, seinen Pinsel oder Federhalter zu berühren. Niemals, Katrīna, vergiß es.

Vielleicht aber auch so:

*»Mami, steht in deinem Buch auch etwas über mich geschrieben?« Ein Paar glänzender Augen wird mich fragend ansehen.*

*»Natürlich«, werde ich antworten, »das ist doch gar nicht anders möglich. Alles ist über dich, denn du bist alles.«*

*»Gut, dann sag den Gästen, daß sie hereinkommen können ... Komm, Tante Sofija, ich zeige dir mein Zimmer. Das ist mein Bett, da darfst du schlafen. Das sind meine Sachen, mit denen darfst du spielen. Dort ist mein Tisch, an dem darfst du malen. Und das ist meine Mama. Sie ist sehr zart. Sie darfst du berühren.«*

Aber vielleicht wird es so sein:

*Und sie lebten lange und glücklich, bis der Tod sie schied. Und auch dies nur für einen kurzen Augenblick – sie starben beide am selben Tag.*

Ja, sicher, so geht es auch. Gar nicht erst versuchen, seine Nase in Angelegenheiten zu stecken, wenn man schon vorher weiß, daß man auf die empfindlichste Stelle geschlagen wird. Man kann weiterhin Möhrenbeete anlegen, Schildläuse vertilgen, zur Arbeit gehen und so tun, als hätte man noch nie auch nur die geringste Ahnung gehabt, was sich jenseits der Tür befinden könnte. Man kann Comic strips mit Mickymäusen zeichnen, Finanzabrechnungen überprüfen, aufblasbare Möbel erfinden oder sogar Texte schreiben, kilometerlange, völlig überflüssige Texte, die man letztendlich auch gar nicht anders bezeichnen kann als lediglich ›kilometerlange, völlig überflüssige Texte‹. Man wird seine Zeit ausgefüllt haben. Aber bevor du dich entscheidest, Katrīna, kauf Stöpsel. Kauf Stöpsel und verstopf dir die Ohren. Binde ein Tuch vor die Augen und atme nur durch den

Mund, um keine Düfte wahrzunehmen. Vielleicht wird es dir dann gelingen. Einen anderen Weg zurück sehe ich nicht mehr.

Aber Oleg ist nicht da, und er wird auch niemals dasein. Er lebt noch immer Tausende Kilometer von mir entfernt, und sich einen bartstoppeligen Telefonhörer vorzustellen ist nun wirklich nicht der Weisheit letzter Schluß. Oleg ersteht und vergeht jeden Tag auf weißen A4-Blättern unter einer blauen Füllfeder. Manchmal versuche ich, ihn zu zeichnen. Blau soll die Farbe der Hoffnung sein. Am besten gelingen mir die Augen. Die Nase nie.

*

Diesen Herbst sind die Seidenschwänze ungewöhnlich kühn. Ganze drei in der Felsenbirne vor dem Fenster. Sie werden nur ein paar Tage bleiben und dann weiterziehen. Fort, irgendwo weit fort. Ich habe nie wissen wollen, woher die Seidenschwänze kommen und wohin sie fliegen. Sie sind allzu frei – mutige Individualisten, die sich herausnehmen, keinem Fremdenführer zu folgen. Ihnen ist völlig egal, warum sich das Colosseum just dort befindet, wo es sich befindet, warum der Eiffelturm für die Touristen haargenau so aussieht, wie er auf Postkarten dargestellt ist, und warum man Riga so beharrlich das Kleine Paris nennen möchte anstatt das Große Riga. Angesichts der Seidenschwänze gestatte ich mir, der Picasso meiner eigenen Welt zu sein – das Leben in allein mir verständlichen Formen zu malen, ohne zu befürchten, daß dies dereinst als Zeugnis irgendeiner Epoche bezeichnet wird oder, ganz im Gegenteil, als meine

Krankheit. Nur drei Tage im Jahr drei Seidenschwänze in der Felsenbirne.

Ein hehrer Vorsatz. Ein neues Leben. Bereits zum dreihundertfünfundsechzigsten Mal im Laufe des letzten Jahres. Aber irgendwann müßte es doch gelingen, oder? Früher oder später kommen alle kleinen Käfer in den Himmel. Sogar die Eintagsfliegen – drei Jahre lang wühlen und wälzen sie sich als unansehnliche Würmer durch den Schlamm, um eines schönen Tages über einem Teich in betörend weißem Wirbel ihre Apokalypse zu tanzen.

*

Gut, Verzeihung, ich bin keineswegs überzeugt, daß dieses Bekenntnis helfen wird. Überhaupt war ich niemals von etwas überzeugt oder mir einer Sache sicher. Mir scheint, daß in dem Augenblick, da ich sage: »Ich bin überzeugt. Ich weiß es. Es ist sicher, daß ...«, der Tod eintritt. Das Leben erstarrt, verwandelt sich in trockene, von Wissenschaftlern berechnete Schemata und endet. Ich bin noch nicht bereit zum Suizid. Nur gelegentlich schreie ich ein Weilchen herum, von Verzweiflung gepackt. Nur gelegentlich versuche ich, alles fein säuberlich zu ordnen, um den kindischen Bauklötzerturm danach mit leichter Hand in einen bunten Haufen Holzstücke zu verwandeln.

Aber dann kommt der Augenblick, da die Finger nicht mehr gehorchen – die Bauklötze purzeln in alle Richtungen, die Tinte in der Füllfeder geht aus, und anstelle dunkler Augen gähnen nur schwarze Augenhöhlen. Ich habe eben nicht gelernt, einen Schneemann aus Watte und Scheiße zu bauen.

Verzeih mir, Papa, wenn du kannst. Diese abscheuliche Phrase ist das einzige, was ich dir dalassen kann. Und dieses Buch. Solltest du noch einmal Vater werden, dann sag deinen Kindern, daß sie niemals schweigen sollen. Sprich möglichst viel mit ihnen und ermuntere sie zum Sprechen.

Verzeih mir, Mama, aber ich will nicht zurück. Hol mich nicht zu dir.

Ich bin ein Kind, und ich habe Angst vor der Stille.

Wenn ich den letzten Satz in dieses Buch geschrieben habe, werde ich es ganz bestimmt verbrennen.

Und jetzt gehe ich. In die Stadt. Dort ist es laut, es gibt viel Lärm und viele Stimmen. Besonders auf der Eisenbahnbrücke, wenn untendrunter ein Zug durchfährt und hinter dem Rücken die Tram der Linie sechs über die Schienen rast. Ich werde hingehen, eine Weile dastehen, und dann werde ich ja sehen.

## *Glossar*

*S. 16* Miliz: während der Sowjetzeit Bezeichnung für Polizei

*S. 16* Rajon: Bezeichnung für eine Verwaltungseinheit in der ehemaligen UdSSR, die in etwa dem deutschen Landkreis entspricht. Auch Großstädte wurden in Rajons untergliedert.

*S. 18* »Moskau glaubt den Tränen nicht«: sowjetischer Spielfilm von 1979, der 1980 als bester fremdsprachiger Film den Oscar gewann

*S. 22* Gauja: einer der größten Flüsse Lettlands, mündet nordöstlich von Riga in die Rigaer Bucht

*S. 22* Teika: ein grüner Stadtteil von Riga

S. 23 Mežaparks (dt. Kaiserwald): Rigaer Villenbezirk, in dem der Zoo und ein beliebter Freizeit- und Erholungspark mit großer Freilichtbühne liegen

*S. 23* VEF: Kürzel für die *Valsts Elektrotehniskā fabrika* (Staatliche Fabrik für Elektrotechnik) in Riga, in der seinerzeit die legandäre VEF Minox Kamera entwickelt und produziert wurde. Nach ihrer Besatzung Lettlands verkauften die Sowjets das Patent an Deutschland

*S. 24* Auseklis: der Morgenstern der lettischen Mythologie, vor allem aber ein Symbol der lettischen Unabhängigkeitsbewegung von 1987–1991

*S. 24* BC Žalgiris: litauischer Basketballclub

*S. 25* *Sports*, liebevoll *Sportiņš* (Sportchen) genannt: seit 1955 in Riga erscheinende Sportzeitung (kommt seit 2003 wöchentlich heraus)

*S. 28* Schenja: Koseform des russ. Männernamens Jewgenij

*S. 30* Austra Skujiņa: lett. Lyrikerin (1909–1932), beging mit 23 Jahren Selbstmord

*S. 30* Rainis: eig. Jānis Pliekšāns, lett. Dramatiker und Lyriker (1865–1929), gilt als »Nationaldichter«

*S. 31* Elbrus: der höchste Berg im Kaukasus

*S. 33* Genna: Koseform des russ. Männernamens Gennadij

*S. 33* Wladimir Wyssotzkij: berühmter russ. Schauspieler und Barde

*S. 42* Goggelmoggel: Zuckerei (Eigelb, das mit Zucker zu steifem Schaum verrührt ist)

*S. 42* Latgale (dt. Lettgallen): die südöstliche, durch ihren Seenreichtum landschaftlich reizvolle, aber auch ärmste Region Lettlands

*S. 44* Kombikorm: sowj. bzw. russ. für Kraftfutter

*S. 45* Kolchoszootechniker: Spezialist für Tierhaltung (Sowjet- und DDR-Terminologie)

*S. 55* Kuritza nje ptitza, snatschkist nje alpinist: Paraphrase des russ. Sprichworts »Ein Huhn ist kein Vogel, eine Frau ist kein Mensch«.

*S. 55* Vasjka: Koseform des russ. Männernamens Wassilij

*S. 55* Mischa: Koseform des russ. Männernamens Michajl

*S. 73* Biķernieku iela (»Bechermacherstraße«): eine Hauptstraße im Stadtteil Teika

*S. 76* Valokordin: ein in der UdSSR bzw. in Rußland beliebtes Beruhigungsmittel

*S. 79* Tscheburaschka: Klassiker des sowjetischen Trickfilms »Genna das Krokodil und Tscheburaschka«

*S. 81* Ular: Kaukasisches Königshuhn

*S. 93* Murjāņi: kleine Stadt an der Gauja, etwa 50 km östlich von Riga

*S. 104* Cibiņš, Annele: Figuren aus der klassischen lettischen Kinderliteratur

*S. 106* Zoja Kosmodemjanska (1923–1944): Komsomolzin und Partisanin, die ihre Genossen trotz Folter durch die Nazis nicht verriet und den Märtyrertod starb

*S. 106* Tur: im Kaukasus heimische Ziegenart

*S. 116* Goldenes Schlüsselchen: beliebtes Konfekt in der ehemaligen Sowjetunion

*S. 118* Hatifnatten: Figuren aus den Mumingeschichten von Tove Janssen

*S. 121* Sibirienletten: im Zuge der Massendeportationen von 1941 und 1949 nach Sibirien verschleppte Letten oder deren Nachkommen, die nicht nach Lettland zurückkehren durften, konnten oder wollten

*S. 122* Tom: einer der größten Flüsse Sibiriens

*S. 124* Großer Vaterländischer Krieg: der Zweite Weltkrieg (Sowjetterminologie)

*S. 131* Stasik: Koseform des russ. Männernamens Stanislaw

*S. 146* Mowgli, Balu, Baghira: Figuren aus dem »Dschungelbuch« von Rudyard Kipling

*S. 155* Dichlophos: Kürzel DDVP, ein Schädlingsbekämpfungsmittel

*S. 159* Ojārs Vācietis (1933–1983), einer der wichtigsten lett. Dichter der Nachkriegszeit. Die zitierten Zeilen aus dem Gedicht »Gauja« (erschienen 1966) sind in Lettland heute ein geflügeltes Wort

*S. 161* Burunduk: Asiatisches Erdhörnchen, auch Sibirisches Streifenhörnchen genannt, wird als Schädling bekämpft

*S. 164* Sanjok: Koseform des russ. Männernamens Aleksandr

*S. 176* Záporožec: tschechoslowakische Automarke, die im Ostblock populär war

*S. 176* Schiguli (auch Shiguli): sowj. Automarke (Fiat-Nachbau, im Westen als Lada bekannt)

*S. 190* Sumpurnis: abgeleitet aus lett. *suns* »der Hund« + *purns* »die Schnauze«

*S. 193* Zitiert nach: Miguel de Cervantes Saavedra: Don Quijote (1. Buch, 6. Kapitel)

*S. 196* Rossol (auch Rossolje): im Baltikum beliebter Salat (Kartoffeln, rote Beete, Äpfel, saure Gurken, Hering, Buttermilch oder Schmand, Salz, Essig, Senf; wahlweise Zwiebeln, Fleischreste, gekochte Eier und Schinken), nicht zu verwechseln mit Rossolnik (eine Suppe mit Blumenkohl, getrockneten Pilzen und Kalbsniere)

*S. 224* Lat: 1920 bis 1940 und seit 1993 wieder lettische Nationalwährung; 1 lats (Ls) = 100 santīmu = ca. 1,50 Euro

*S. 225* Katjka: russische Koseform des lettischen Namens Katrīna

*S. 225* Irentschik: russische Koseform des lettischen Namens Irēna

*S. 230* Krotow: Antiheld in einem beliebten mehrteiligen sowjetischen Spionagefilm